J O Y

享受讀一本好小說的樂趣

感應

既晴——著

【推薦序】

感應未來的無限可能，張鈞見的傳說，就此展開——

【推理評論家】喬齊安（Heero）

既晴與張鈞見，好久不見！這次，你們又將帶給我們什麼樣的驚奇體驗呢？

既晴，在台灣推理小說界是個成功的象徵。他的恐怖小說與推理小說成就有目共睹。從夢幻名作《魔法妄想症》問世以來，到榮獲第四屆皇冠大眾文學獎而正式成名的《請把門鎖好》，以及隨後連續出版的《別進地下道》、《網路凶鄰》、《超能殺人基因》、《獻給愛情的犯罪》、《修羅火》、《病態》等作品獲得之好評，歷經時間與讀者的考驗，儼然已確立其重要地位。

張鈞見，是位特別的「怪奇偵探」。在當兵時參與九二一救災工作後，因「災後創傷症候群」而意外開啟了能夠看見幽靈、鬼魂的「感應」能力。這讓他擁有全台灣最會遇到靈異事件的感應體質，能與各種怪異、恐怖的事件結緣，並以符合邏輯的方式解決謎團。正如同鈞見所體悟到的：未來的偵探，必須解決的就是人心的謎團！

《感應》是既晴至今出版的第九部作品，也是第三本個人短篇集，描述鈞見出道的四個短篇故事。既晴給讀者的感覺是位風格多變的作家，每本作品總展現出不同的風貌。但無論他的作品添增多少不同的恐怖（《請把門鎖好》）或武打（《修羅火》）元素，一定會含有二至三重的解謎過程，也就是不變的「推理魂」！以及許多閱讀第二、三遍時會發現的不同涵義與樂趣。

如大師傑佛瑞·迪佛所言，對作家而言，長篇與短篇故事有著決定性的不同。在短篇中，最能突顯作者在描述故事劇情的基本功外，如何在有限篇幅注入新元素（如意外性）與豐富內涵，這是高難度的挑戰。而既晴正是在短篇創作中嘗試新的方式，摸索推理的邊界、試圖開創不同領域，這也是讓讀者閱讀其作品能感到「驚奇」的原因。

既晴的每部作品都具備獨特的地位，《感應》中所展現的獨特要素，是「偵探的自我定位」。傳統的偵探是事件的旁觀者與評論者，但本作的鈞見與委託人、事件總是圍繞著更多、更複雜的關係。偵探是實際參與全程、串聯全部線索的關鍵人物，需要他擔任「齒輪」的推動，才能完成真相的拼圖。但這些真相，卻不是傳統偵探齊集關係人，說出解答後，就海闊天空的。有時候可能留下更多的混沌；沒有人因此得到救贖或安慰，就連鈞見本人自己也對當初的選擇感到迷惘。然而，讀者透過與鈞見一同辦案的過程，探討自我於事件的定位，當身分從旁觀者化為參與者時，能從中享受的樂趣，自然是難以言喻的。

過往我推薦既晴作品時，常「無往不利」地得到同學、友人的「好看！」評價。簡單說明理由，是他單純地用真誠的努力，述說打動讀者心靈的故事。無論是驚悚、戀愛、推理題材，既晴運用不同的手法包裝，發自「人心」的種種情感，與我們進行心靈交流。這也是文學的一種功能，藉由對書中人物投射理想，得到心靈的療癒，並擁有更多勇氣面對現實。

《感應》是張鈞見這位台灣名偵探的起點，在第四短篇結束後，將接續到《別進地下道》的時間軸，也就是鈞見與初戀情人周夢鈴，那段令學生時代的我惆悵、憂傷多年的動人悲戀……鈞見總是遍歷奇案、吃盡苦頭，即便總是被誤解、背叛，仍舊抱持堅定信念勇往直前。這是他的性格魅力，不是為了表現男性氣慨的盲勇，而是敢於面對任何挑戰的堅毅，也因此獲得讀者的認同。

隨著鈞見與既晴的活躍，已然在台灣建立起屬於張鈞見的傳說。歡迎您從這裡正式加入，成為傳說的現在進行式之一，一同見證這段傳說的無限可能！再往下翻開一頁，就是屬於您我共有的，傳說的起點。

CONTENTS

夢的解析
The Interpretation of Dreams

海市蜃樓 Mirage

一種光學幻景，又稱蜃景。當光線在大氣中的折射角度過大，就可能在原本物體不存在的位置，形成虛像。有些蜃景長達數日，栩栩如生得幾乎令人相信其真實性。

1

「讓我先自我介紹一下，我的名字是廖天萊，叫我廖叔就可以了。」

「你好，廖叔。我叫張鈞見。」

這間位於徵信社最裡頭的主管辦公室，雖然打掃得很乾淨，但過多的檔案櫃、書櫃羅列了一整個牆面，卻使室內顯得十分擁擠侷促，有如臨時才隔間出來的小儲藏室。

這個小辦公室，與我面前人高馬大的中年男子搭配起來，感覺更是不協調。

「廖氏徵信諮詢協商服務顧問中心，歡迎你來。」廖叔流暢地說著那個不知道有誰可以背得起來的公司名稱。「在正式的面試開始以前，讓我們先隨便聊聊吧。」

「喔。」

「鈞見，你應該知道，」廖叔像個朋友般說：「我跟你父親是國中同學。」

「我知道——所以，他才會介紹我來這裡。」

「他拜託我的事，我是一定會幫忙的。」

「嗯，他也跟我說過同樣的話，但是，我覺得……」

廖叔舉起手，沒讓我繼續說下去。

「你錄取了。」

「什麼？可是……這……」廖叔的話令我大感訝異。也太快了吧？現在景氣有這麼好嗎？這一行這麼缺人嗎？我想不是——這一切都是靠父親的關係，讓我覺得有點不是滋味。

自從退伍之後，我沒有再回高雄老家，也很久沒有見到父親了——在踏入社會的這一刻，我真不想接受他的善意。

「恭喜你！」

「但是……廖叔，你剛剛提到的——正式的面試又是？」

「雖然我很想立刻錄取你，」廖叔苦笑。「但是，坐在外頭的秘書可不一定同意。」

「秘書？」是那位剛剛在門口替我開門、很漂亮的長髮女子。

「本社的秘書小姐叫馬如紋，包辦本社的大小事務。沒有她的話，我恐怕連客戶的帳都不知道該怎麼收。」廖叔的表情透露一絲無奈。「但是，也因為她是個大美女，有很多人來應徵，根本不是想當偵探，而是來把妹的。」

「喔。」

廖叔意味深長地看了我一眼。

——呃，他應該不會以為我是來把妹的吧？

「這種事情多得嚇死人，處理不完。在此之前，已經有好幾個偵查員被我開除，都是因為想搞辦公室戀情，惹毛了如紋，本社不能收留這種因私害公的人。把妹我不反對，但無心工作沒錢賺那可不行。」

——言下之意是……只要賺得到錢就可以把妹嗎？

「為了證明你不是來把妹的，」廖叔的語氣帶有幾分同情。「你還是得通過正式的面試。」

「沒關係。」

「我知道你沒問題的。」廖叔點點頭，再次翻閱放在桌上的履歷表。忽然，他停了手，仔細地端詳其中的某一頁。

「對了，你在退伍的最後一個月進了醫院？」

「嗯，那是……兩個月以前的事。」

儘管眼前的廖叔對我非常友善，老實說我並不想回答這個問題。

「發生什麼事了嗎？」

廖叔等了我一會兒，但我並未開口。

「鈞見，你還是說清楚吧。」

「……是九二一大地震。」看來，這個問題是無法迴避了。「退伍前，我跟著部隊到台中協助救災，整天在毀壞的大樓裡忙進忙出……」

「所以那段時間——就像健檢報告裡寫的——你有時候會突然昏厥？」廖叔停頓了一會兒，好像在替我想理由，然後說：「我想，這是典型的災後創傷症候群。就我所知，不僅受災戶會出現心理壓力，連救難者也會……」

「嗯，醫生也說大概就是那一類的事。」

「所謂的突然昏厥，」廖叔問：「比方說是現在就有可能昏倒嗎？」

「現在應該不會吧……」我回答：「但……重點不是這個。經歷過那場地震以後，我發現我可以看見……」

說到這裡，我還是遲疑了。

「嗯？」

「看見……一些別人看不見的東西。」

從廖叔的神情來看，他似乎對這個答案相當意外。我看得出來，他不知道該怎麼回應。

「像是什麼？」

「幽靈、鬼魂……大概就是這類的吧。」

「……你沒說謊？」最後，他才擠出了這個問句。

「沒有。」

「鈞見，在偵探這個業界，信用是很重要的。」

「我知道。」

「說謊是不好的行為。」

「我是說真的！」

廖叔遽然沉默了。他沒有再多說，不知在想什麼。

「我想，這對工作會有負面影響吧？」我問。

「要看是發生在什麼時候——說不定會有正面影響。」廖叔的態度不置可否，他聳聳肩，狀露輕鬆地說：「看得見什麼、看不見什麼都好……反正你已經退伍了……搞不好你的壓力不是因為地震，而是因為即將退伍的緣故……」

廖叔自言自語起來，模樣也不知道是在說服誰。

「總之，你現在最重要的事，是證明你不是來把妹的，面試好好表現，知道嗎？」

「知道了。」

「好，這是注意事項的第一點。很重要。」廖叔繼續說：「注意事項之二，是本社的偵查員到底該做什麼。」

「也就是偵探的具體工作？」

「沒錯。」廖叔點點頭。「鈞見，對於偵探的工作，你目前的瞭解有多少？」

「我知道福爾摩斯跟亞森・羅蘋……」

「嗯，最有名的兩位外國人。」廖叔沒有讓我繼續往下講。「當偵探確實很風光——如果，你剛好是出生在一百年前的話。刑警謙虛地排隊登門拜訪、隨時都有突然冒出來的美女投懷送抱、在街上隨便來個槍戰也不會被逮捕……最重要的是，那個時代，偵探什麼案子都能辦、什麼忙都能幫，收多少費用看客戶有錢的程度，可以說是一般市民最好的朋友了。

「但是很遺憾，現在當偵探已經不好玩了。首先，能做的事，全都變成警察、調查局的工作，偵探沒案子可查，若不找點兼差來做，根本只能喝西北風。

「聽說我們有些同業一邊查案，一邊兼做狗仔隊，拍一些照片賣給八卦雜誌。還有人整天坐在電視前看益智節目猜答案跟一般民眾搶獎金的。雖然都是動頭腦，但感覺也太悲哀了。」

「真慘。」

「別說是謀殺案了，失竊也好、綁架也好，也輪不到偵探。除了不見得能賺得到錢以外，一旦涉入刑案的偵查，我們還可能從調查者變成關係人，甚至嫌疑犯——如果被惡毒的客戶利用的話。到時候，不只砸了招牌，忙了半天連一分錢都拿不到，最慘的是，萬一不幸被關到牢裡去，連西北風都甭吹了。」

「喔。」

廖叔似乎因為看到我沒有聽了這番話而奪門而出，放棄這份工作，而露出欣慰的表情。

「為了避免這些不必要的困擾，本社與刑案絕對保持距離。這是本社最大的原則。」

「不能辦刑案？」

「對。」

「那……要辦什麼案子？」

「刑案以外的案子。」

「廖叔，你是說……就像小廣告上面寫的那種案子嗎？」

「什麼小廣告？」

「平常在路上常看見的啊。比方說，抓外遇……」

「當然不是。」廖叔搖搖頭，彷彿早知道我會說這句台詞。「這種簡單的案子，吃這行飯的人大家都會，競爭太激烈了，根本吃不飽。」

「不能辦刑案，也不能抓外遇，那還有什麼案子可以接？」

一問到這個問題，廖叔的眼神立即出現光芒。

「在台北這個都市裡，生活緊張、步調快，大家的壓力都大。你知道，壓力一大，精神就容易出現問題。一旦精神出問題，人往往就會胡思亂想，生出一堆怪事。例如，有人會整天猜想隔壁鄰居有他家裡的鑰匙，趁他不在家偷偷進他房間睡他的床，還替他餵魚；有人相信自己是外星人，來自半人馬座——那裡有一顆除了太陽以外距離地球最近、叫做南門二的恆星；有人努力地想要找出前世結怨的仇人，說是一見到對方就要海扁對方一頓……」

「但是，廖叔，」我忍不住發問：「這跟我們有什麼關係？」

「這就是我們出馬、解決那堆怪事的時刻。」

「可是，會有這種委託的人，心理方面多少有點問題吧，是不是應該找醫生呢？」

「醫生？遇到這種事，醫生只會開抗憂鬱藥給你吃。他們把這個叫『對症下藥』。」廖叔一副看盡世事炎涼的超然模樣。「吃了這個藥，產生副作用，再吃別的藥來減少副作用，然後又出現新的副作用……最後藥吃太多，精神更不正常，只好住院囉。」

「但是，我們出馬又能做什麼？」

「鈞見，這就是我們的獨門生意了。」

「怎麼說？」

「當世界上的其他偵探還在蒐集線索、尋找證據，忙得焦頭爛額的時候，廖氏徵信諮詢協商服務顧問中心已經瞭解，未來的偵探，必須處理人心的謎團。」

「……人心的謎團？我不太懂。」

「比方說，剛剛那個客戶懷疑鄰居的案子，其實重點根本不在鄰居是不是真的有他家裡的鑰匙，而是……」

正當廖叔準備對我這個菜鳥偵探來場入社講習之際，辦公桌上的電話突然亮起燈來，打斷了他的話。

「喂，如紋嗎？」廖叔接起話筒。「嗯，好，好。我知道了。」

廖叔一掛上話筒，立刻就站起身來。他高頭大馬、超過一百八十公分的身材，遮蔽了從辦公室窗外透進來的陽光。

「你的客戶來了。」

「什麼？」

「正式的面試開始了。」

「跟客戶……面試？」

「沒錯。」廖叔的語氣稀鬆平常。「本社的面試方式，就是讓面試者直接面對客戶，替客戶解決問題，讓客戶滿意。不過，因為這種事情平常全是由如紋負責聯絡的，連我也不清楚會是什麼案子哩。」

「這……會不會太快了點……」

「在偵探這種行業裡，必須隨機應變的場合太多了，時時刻刻都得保持警覺心。臨場反應非常重要。」

「那麼……廖叔，剛剛你提到未來的偵探，還有人心的謎團……」

「哦，那個啊。」廖叔一邊說，一邊從辦公桌經過我，走向門邊。

廖叔曾經出現過的同情語氣，這時候再度出現了。

「那個等以後有空再說吧。」

2

一走出辦公室，秘書小姐已經等在門外。

「廖叔，陳先生已經在會客室了。」她撥了撥長髮，優雅地領在我們前面，往走廊的另一頭前進。徵信社的坪數不大，其實會客室跟廖叔的辦公室也只有一牆之隔。

會客室的沙發上坐著一個頭髮灰白、戴著銀色鏡框、鏡片看起來十分厚重的初老男子。他的西裝筆挺，質料看起來相當高級，一副資深業務的裝扮，然而，這卻絲毫掩飾不了他臉上的無精打采。除非是整個禮拜每天都上大夜班，否則恐怕很難見到這樣的表情吧。

「陳先生嗎？」一見到對方站起來，廖叔立刻笑容滿面地與他握手。「您好，我是本社負責人，我叫廖天萊。」

「你好，我是陳圭仁。」儘管神情疲憊，初老男子遞出名片的手勢依然非常熟練。「請多指教。」

我還沒來得及自我介紹，陳圭仁已經與我握過手，給我一張名片。

——「睡眠博物館」。

名片的設計雖然沒什麼質感，上面的頭銜倒是不小，是ＣＥＯ。

不過，看不出來這是什麼公司。

「來來來，陳先生，我來跟您介紹一下。」廖叔向陳圭仁熱切地介紹：「這一位呢，就是本社最優秀的偵探。」

最優秀的偵探——？

我想朝後面看一下，我的背後是不是還有其他人。但秘書小姐如紋嚴厲地瞪了我一眼，我只得轉回頭，繼續和廖叔與客戶陪笑。

「我們的偵探張鈞見——陳先生，有什麼問題儘管告訴他。」

陳圭仁聽廖叔這樣說，也開始以期待的目光望著我。「啊，真是太好了。」

「……您好，」我只得點點頭。「我叫張鈞見。」

重新進了會客室，在我們才剛坐定之際，如紋已經捧來熱茶，端正地放在桌子上了。陳經理突然失了神，怔怔地望著熱茶一會兒，彷彿方才簡短的寒暄，對現在的他而言，也是體力難以負荷的事，接著，他又深吸了一口氣，但最後還是沒能開口。

我看了廖叔一眼，但廖叔倒像是很習慣這種情況，也沒有催促他，安靜地把壯碩的身材放鬆在沙發上。

「事情是這樣的。」隔了好一陣子，陳圭仁終於說話了。

他的神情似乎是在告訴我們，同時也告訴自己必須打起精神一樣。「老實說，我目擊了一樁謀殺案。」

「謀殺案？」聽了他的話，我差點無法掩飾心中的驚訝。

——我第一次接觸到的案件，就是謀殺案啊！

——真是太好了！

——偵探最需要的，果然還是謀殺案。

「陳先生，等等。」然而，廖叔的聲音反而變得非常冷淡，打斷了我喜悅的心情。「如果是謀殺案的話，本社可以替您通報警方，還可以替您叫計程車直接去警察局喔。」

「可是，就是因為不能找警察，所以才……」

「不好意思，陳先生。」從廖叔的態度中，我可以感覺得到他對於「不辦刑案」的原則是非常堅持的。「本社跟警方不曾合作，也沒有業務上的往來。不好意思，這種案子是警察的職權範圍，我們不能幫。」

「警方絕對不會受理這個案件！」

陳圭仁的立場也很強硬，倒也令人感到意外。

「為什麼？」

「因為……因為……」陳圭仁的反應忽然停頓，好像擔心自己的回答引來譏笑。「雖然說是謀殺案，但並不是真正的謀殺案……」

「怎麼說？」

陳圭仁的雙眼透露出極端疲憊的訊息。

「我目擊到的謀殺案──是發生在我的夢裡。」

聽他這麼一說，廖叔立即與我互望一眼。所謂的「警察絕對不會受理這個案件」的說法也可以理解了。我忽然有股噗哧一笑的衝動，但看到陳圭仁煩惱的表情，只好忍住了。

「陳先生，我明白了。」廖叔的模樣像是鬆了一口氣。「請詳細地告訴我們吧。」

我忽然想起廖叔在辦公室裡說過的話。

──現代人的壓力太大了。

──精神容易出問題。

──然後，開始胡思亂想，發生怪事。

原來如此。想要解決這種人心的謎團，就要交給「未來的偵探」才行囉？

「說起來，真是有點丟臉。我服務的公司，專賣床組、寢具，代理海內外各大品牌，營業目標是讓國人都能睡場好覺──沒想到，我卻因為這個夢，自己反而沒辦法睡好。」陳圭仁說話的速度緩慢。「這件夢中謀殺案，已經困擾我很長一段時間了。每一次都是同樣的開始、同樣的過程，到最後，同樣都沒有結局。尤其是工作壓力大、情緒低落的時候，這個夢就會出現得更頻繁，夢裡的場景就會變得更真實、更揮之不去。

「首先，我用過自家公司的各種產品──獨立筒彈簧床、記憶乳膠床、水床、空氣床、律動床、溫控床、能量床……全都試過了，結果都沒用。

「接著，我去找了心理醫生。但效果很有限。這不是安眠藥能解決的事。除了吃藥以外，我還嘗試過各種不同的方法。有個催眠師曾經信誓旦旦地告訴我，這跟我的童年記憶有關，即使這個記憶我已經遺忘。但最後他也沒有喚起我什麼童年記憶。還有像是草藥、乩童、打坐、音樂療法、運動療法、啤酒療法等等，能想得到的方法都做了，仍然無法擺脫它。

「漸漸地，我開始認為，這個問題恐怕不是『心理』問題。」他的語氣有如瞬間頓悟了深奧的佛法一樣。「或許正如這個夢境所昭示的，其實這是一個『推理』問題。我不得不猜想，是不是只要我能夠揭開這件謀殺案的謎底，這場夢就會從此消失，跳出這個讓我心力交瘁的迴圈？因此，我需要一個偵探。」

結束這段有點漫長的開場白後，也許是內心的壓力逐漸釋放，陳圭仁的態度才轉趨自然。

「每天晚上，我躺在床上設法入睡——只要一想到非得進入同樣的夢境不可，我實在心神不寧。時間不知經歷多久，在我意識逐漸模糊以後，會一下子切換到清晰的畫面。那是在黑暗之中忽然出現的強光，不，與其說是強光，毋寧是光線與我所在的暗處之間的反差太大，導致一種令人不快的暈眩。

「然而，只要隨著光線看過去，就會發現光線來自一面臉孔般大小的鏡子。至於我所在的位置，則擁擠地堆疊著各種奇形怪狀的石頭。我有點頭痛，不知道自己是怎麼來到這裡的，但——光線裡出現爭吵的聲音，引我過去一探究竟。

「我透過鏡子，看到了不可思議的景象！」陳圭仁的語氣變了，彷彿自己已置身夢中。「那不是一般的鏡子。從鏡子裡看不到我自己的臉，只看到兩個人。他們的身材修長、細瘦，身著藍衣、戴白帽，彼此站得很近，不知道激烈地在爭吵什麼。

「此時，其中一個較高的人，突然拿出一把刀子，往較矮的人肚子用力刺了下去。矮個子沒有發出任何聲音，很快地倒了下去。此時，我想我大概是發出了驚叫聲，引起兇手注意，他馬上朝我的方向看過來。我的雙腿突然發軟，跌坐在地上。

「然而，恢復冷靜以後，我並沒有逃命，反而想快點去救人。我發現，牆上雖然還有其他鏡子，但連一扇門都沒有。我必須先找到門。我沿著陰暗的牆面不停地摸索著，也不知道經過了多久，我來到的牆面上，放著更多鏡子，但還是沒有門。

「在那些鏡中，我看到一張小孩的臉——我這才發現，那是我自己！原來，我在夢中變成了一個小孩。正當我心急如焚之際，我偶然注意到，其中有一面鏡子特別大，但卻看不見自己。我看到鏡子的另一頭有一個房間，於是，我不由得伸出手來，去觸摸鏡子……令我訝異的是，我的手居然穿過鏡子了！

「這時，我突發奇想——說不定，這就是進入另一個空間的入口？於是，我不再遲疑，繼續伸長我的手，真的，我的手臂也穿過鏡子了！很快地，我整個人離開了原來的暗處，進入了另一個空間！

「我進到一個房間裡。有如歐洲城堡裡奢華的會客廳一樣，天花板掛著一盞金碧輝煌的水晶燈，光彩奪目。但是，房間裡除了牆上掛滿鏡子以外，空無一物。」

——修長細瘦的藍衣人？

——能夠穿過鏡子？

的確，這還真的是只有在夢境裡才會發生的謀殺案呢！

但，與興味盎然的我不同，我發現廖叔的表情倒是毫無變化，好像醫生聽到病患說今天早上幾點上了廁所似的。坦白說，我不由得猜想，是不是他早就把對方當成瘋子？

「就在這時，房門忽然打開了！」陳圭仁說著說著，語氣愈顯得狂熱。「我嚇了一大跳，畢竟剛剛才目睹一樁近在眼前的謀殺案……從房門口走進來一個人……不，雖然他有著人類的身材，但是他並不是人！」

「……不是藍衣人嗎？」我忍不住脫口而出。

廖叔聽見我插話，雖是沒說什麼，但卻透露一種「小朋友你還太嫩」、宛如老師在勞作課上看到學生不小心把紙雕上的人頭整個割斷的表情。

「他是豬男。」陳圭仁脫下眼鏡，稍微擦拭過鏡片後，才說：「一隻圓滾滾、穿著深色T恤、牛仔吊帶褲以及雨鞋的豬。」

「那麼……他並不是兇手了……」我沉吟。

——想不到，連豬也變得人模人樣，而且還會說話！

不過，既然陳圭仁都已經說是夢境，再怎麼樣超脫現實的情節，其實也不足為奇了。

儘管如此……我突然開始擔心起來了。

——這樣的謀殺案，要怎樣以現實世界的邏輯破案呢？

廖叔口中所謂「處理人心的謎團」，想必也包括解決夢境的謎團了。然而，他卻來不及告訴我——既然重點不在鄰居是否真的有鑰匙，那重點到底在哪裡？……

正在描述夢境的陳圭仁，當然不知道我內心的煩惱。對他來說，這家徵信社是他尋求解決之道的最後一根稻草，我則是徵信社社長口中所稱「社內最優秀的偵探」。對我而言，則是踏上偵探生涯的第一步。

總之，我只能儘可能地去跟隨陳圭仁的描述、想像他所說的一切，設法讓他的怪異夢境也進入我的腦中。

——設法破解這件從未存在的謀殺案。

3

「你從哪裡來的？」豬男一看到我，立刻不高興地提出質問。

剛剛才踏入這麼一個截然不同的世界，我的心裡其實非常不安，因此見到一個不像是藍衣兇手的對象，即如同求援般的一直喊叫著：「有人被殺了！快去救他！」

「不要大聲喧譁。」豬男口氣兇狠地要我閉嘴。「這裡是幻鏡之家，只有一個出入口。你到底是怎麼進來的？」

「我是從……鏡子的另一邊進來的。」我回頭指著背後的大鏡子回答。

豬男立刻搖了搖頭，說：「怎麼可能？」

儘管豬男充分表現一副不可置信的態度，但他仍然走向牆面，想仔細檢查房間裡的鏡子。我以為他一定會馬上相信我的話了，結果，我卻看到難以理解的畫面——在那面不久前我的身體才曾經通過的鏡子裡，竟出現了豬男的臉。

豬男伸出多肉、臃腫的手掌，開始碰觸鏡面。跟我的情況完全不同，豬男試了鏡子的每一塊位置，都沒有辦法找到可以穿到另一邊的區域。

——沒想到，鏡子的通道在轉瞬間已經關閉了。

「你說的話，實在太奇怪了……」

很顯然，他也發覺事情不對勁。正如他自己曾經說過的，只有一個出入口的房間裡，是不可能平空多出一個人來的。

不過，豬男好像並沒有完全死心，他繼續檢查了房間裡的其他比較小的鏡子，還一邊喃喃自語地說：「不行……沒有……這裡也沒有……」

最後，他終於把所有的鏡子都檢查過了，結果是一無所獲。

他只好轉身望著我。「你剛剛說，有人被殺了？到底是怎麼一回事？」

於是，我將事情的經過告訴他——我在鏡子的另一頭，透過鏡子看見有兩個藍衣人在激烈爭吵之下，其中一人殺了另外一人。所以我才穿過鏡子，來到這個世界。

「你所說的藍衣人，是藍精靈嗎？」

「藍精靈？」

「他們的脾氣很暴躁，總是一副唯我獨尊的姿態，也見不到別人好。有他們在的地方，永遠都會發生爭執。」豬男說：「還好，後來他們自相殘殺，全部都死光了。」

聽他這麼一說，我開始相信自己看到的恐怕真的是藍精靈了。

「所以，我真的看到藍精靈了……」

「不可能的。他們已經消失很久很久了。」豬男沉默了一會兒，才又說話。「據說，幻鏡之家的鏡子都是有生命的，常會製造無法解釋的怪事。說不定，這就是這些鏡子的惡作劇。」

「……真的嗎？」

老實說，我不太能接受這種說詞。畢竟，我目擊的是一樁近在咫尺的謀殺案啊！

不過，關於我的出現，豬男也沒有其他解釋。

「這個房間，平常都是鎖起來的，沒有人敢進來。」他的口氣漸趨和緩。「大家都不喜歡會惡作劇的鏡子。可是，既然你已經出現在這裡，我只能認為，就是這些鏡子呼喚你來的吧！」

「嗯。」

「事實上，我是這裡的警察。」豬男伸出手來，禮貌性地與我相握。「如果藍精靈真的再度出現的話，對住在這裡的大家會造成困擾。看來，這個案件有必要好好調查一下。我們必須去見見其他人，看看是不是還有誰也目擊到這件事。」

一起離開這個稱為幻鏡之家的房間以後，豬男小心地將門關上。從他謹慎的態度中，我還是可以感覺到，儘管他變得較為友善，但心裡對我的疑惑依然沒有減低。

房間外只有一道幽暗的走廊——幻鏡之家位於這條走廊的盡頭。即使只有絲毫的微光，我還是可以辨識出四周洋溢著繽紛豔麗的色彩。

我想要停下腳步仔細地看清楚，但豬男卻催促著我。

「我們必須快點查明真相，不能讓藍精靈逃走！」

長廊的盡頭，在我們的眼前出現了一個廣場。

「啊，就是這裡！」我大叫：「我剛剛看到的謀殺案，就是在這裡發生的！」

我看到廣場邊緣的牆面上，掛著一面鏡子。我想，我剛剛就是透過這面鏡子目擊到藍精靈謀殺案的。

「原來是發生在星之廣場。」

豬男朝那面鏡子走去。

不過，鏡子再次顯現出豬男的臉。這表示這面鏡子已經變回普通的鏡子了。

接著，他低著頭在星之廣場內四處來回走動，一邊仔細檢查地面，還偶爾抬頭看看我。到最後，他沒有在地上發現任何關於謀殺案的蛛絲馬跡，我知道，他愈來愈不相信我了。

除了我們通過的走廊外，在廣場上還有其他三道走廊，以廣場為中心形成十字形的交叉。正對於幻鏡之家的長廊，遠方似乎聳立著一座垂直的長梯，長梯的最高處好像有一團雲霧，但可能是距離太遠，我無法看清楚。

「什麼都沒找到。」豬男說：「現在廣場也沒半個人。我們得去找人問問。」

首先，他帶我往左向的走廊去。

「這裡叫做百花之巢，是雀女住的地方。」

我看到走廊末端的房間裡，有……一隻鳥，看到我們來訪，模樣好像有點倉皇。與那個豬男相同，那隻鳥也有人形的外貌，但全身披滿淺黃色的羽毛。

原本聽豬男的形容，我以為雀女住的地方會是一個種滿花朵的房間。但進入房內一看，才發現裡頭連一盆花都沒有。

不過，在房間的正面牆上，倒是掛了一幅以花園為主題的繪畫。繪畫裡除了花園以外，還畫有一些園藝工具，譬如鏟子、枝剪、澆花器等，但並沒有其他人、動物或建築。很單純的花園繪畫——儘管漂亮，感覺卻很單調。

此外，在房間的一角，放著一個大搖籃。上頭擺了一顆大蛋，看起來被妥善地照顧著。

我想要走近看一看，但雀女立刻阻止了我。

「你想幹什麼？不要過來！」雀女給人的感覺非常神經質。「你們為什麼來這裡？」

「他目擊了一樁謀殺案，」豬男指著我回答：「所以我帶他來進行一些調查。」

「謀殺案？」

「更奇怪的是，他說殺人的與被殺的兩人，都是藍精靈……」

「這裡沒有什麼藍精靈，」雀女也不再讓豬男往下解釋。「更沒有什麼謀殺案！」

「就是因為我們都以為藍精靈已經永遠消失了，」豬男還是繼續說明：「我才認為有必要詳加調查……」

「這是藉口！」雀女反駁：「真是夠了。豬男，你只會利用一些瑣碎的小事跑來打擾，製造我跟小孩的不安。」

——我再度看了搖籃一眼。

我想，她所指的小孩，應該就是那顆搖籃裡的蛋吧。

蛋的體積相當大，使我深感好奇，不禁再次偷偷地觀察。

「對警察來說，藍精靈的案件非常重要。」豬男也不甘示弱。「更何況，妳自己應該最清楚了，真正讓大家不得安寧的，其實就是妳。妳，一天到晚為小事斤斤計較，就是害怕自己被別人忽略，擔心別人害妳。」

「我再說一次，這裡沒有藍精靈，也沒有謀殺案！」

兩人的對話劍拔弩張，彼此都不肯退讓。

看來，兩人平常的關係並不融洽。
「好，我知道了。」吵到最後仍然僵持不下，豬男只好嚴厲地說：「等我徹底將案情查清楚以後，一旦發現事情跟妳有關，一定會再來找妳！」
「找得到就來啊！」雀女一點都不怕豬男的威嚇，「但是，現在你們給我出去！」
得不到對方的配合，我們只得離開百花之巢。
「哼。」豬男嘴上雖然很氣憤，但沒有什麼證據，也只能乾瞪眼。
接下來，我們繼續前往另一個地方，也就是幻鏡之家正對面的走廊。
我原本看不清楚的長梯，漸漸地接近以後，終於看得比較清楚了——長梯的最高處，與一片雲朵連接在一起。
「這個地方叫雲彩之梯。」豬男說：「住在這裡的，是人馬。」
「人馬……」我感覺有點意外，竟然連希臘神話裡的動物都有。「是神話裡的人馬嗎？」
「嗯。」豬男回答：「原本人馬是住在天上的銀河，因為個性太過驕傲、自戀，才會被放逐到這裡來。不過，慈悲的天神保留了一道雲梯，等他徹底反省以後，就會從雲梯下來接他。」
想不到這個世界除了藍精靈以外，還有這種神話。
不過，人馬的外貌，跟我的想像稍有不同。原先我以為會是人形馬身，結果，他的頭部卻是馬頭，全身則披滿馬毛。
「啊，豬男，好友！我親愛的好友！」人馬說話的聲調，有一種親切得近乎噁心的油膩感，但他絲毫不以為意。「你來這裡做什麼？」

「我來調查一樁謀殺案。」

「謀殺案？」

「是消失已久的藍精靈，互相殘殺的謀殺案。」豬男看了我一眼。「他就是目擊者。」

「我以為世界上早就沒有藍精靈了呢。」人馬回答：「我親愛的好友！請告訴我，事情是怎麼發生的？」

人馬和顏悅色的態度，與雀女大相逕庭，讓我的心情頓時輕鬆不少。於是，我將豬男說過的話，詳細地再告訴人馬一次。

「原來有這樣的事情。」人馬的模樣好像很滿意，他點點頭說：「想不到幻鏡之家的鏡子，會派你來到我們的世界。豬男，這個案件我很有興趣，我願意提供協助。」

人馬「每次」都這麼說（因為，這段情節不知道在我的夢中上演過多少次了）——後來，我才明白為什麼他會這麼熱心。

——原來，他以為自己是名偵探！

所以，在他的眼中，我跟豬男就變成了不知所措的委託人和登門請益的笨警察了。

——這個人馬，果然像豬男所說的，是個自戀的傢伙。

「要是大家都像你這麼合作，」豬男嘆了一口氣。「我也不必這麼辛苦了。」

「雀女太不關心別人了。真是自私。」

豬男沒有再回答他。

看來，對於人馬直來直往的高傲態度，豬男也不是很能忍受。

談到最後，人馬決定跟我們走，共同調查這件事。我們一起繼續往第三條，也就是最後一條走廊前去。

然而，走在途中，我卻突然生出一種奇異的感覺——

人馬走在最後面。

——可是，他明明是馬啊……

儘管他說話的方式既積極又熱心，但是他這種拖延的舉止總是不得不讓我起疑。一直叫我們快走、快把線索蒐集齊全，但自己的動作卻非常溫吞，好像在隱藏什麼似的。

在我陷入思考之際，第三條走廊盡頭，很快就到了。

眼前的景象，讓我嚇了一跳。

跟其他三道走廊不同，這裡並沒有房間，而是一個空曠的草原。不過，由於時間正值夜晚，所以能見度很有限。

在草原上，橫亙著一條河流，河上有一座半透明的小拱橋。

「這裡叫做玻璃之橋，」豬男說明：「但是，我們不能再走過去了。」

「為什麼？」我不解地問。

「因為，這裡是聖僧修行的地方，普通人是不能夠隨意打擾的。」從後方趕上來的人馬經過我，一邊走到橋口，一邊接口說：「玻璃之橋非常地脆弱，除了長年修行的聖僧以外，任何人一踏上玻璃之橋，橋就會立刻斷裂。」

我稍微走近一看，發現這座橋確實比想像中薄，貿然走上去，恐怕真的會發生意外。

「那該怎麼辦？」我心急了。「萬一，兇手就在那裡……」

「連藍精靈也不例外。」豬男補充：「只要他們一走上橋，一定會掉入河裡。這座橋是為了讓聖僧安心靜修才建造的。沒有人能打擾聖僧。」

「而且，你看看。」人馬沒讓豬男搶盡風頭，總是想證明自己才智過人。「橋根本沒斷，這表示藍精靈沒有來過這裡。」

但是，行事謹慎的豬男，還是向前走了幾步，在岸邊仔細張望。

「對岸真的只有聖僧一個人。」

我循著豬男的目光看過去，果然有一個體態老邁、蓄著長鬍的和尚，脖子上圍著一條圍巾，赤裸著上半身，全身只穿著單薄的短褲，在距離我們十幾公尺前的對岸草地上打坐。雖然天色相當昏暗，但我依稀可以看到他雙眼微開的平靜臉孔。此外，正如豬男所說，那裡除了聖僧以外，確實沒有其他人了。

「不過，為求小心起見，還是問問聖僧吧。」

人馬提議，同時也走到橋邊，站在豬男身旁。

「嗯。」豬男同意。「畢竟跟消失已久的藍精靈有關……」

於是，豬男朝著對岸，稍微提高了音量，開口詢問正在打坐的聖僧。

「聖僧，我是豬男。有幾個問題想請教一下！」

「你說吧。」

儘管聖僧打坐的身軀一動也不動，我還是聽到了他以微弱的聲音回答。

「剛剛有沒有其他人來過這裡？」

「除了你們以外，」聖僧很快地答覆：「沒有別人了。」

「聖僧，所以您也不知道藍精靈謀殺案的事情了？」人馬也說話了，並且指著我說：「他說他看到兩名藍精靈吵架。更可怕的是，其中一個還用刀子殺了另一個。」

然而，聖僧聽到謀殺案的消息，似乎依然不為所動。

「藍精靈已經消失很久了。」

「嗯，但他們似乎再度出現了……」人馬語氣擔憂地說。

「我明白了，」聖僧沒有讓人馬把話全部說完。「你們不需要擔心。如果我有他們的線索，我會立刻告訴你們。你們走吧。」

人馬回頭看看我們，低聲說：「看來，我們好像真的打擾到聖僧的清修了。」

「嗯，」豬男說：「我們最好還是快點離開吧。」

雖然聽起來是眾人口中尊敬的聖僧，但我卻感覺他只是個不關心現實、對謀殺案毫無興趣的老人。也許大家心裡也這麼想，只是沒有人敢說。

因為從聖僧那裡，也問不到什麼新線索，我們只好再次回到星之廣場。

結果，雀女已經在廣場等著我們了。

「豬男，對你這樣的行為，我想來想去，還是覺得忍無可忍！」

她的語氣充滿埋怨。

「妳不配合辦案，我不想跟妳計較。」豬男的口中雖然這麼說，但卻刻意提高諷刺的聲調，故意說給我跟人馬聽。「但是，請妳不要干擾我的工作。」

豬男與雀女又開始吵了起來。然而，人馬並沒有加入這場唇槍舌戰，反而像是在欣賞一場好戲。雖然他一開始答應協助豬男，但這時候卻袖手旁觀了。

「身為一個警察，」雀女的聲音變得很冷淡。「居然輕易地相信一個來歷不明的人，反而對住在這裡已經很久的居民這麼不信任！」

雀女這句話宛如銳利的尖刺，提醒了大家——我是一個不屬於這個世界的人。

豬男與人馬，隨著雀女的質疑，把疑惑的目光投向我。

「我……」

「藍精靈已經消失很久了，這是大家都知道的事。」雀女繼續毫不客氣地攻擊。「但是，你們沒注意到嗎？這個陌生人，卻利用了我們對藍精靈的畏懼，讓這裡變得人心惶惶。」

「說的也是。」人馬附和：「我是看到他跟豬男在一起，才會相信他的。」

「他說他是從幻鏡之家的鏡子裡來的……」

「幻鏡之家！」雀女的語氣顯得非常訝異。「那個亂七八糟的地方？」豬男第一次帶我去找她時，她根本不聽我們的說明，所以這件事她是第一次聽說。

「用不著這麼驚訝吧？」人馬說：「不過就是一些喜歡搗蛋的鏡子罷了。」

「比起那些鏡子，我認為藍精靈的事情更重要，所以才要他配合辦案。」豬男的說話方式，像是一種辯解。很快地，他話鋒一轉：「但是我到處都查遍了，不要說是殺人的藍精靈，即使是藍精靈的屍體，也根本沒找到。」

「對啊。」人馬也見風轉舵。「還虧我這麼熱心！」

「如果還是找不到兇手或被害者，」在雀女與人馬的鼓譟下，豬男對我的友好態度已經徹底消失。「那我只能做出兩種判斷了。第一，藍精靈的謀殺案根本就不存在。沒有兇手，也沒有被害者。我們東繞西繞搞了半天，只是瞎忙一場。畢竟，除了你以外，沒有人看到這件謀殺案。也就是說，從頭到尾都是你在說謊。在我們這裡，說謊的人必須要施以斷舌灌油之刑！」

豬男的恫嚇，令我嚇了一大跳。我只是擔心被害者的性命，所以才來到鏡中的世界，沒想到會因為無法證明謀殺案是否存在，而有被判刑的可能。

「真是可怕呢。」此時此刻，人馬依然不改旁觀他人處境的態度。「沒有舌頭以後，什麼話都說不了了。如果再從嘴裡倒入滾燙的熱油，我看連要吃飯都很困難了吧！」

至於雀女只是冷笑，不斷點頭認為這是我應得的下場。

「……那麼，第二種判斷是什麼？」好不容易，我從嘴裡擠出這個問題。

「第二種判斷是，謀殺案真的發生了，所以我們可以先假設真的有一具藍精靈的屍體，只是被兇手藏起來了。」豬男的聲音彷彿變得更暴躁。「亦即，雖然我們目前還找不到這具屍體，但總有一天會找到的。在另一方面，告訴大家有這具屍體的人，只有你一個人。你不斷地要求，要我們把這具屍體找出來。

「這代表了什麼？這代表如果我們真的找到屍體，那你就可以名正言順地成為目擊者，不會被懷疑是兇手。因此，反過來想，我們可以進一步地合理推論，其實你就是兇手，也就是殺人的藍精靈。因為，只有兇手才知道謀殺案的存在。你偽裝成目擊者，無非就是想要混淆視聽、擺脫嫌疑，讓我們以為兇手另有其人！」

「可是，我根本不是藍色的啊！」我抗議。

「據說，藍精靈可以變身。」人馬以搧風點火的方式插話：「隨時隨地都能裝成一副無害、無辜的模樣，這樣才方便他們做壞事。」

「既然變了身，要怎樣才能辨別是不是藍精靈？」

「只要施以剝皮折骨之刑，」豬男彷彿已經迫不及待地想要做出判決。「藍精靈就會現出原形，並且坦承所有自己所犯過的罪行。」

豬男的回答真是令我目瞪口呆。就算只是一場夢，這麼殘酷、不合理的刑罰，簡直像是中世紀認為只要把女人丟進河裡，就可以證明她是不是女巫。

——若是沉進水裡，表示她不是女巫；浮起來，表示她利用惡魔的力量讓自己生還。

問題是，人都淹死了，是不是女巫根本不重要了吧……

正當我不知所措之際，豬男、雀女、人馬已經朝我逐漸逼近。

「抓住他，不要讓他跑掉！」雖然他們嘴裡這樣說，但實際上卻是直接撲上來，用力壓在我的身上。此時此刻的他們，全都失去理智了。特別是豬男，壓得我動彈不得、無法喘氣。

接著，他們用不知道從哪裡找來的繩子，將我綁住。

「我最後再問你一次，」豬男宛如閻王爺正準備擲出律令般，兇惡地說：「你到底是說了謊話，或者你根本就是藍精靈？」

「我沒有說謊，也不是藍精靈！」我氣急敗壞、喘著氣解釋。

「那麼，藍精靈謀殺案的兇手是誰？」

「這……」

「屍體又在哪裡？」

面對豬男的質問，腦中一片混亂的我，根本無法回答。

「他根本沒答案。」

「是啊。」

雀女與人馬仍舊不停地落井下石。

「好，」彷彿是為了維護警察的自尊，豬男明快地下了判決。「既然陪審團已經無異議認定被告無法指認真兇，也無法提供藏屍處……」

——喂，我什麼時候變成被告了？陪審團又是什麼時候成立的？

「本庭決定給予被告一個選擇的機會——讓被告自己選擇，是想要接受斷舌灌油之刑，或是剝皮折骨之刑？」

「我都不想選！」

「很遺憾，」豬男搖著他癡肥的大頭。「本庭並沒有提供這個選項。」

4

「然後，就在他們搬來刑具的時候……」陳圭仁嘆了一口氣。「我終於被這場夢嚇醒了。」

聽完陳圭仁的敘述，看到他已經滿頭大汗，心裡不禁有點同情他。

以聽眾的角度而言，這場夢境很有童話故事的奇趣，可是，一旦見到這個故事的受害人長年受此夢所苦，不免感嘆這個結局一點都不美好的故事實在不能說是童話。

「陳先生，」在夢境的敘述過程中，從頭到尾都沒有說話的廖叔，終於開口詢問：「因此，您認為只要您能夠在夢境裡的豬男詢問您謀殺案的真相之時，能夠說出正確的解答，破了這個案件，這場夢境就不會再發生，是嗎？」

「對。」

「在聯絡本社以前，您是否曾經試驗過這項猜測？」

「我試過。」陳圭仁點點頭。「這場夢纏了我很久，我早就希望可以趕快擺脫它。首先，我試圖不去看鏡子，也就是讓自己不曾目擊那件謀殺案——每天晚上，都必須近距離地看一次兇殺過程，是莫大的折磨。

「但是，這沒有用。在夢境裡，只要我一見到那道黑暗之中忽然出現的強光，我就會被吸引過去，自然而然地目擊到謀殺案。後來，我也嘗試過，目擊謀殺案以後，不要去尋找那個世界的入口，也就是那面特別的鏡子通道——同樣沒用。在夢境中，我目擊謀殺案以後，心裡所產生的焦躁感，會使我一直以同樣的故事情節往下走。

「此外，針對各項環節，我也試過『不要對豬男說我目擊過謀殺案』、『別全盤接受豬男的調查順序』、『尋求雀女認同』等等，都沒有辦法改變夢境的內容，一樣有同樣的結果。」

「試驗的具體方式是？」廖叔問。

「整個夢境的內容不算複雜，一進入鏡子後，我遇到豬男，豬男帶我去見雀女、人馬、聖僧，接著回到廣場，最後則是豬男的審判。這個過程當中，一輪到我說話，我會儘可能地改變台詞的內容，看看能不能得到不同的結果。」

「做得到嗎？」

「做得到是做得到，但是結果卻無法改變。比如說，若是我不承認看到謀殺案，或是說出其他答案，豬男會持續地逼問我同樣的事，導致沒辦法進行下一個階段的情節。這麼一來，這場夢根本沒完沒了。更可怕的是，如果我一開始先說謊，最後才承認看見謀殺案的話，豬男會開始說教，說了很久才會帶我去見雀女。這個夢萬一變成那樣，做起來會更痛苦。」

我可以瞭解——雖然陳圭仁確實耐心十足，但是遇到這種死纏爛打的整人惡夢，恐怕也只能舉白旗投降了。

「總而言之，夢境的每一段落，能試的我都盡量試了，」陳圭仁嘆了一口氣。「試到最後，我終於領悟到，唯有在最後一段製造逆轉，才有可能結束這場夢境。」

「原來如此。」

「於是，我決定試驗一下，如果在最後的審判中，指出兇手的身分，想必一定可以終結這場惡夢。」陳圭仁做了這樣的結論。「我在經歷過多次的夢境以後，設法整理了夢境裡的線索。最後，我認為，我可以提出正確的解答！」

「陳先生，也就是說——您在夢境的最後，提出了自己的推理？」

「是的，和我的猜想完全一致。就在豬男問我兇手是誰以後，我立刻回答他了——我說，兇手就是人馬。」

「結果呢？」

「結果，夢境的內容真的開始改變了！」陳圭仁的上身前傾，急切地說：「一聽到我提出這項指控，原本抱持著看好戲心態、隔岸觀火的人馬，突然暴跳如雷起來。豬男倒是開始冷笑——好像有好不容易出了一口怨氣的態度。看樣子，豬男一定經常被人馬看不起，這回終於逮到機會可以騎到對方頭上了。雀女則似乎也早就看不慣人馬的牆頭草個性了，說她覺得我說得有道理。

「豬男與雀女對待我的態度變得較為和緩，反而開始對人馬起疑。人馬大聲抗議，說這根本就是隨便誣賴，還問如果兇手真的是他，他會把屍體藏在哪裡？他辯解，從豬男開始辦案以來，他的配合度就很高，還陪著我們到處調查，如果真是兇手的話，一旦靠近藏屍的地點，情緒很容易變得不安，立刻就會被發覺的，怎麼可能跟著警察到處趴趴走？結果，人馬此言一出，立即引來豬男的認同，他說他認真地反省過了，自己確實不該隨便懷疑警民合作的對象。連雀女也覺得人馬說得有道理。」

喂喂喂，雖然只是夢裡的角色，但這些人的立場也太不堅定了吧？

「於是，豬男立刻回頭追問我，如果兇手是人馬的話，他會把屍體藏在哪裡？於是，我繼續提出了我的推理。我認為，屍體就放在人馬所居住的雲彩之梯——也就是被藏在長梯最高處的那團雲霧！

「聽完我的指控，豬男與雀女都大吃一驚。連人馬也表現出錯愕的模樣。豬男要求我進一步說明，問我為何會這樣懷疑？我回答，人馬之所以這麼熱心配合，並表現出一副願意跟我們一起調查的態度，是希望馬上將我們帶離雲彩之梯，也就是他的藏屍處。人馬在離開現場之際，還走在最後面，那是因為他在做最後的檢查，確認自己沒有遺留任何線索。

「不過，豬男仍然繼續追問，雲彩之梯最高處的雲霧，是迎接天神降臨的天台。那是非常神聖的地方，怎麼可能被玷污？更何況，人馬一直等待著回到天上的銀河，實在難以置信他會做未來的偵探，必須處理人心的謎團。出這種事。我則回答，正因為是神聖的地方，人馬才認為把屍體藏在那裡一定不會被懷疑，反正依照人馬的這種性格，再等一百年，天神也不會下來接他的……」

看來陳圭仁真的是每天晚上被煩得快要抓狂了，才會對夢中的角色做出這種批評啊。

「人馬聽到我這麼說，立刻放聲大哭，他不斷喊著，懷疑他是兇手沒關係，犯不著做這麼過分的詛咒吧？豬男罵我說話不該那麼絕情，連平常看人馬不順眼的雀女也覺得我說得太過分。可是，他們有沒有想過，他們的出現已經干擾到我的生活了？我這麼說還算客氣的了……」

好了好了，我親愛的客戶，就請您別跟夢中的角色賭氣了。

「可是，要是讓人馬一直哭鬧，豬男也沒辦法繼續審判下去。於是，大家只好安慰他說，如果人馬是無辜的，天神一定會來接他的。人馬說他不想聽，我說的話太傷人，到最後，在豬男跟雀女的強烈要求下，我只好向人馬鄭重道歉。

「好不容易，人馬終於不哭了。但是，他好像也想到新招來反駁我了。我懷疑他根本是哭假的，是為了爭取時間。總之，人馬質問我，憑他的模樣，要怎樣爬上長梯？豬男聽了，才恍然大悟，贊同了人馬的意見。

「人馬的意思很簡單——他不像豬男有『四肢』——他是『六肢』！除了雙手以外，他還有四條腿！所以，那架長梯，他是沒辦法攀爬的！人馬雖然住在那裡，但他只能在地上等待天神降臨，無法登上天台。天台是天神專用的。

「面對人馬的反駁，我差一點說不出話來。依照人馬的體型，確實是不能上梯子。不過，我還是想通了最後的關鍵——」

「什麼關鍵？」我問。

「藍精靈是可以任意變身的啊！」若是在其他場合，一個中年人講這種話，一定會引來哄堂大笑吧。「也就是說，他可以先以藍精靈的姿態揹著屍體登上長梯放在天台，回到地上以後再變身成人馬。

「豬男與雀女一聽，覺得十分合理，既然藍精靈可以變身，爬樓梯算什麼，去什麼地方都不是問題。於是，豬男當下決定，要人馬接受剝皮折骨之刑——這樣，藍精靈就會現出原形了。

「人馬聽完，嚇了一大跳，哭著說就算要行刑也不必那麼著急吧？這項推理又還沒有經過證實！如果他真的將屍體藏在雲彩之梯的天台上，那麼只要上天台看一下，就可以知道這項推理正不正確了。豬男思考了一陣子，說這樣也對。於是，我們一行人便一起去了雲彩之梯，確認一下屍體是不是真的在天台上。

「由於人馬有『六肢』，雀女只有『兩肢』——此外，她因為很久沒飛，所以翅膀已經退化了——兩個都不能上長梯；我則是大家不信任的人；最後，決定由豬男爬上梯子去查看。不過因為梯子很長，豬男形如其名，非常肥胖，所以他爬得很慢，而且爬著爬著，常常必須停下來休息一下，還得擔心會不會不慎摔下來。我們一直抬著頭看他往上爬也很累……總之，最後豬男終於爬上去了。他在我們的眼前消失了一會兒，然後再次攀著梯子往下爬，同樣的，他爬得很慢，還休息了好幾次，我們真的等得很辛苦。

「當豬男終於踏上地面、開始一邊喘氣，一邊掏出手帕擦汗時，我們已經失去了問他『到底有沒有屍體』的興趣了。不過，豬男也沒等我們問，就直接說，沒看到藍精靈的屍體——別說是藍精靈，天台上空無一物！人馬聽了，立即像是中華隊打進奧運似的大聲歡呼。

「事實證明，人馬並沒有將屍體藏在天台上——所以，我的推理是錯的。當然，豬男並沒有忘記審判還在進行中，於是他又再度問我，既然屍體不在這裡，那麼到底在哪裡？但這一次，我想來想去，還是沒辦法想出一個好的解釋，只好無言以對，於是，他們決定去準備斷舌灌油之刑的刑具……到這裡，我再度被夢境的結局嚇醒。」

想不到，陳圭仁自行推理的解答，雖然成功地突破原有情節的限制，但仍舊因為推理的邏輯不周全，而返回同樣的結局。

「不過，這個經驗，給了我一些啟發。」陳圭仁說：「確實可以改變這場夢——只要在最後的審判提出兇手的身分，豬男就會問你為什麼，若能回答理由，他就會繼續問，屍體藏匿在什麼地方。如果推理的過程有問題，而你又無法提出進一步的解釋，那麼就只好等著受刑了。

「也就是說，除了兇手的身分必須正確，藏匿屍體的方法也不能違反邏輯。雖然我個人認為人馬是兇手，卻在夢中被推翻，但這也許不代表他就不是兇手，也有可能是因為我答不出正確的藏屍地點。

「所以，我才決定來到這裡，尋求其他的解答。這個夢我每天晚上都會做，也不怕用嘗試錯誤的方式來解決，但是，無論如何，我還是希望可以早一點解決。」

對話至此，陳圭仁已經把話說完了。

「很奇妙的夢。」廖叔回答：「原本一般人的想法，都認為夢境雜亂無章、缺乏邏輯，而且出現的時機、內容也沒有規則可循。然而，您的親身體驗卻告訴我們，不斷重複出現相同的內容、必須運用邏輯才能讓結局圓滿，這樣的夢境也是存在的。

「本社非常樂意接受您的委託，並且將這件委託全權交由這位偵查員——張鈞見負責，在案件正式解決以前，會負責與您保持聯繫，您有什麼問題，也可以直接告訴他。」

「嗯，謝謝。」

「不過，關於這個委託，待會兒秘書小姐還會有個正式的合約，要麻煩您過目一下。合約的條文款項，如果有什麼地方不清楚的，秘書小姐也會一一向您解釋。另外，調查費用的部分，秘書小姐也會向您說明清楚的。等到讀完合約以後，您再決定是否正式與本社簽約。」

廖叔說完後續的簽約事項，隨即站起身來。

「陳先生，鈞見與我暫時先離開一下。我們得回辦公室，研擬一下調查工作的各項細節，以及接受委託之後的偵查計畫。」

雖然只是一場謀殺案的夢境，廖叔的處理方式還滿鄭重其事的嘛。不過，所謂「工作的各項細節」、「偵查計畫」究竟是什麼，實在讓我無法瞭解。畢竟，要調查這件謀殺案，我也沒辦法親自到那個世界的「現場」去勘查吧？

也許，他是想利用陳圭仁閱讀合約的空檔，繼續傳授我如何處理「人心的謎團」，以及關於「某個客戶懷疑鄰居有他家裡的鑰匙」的案件關鍵。

「陳先生，這是本社的合約。」

如紋進入會客室，將委託書遞給陳圭仁，親切地替他翻開合約內容，並且開始說明。廖叔則與我離開了會客室。

只不過——

儘管這次的會談令我感覺非常新鮮，我心裡卻有個小疙瘩，不吐不快。

「廖叔……我……」走在走廊途中，我叫住廖叔。

「什麼事？」

「我……真的是社內最優秀的偵探嗎？」

事實上，我想起一開始廖叔自己所說的——說謊是不好的行為。

「說這樣的話，其實只是為了讓客戶安心啦。」廖叔的神情沒啥變化。「這位陳先生，應該是頭一次找徵信社。我看他對自己的問題很煩惱，但卻又不知道該相信誰，所以我當下判斷，若是對他說這樣的話，應該可以讓他把心事輕鬆一點說出口。」

「但是……這不就是說謊嗎？」

「這不是說謊，」廖叔聳了聳肩。「這只是隱瞞。」

「我不懂。」

「鈞見，你確實是本社最優秀的偵探啊！」

「但……這是真的嗎？」

「真的、真的。」廖叔彷彿對自己的解釋很滿意似的點了點頭。「在本社裡，我是社長，如紋是秘書，你是偵探。沒說謊。我只不過是隱瞞了一點別的事——」

「什麼事？」

「你是本社唯一的偵探。」

5

「鈞見，你知道安樂椅偵探嗎？」

當我們再度回到廖叔的辦公室以後，他開口問我。

「我知道，」我坐回原來的那張摺疊式鐵椅上。「簡單來說，就是不必出門調查也可以破案的偵探吧。」

「嗯。畢竟不是每一個偵探都喜歡出門。」廖叔也坐回剛好能容納身體的辦公椅上。「有些偵探討厭人群或犯罪現場，另外有些偵探則是不方便出門，例如過度肥胖或癱瘓人士。」

「推理作家這樣寫，是為了表現他們的聰明才智。」我提出自己的見解。

「那是小說。基本上，本社鼓勵偵探出門。」廖叔雙手一攤。「對本社來說，不出門調查是一項罪過。好不容易接到一個案子，就應該多多出門，多跟客戶報點差旅費、偵查費。一個好的偵探，必須為公司的營運著想。」

縱使本社專接奇怪的案件，廖叔大概也沒料到，陳圭仁的委託，竟然是一件沒有現場可以調查、沒有關係人可以詢問，也沒有物證可以蒐集的案件。換句話說，在帳目上根本沒有什麼名目可以製造。

「廖叔，你這是暗示我——應該坐飛機到瑞士去，一邊欣賞阿爾卑斯山，一邊思考陳圭仁的案件該怎麼解決嗎？」

「當然不是！哪來那麼多時間好思考？」廖叔知道我在開玩笑，沒有生氣。「本社認為，好偵探的第二個條件，是愈早跟陌生的客戶建立起關係，獲得客戶的信任，愈早掌握破案的線索。」

「怎麼說？」

「調查的品質，比差旅費更重要啊。」廖叔一副理所當然地說：「客戶雖然有求於我們，他們也是很精明的。要是他們認為我們辦案不力，故意拖拖拉拉的，對本社的聲譽可是一大損害。風聲傳來傳去，委託我們的客人就會愈來愈少。」

「也是有道理。」

我忽然想起，現在仍然是我的面試期間，時間非常寶貴，陳圭仁可能很快簽約了，我必須盡早將剛剛一直沒有解決的疑惑弄清楚。

「廖叔，在客戶還沒來訪以前，你曾經告訴我：『未來的偵探，必須解決人心的謎團』……但是，我實在不太明白這句話的意思。你可以解釋得更詳細一些嗎？」

「哦，那個啊！」廖叔露出恍然大悟的表情。「對對對，我差點忘了。說到這個，就要談到本社的好偵探，還必須具備第三個條件。好偵探必須洞穿『人心的謎團』——普通的偵探，只會替客戶解決謎團，客戶要他們做什麼就做什麼，但是，本社的好偵探，必須知道替客戶解決謎團，也是有前提的。」

「前提？」

「解決問題的方法很多，找偵探只是其中一種。所以，更關鍵的事情是，為什麼這個客戶除了找偵探以外，沒有尋求其他的解決方法？為什麼他們決定來找偵探？除了他們主動帶來的謎團以外，他們不見得會說出全盤的實情。有時候是他們故意隱瞞，有時候是他們記錯——他們甚至會連重要的事情都忘記。

「對本社來說，找出這個前提，比解決謎團更重要。我們是得力求滿足客戶的需求，但也得防範有些人利用本社，來遂行他們刻意不說出口的目的。」

「廖叔，你的意思是說，」我試著以自己的方式來理解這番話的內容。「在解決客戶所帶來的謎團之前，必須先查明客戶之所以帶著這個謎團來找我們的真正原因，是嗎？」

「沒錯。」廖叔說：「我們這一行，是要替客戶解決問題的，而不是被客戶拉進謎團裡，變成事件的關係人。」

「我明白了。」

「以現在這位客戶陳圭仁為例，」廖叔補充：「並不是他宣稱『這件謀殺案只出現在夢中』，我們就開開心心地接了。這是夢、或不是夢，光聽客戶的一面之詞，根本無法判定。有些客戶會說：『這是我朋友的事』，其實根本就是他自己的事；或者『這是我聽來的消息』，其實根本就是他自己製造的謠言。

「再怎麼樣離奇的案件，都有可能是源自於現實的扭曲。無論客戶說什麼，都要保留三分懷疑。我們一開始辦案辦得很爽，結果才發現被客戶耍了，很快就會被業界淘汰啦。我聽完陳圭仁的敘述，那種夢境的確不可能在現實中出現，所以才放心地接了。」

原來如此。對於自己的原則，廖叔可真是一點都不馬虎啊。

從他所提到的「好偵探三要件」來看，大致可以知道本徵信社的行事風格了。

——無論客戶是金山、銀山還是銅山，能挖盡量挖。

——用最快的速度破案。

——不要惹是生非，或是自找麻煩。

對話至此，辦公桌上的電話再度亮起燈來。

廖叔接了電話，聽了話筒一會兒，沒說什麼就掛上了。

看起來應該是如紋打來的。

「陳圭仁已經決定跟我們簽約了，他希望能馬上聽聽你對這個案件的意見。」

「還真快！」

「他大概希望別再『夜長夢多』，今天晚上就可以『破案』吧——總之，既然已經接到沒有違反本社原則的案子，」廖叔將自己碩實的身子塞入辦公椅中。「面試的題目算是正式決定了。鈞見，接下來就交給你囉！」

看來我想知道的「鑰匙之謎」還是沒有時間說啊……

「廖叔，你剛剛說到，能夠愈早掌握破案關鍵的，就是好偵探，是嗎？」

「沒錯。」

「在什麼時候掌握破案關鍵，才叫做『早』？」

「這個嘛……」從廖叔的表情來看，他並未預料到我會提出這樣的問題。

然而，他也沒有做太多思考。

「最好是一跟客戶簽完約，馬上就破案。」

6

「陳先生，在我提出我的推理前，我想請教一個問題。」

「請說。」

一回到會客室，就看到陳圭仁以急切的目光凝視著我。

「藍精靈的屍體，真的不在雲彩之梯的天台上嗎？」我發覺陳圭仁的眼神有些疑惑，於是繼續解釋：「我的意思是說，萬一，豬男其實是人馬的共犯……那麼，他可以假裝沒有在天台發現任何東西，再若無其事地下來。」

「藍精靈的屍體，確實不在天台上。」陳圭仁搖搖頭。「我查過了。事實上，我一度相信自己的推理是正確的，所以後來在夢境中，我對豬男說，我希望能親眼看看天台上是不是真的沒有屍體。豬男讓我上去了。花了一點時間，爬到最頂端後……的確，我必須承認自己的推理錯誤。同一時間，他們在下面已經準備好刑具了……」

「這些人動作還真快！」

「他們巴不得立刻把我處理掉。」他嘆口氣，彷彿已經被夢境整得萬念俱灰似的。

「我明白了。」聽完陳圭仁的補充後，我才確定「藏屍處位於雲彩之梯」的猜想可以完全推翻。

「那麼，張先生。」陳圭仁焦急地問：「兇手到底是誰？」

「我認為，兇手是──豬男。」

「豬男！」

陳圭仁的眼睛瞪得斗大，看來他從未想過這個可能性。

「可是……他從頭到尾都跟我在一起查案子，怎麼會有時間藏匿屍體？」

「陳先生，記得您提過，當您從鏡中看見藍精靈謀殺案後，為了尋找前往命案現場的入口，曾經費了一番工夫才進入幻鏡之家，是嗎？」

「嗯。我感覺摸索了很久，應該浪費了不少時間。」

「雖然，在您穿過鏡子進入幻鏡之家以後，才看到豬男進房間，但這並不表示在您還沒進入幻鏡之家以前，他人是在房外。也有一種可能是，他聽到鏡子後面有聲音，為求不被懷疑，所以才暫時離開房間，而後再重新進來，並假裝什麼都不知道。」

「你的意思是，豬男一開始就在幻鏡之家裡？」

「沒錯。」

「可是他為什麼要假裝剛進房間？」

「當然就是因為——豬男不想讓您發現，他藏匿了藍精靈的屍體。」

「……你是說，屍體就藏在幻鏡之家？」

「對。」

「但是，」陳圭仁追問：「我進入幻鏡之家以後，並沒有在房間裡看到什麼屍體啊！」

「陳先生，您之所以能夠進入幻鏡之家，是因為通過了鏡子的通道。雖然後來這個通道關閉了，但我們還是可以認定，在此之前的鏡子是暢通的。」

「那又怎麼樣？」

「如果當時開啟通道的鏡子不止一面呢？」我傾身說明：「假設，有另一面鏡子的通道也開啟了，那麼，是不是能夠成為豬男放入藍精靈屍體的管道？」

「啊！」陳圭仁終於恍然大悟。

「也就是說，當您從鏡中目擊藍精靈謀殺案時，兇手也發現了您的存在，並且當機立斷，認為您為了接近犯罪現場，很快就會進入幻鏡之家。在那一瞬間，兇手立刻想出了一個脫身的辦法——他馬上將屍體搬進幻鏡之家，並且放入通道尚未關閉的鏡子中，然後變身為豬男，離開房間，假裝聽見您的聲音而再度進房。

「接著，他以警察的身分，說是要將案情查個水落石出，帶您去見其他人。但實際上，他小心翼翼地把房門上鎖，帶著您四處繞來繞去，其實用意是想遠離藏屍地點，以辦案為藉口讓自己擺脫嫌疑。」

「原來是這麼一回事啊！」

陳圭仁原本總是掩飾不了睡意的臉孔，此刻也展露了海闊天空的笑容。

「真是太感謝你了，張先生。」他起身熱切地與我握手。

「別客氣。」

終於完成了偵探生涯裡的第一宗案件，我的心裡也著實鬆了一口氣。

「沒想到這樁謀殺案，還有這種解法——屍體竟然是放在鏡子裡！難怪這個豬男會這麼急著對我行刑，也不給我思考的時間，因為他就是兇手本尊。」

陳圭仁並沒有放開我的手，反而愈握愈用力。我可以感覺到他的激動。

「太好了……真是太好了……我真希望晚上能夠快點到，立刻讓我進入這個死纏爛打的夢，然後迅速把它終結。」

望著陳圭仁彷彿喜極而泣的臉，我察覺到身後的門似乎被輕輕地推開了。

也許，那是拿著帳單準備走進來的如紋。

7

「怎麼樣，豬男。你無話可說了吧？」我將預先準備好的台詞一口氣說完。

「好像還滿有道理的嘛！」

「這傢伙的腦袋沒有外表看起來那麼蠢耶。」

牆頭草性格的人馬，和討厭被人打擾的雀女，聽完我說的推論以後，這下子也存心想給豬男難看，開始一搭一唱地鼓譟了起來。

豬男的長相原本就相當抱歉，此時臉色更是變得十分難看，像是想要撲過來想把我壓扁似的。然而，他還是忍住了。他憤怒地沉默了一會兒，才終於開口。

「不要再吵了！」

「那麼，要接受剝皮折骨之刑的人，就是豬男啦——不，是變身為豬男的藍精靈。」

「對對對……」

「給我聽好，不要再吵了！」豬男兇狠地要大家立刻安靜，彷彿想捍衛他身為警察的最後尊嚴。不過，他的口氣並不像警察，倒像是個流氓。

原本七嘴八舌的雀女與人馬，被嚇得頓時閉嘴。他們似乎還想再嘀咕什麼，但現在卻連大氣也不敢多喘一聲了。

「這個傢伙信口開合，隨便講兩句毫無根據的鬼扯淡，你們就全被耍得團團轉了嗎？」豬男並未氣急敗壞，反而冷笑了兩下：「我說啊，你們難道都沒發現他的推理裡頭，有很多嚴重的破綻嗎？」

「什麼破綻？」我不服氣地質問。

「這個犯罪計畫雖然聽起來很合理，但根本就不可行啊！」

「為什麼？」

「第一個破綻是，如果我把屍體藏在其中一面鏡子裡，那麼我怎麼能夠確定，我所選擇的那一面鏡子，不會是你剛好闖進來的那一面？」

「這……」沒料到這樣的反駁，令我一時語塞。

「如果我藏匿屍體的鏡子，恰好就是你通過的那一面，那麼你應該會在通過鏡子以前，就看到這具屍體才對。」

「等一下……」

「第二個破綻是，當時我怎麼會知道在幻鏡之家的鏡子裡，通道一定會開啟呢？萬一我帶著屍體進入幻鏡之家，結果發現鏡子通道全都沒有開啟，只能杵在房裡，那麼我不就直接被別人當作現行犯了嗎？」

「我……」

「第三個破綻是，縱使我的動作再快，也不可能知道你在多少時間內，就會進入幻鏡之家。萬一稍有延遲，我的罪行馬上就被你揭穿了。」

「呃……」

「還有第四個破綻。幻境之家的鏡子，大小都不一樣。事實上，你所通過的那一面，是最大的鏡子。事實上，也只有那一面鏡子，大小足夠讓人通過，其他都沒辦法。雖然藍精靈的身體都很細瘦，但就算再怎麼推擠，也不可能把屍體塞進其他的小鏡子裡。」

「如果我沒記錯，你曾經提到，被殺的藍精靈，腹部被刺了一刀。這麼一來，若是我將這樣的屍體硬是塞入小鏡子裡，豈不是弄得鏡子附近到處都是血？」

「那個……」

「我們一起檢查過幻鏡之家，對不對？」

「……對。」

「但是，你有看到什麼鮮血嗎？你說啊！」

「這個……倒是沒有……」

「那就對啦！」豬男以連珠炮的說話方式，推翻了我剛才的結論，他的氣勢變得十分驚人，連原先附和我的人馬與雀女，登時也被嚇得目瞪口呆。

「啊，原來是這樣啊。」人馬尷尬地清清喉嚨，首先發言：「我就說嘛，認識那麼多年的豬男怎麼可能是藍精靈？一開始這傢伙的話就不能信嘛。」

「對對對，」雀女也見風轉舵。「最可疑的人，說的話沒有一句是真的。」

「我剛剛已經證明，你的推理根本是錯的。」豬男威嚴地凝視著我。「如果你覺得我哪裡說得有問題，你可以再反駁我沒關係！」

此時，現場變得一片沉默。大家都望著我，等我開口。

「豬男，你所說的話非常合理。」我回答：「我想我沒有什麼需要辯解的。」

8

次日。

陳圭仁很快地再次來到徵信社的辦公室，坐在我的面前。

「陳先生，我感到很抱歉。」

「別這麼說。」陳圭仁搖著頭苦笑。「我知道這個案子不容易。畢竟，你沒辦法像處理其他的案件一樣，可以到『現場』調查。你只能坐在這裡，聽我談論我夢中的遭遇。」

雖然我並未一擊命中地破解謎團，陳圭仁也不是全然無法接受這個結果。從他和緩的表情來看，好像也沒打算質問我「到底算哪門子最優秀的偵探」。

「我想，只要我們一直試，總有一天可以解決這個案件的。我只需要您來告訴我，什麼是合情合理、有可能的答案。」

「……好，我明白了。」

雖然是安慰，但聽起來總令人感到洩氣。

——不斷嘗試錯誤才能找到答案，還能叫偵探嗎？

「事實上，在那場夢的最後，我還特地要求大家，一起回到幻鏡之家去，確認豬男的反駁到底對不對，也算是爭取時間，盡量多蒐集一些線索。」

「有什麼發現？」

「幻鏡之家的房間裡，一切都跟我離開的時候差不多。沒有可疑的血跡或擦拭過的水痕。我們還仔細地測量過鏡子的大小——很可惜，正如豬男所說的，除了我通過的那面以外，其他鏡子都太小了，恐怕只有貓能鑽過去吧。」

「所以說，我的第一次推理，可以說是完全不成立了。」

「仔細想想，豬男雖然脾氣暴躁，但他倒是挺有責任感的。因此，他才會嚴肅地看待這樁只有我一個人目擊到的謀殺案，帶著我四處詢問。如果他是兇手的話，以他的警察身分，他甚至可以不受理報案，當作這件事根本沒發生。」

我點點頭，彷彿也默認了自己的思慮確實不夠周密。

「張先生，不知道你還有沒有其他的推測？」

陳圭仁再次以懇切的態度詢問我。

「既然豬男的嫌疑可以排除，」在對方的注視下，我只好硬著頭皮，再提出另一個解釋：「如果人馬也沒問題，那麼，我們就必須考慮雀女犯案的可能性了。」

「雀女？」

「在那個夢中……」我一邊重新回想陳圭仁的敘述，一邊說：「您曾經提到，雀女對您們的來訪非常不友善，說她只想要安靜地照顧小孩，然後將您們趕了出去。」

「所謂的小孩，應該就是那顆放在搖籃上的蛋。」陳圭仁問：「你的意思是說……屍體有可能藏在蛋裡面嗎？」

「我記得您說過，那顆蛋很大。」

「老實說，根據我目測的結果，那顆蛋大歸大，但是要藏一具像藍精靈那種體型的屍體，我想是不可能的。」

「沒錯。」我同意陳圭仁的意見，繼續說明：「就算蛋夠大，若是把蛋打破再藏入屍體，留下來的蛋黃、蛋白，還有蛋殼都很難處理。您們進了百花之巢以後，就算雀女馬上打掃乾淨，空氣中還是會殘留蛋黃或蛋白的味道。」

「嗯，我並沒有聞到類似的味道。」

「但是，雀女卻驚慌失措地要您們遠離她的蛋。從另外一個角度來看，這反而容易引起您的注意。」

「是啊，她緊張兮兮的神經質，令我不由得多看了那顆蛋一眼。」陳圭仁攤開手。「所以我才能夠這麼確定，那顆蛋的大小，無法放進藍精靈的屍體。」

「我在想……說不定，這就是雀女的真正目的。」

「怎麼說？」

「她首先以不合作的態度拒絕您們的偵查，然後再歇斯底里地要您們別碰那顆蛋，並立刻離開百花之巢。無形中，您們的目光被誘引到蛋上，接著，因為您們在心理上非常確定那顆蛋絕對無法放進藍精靈的屍體，於是您們便潛移默化地在心底消除了對雀女的懷疑。」

「你的意思是……」

「雀女的目的，是聲東擊西。」我解釋：「只要讓您們停留在百花之巢的時間非常短暫，並且全將注意力放在那顆蛋上，雀女不希望被您們發現的事，就可以繼續隱藏。」

「那到底是什麼事？」

「當然是藍精靈的屍體。」

「屍體就在百花之巢？」陳圭仁的臉上出現措手不及的表情。「可是，那個房間裡哪有地方可以藏屍體？難道……是藏在搖籃下？」

「不是。」我公佈答案：「我認為，是放在那幅單調的花園繪畫裡。」

「你是說，畫後面藏有可以放屍體、類似保險庫的空間嗎？」

「不是畫的後面，而是畫中。」

「什麼？」

「既然您身處的夢境，是一個連鏡子都可以穿過的世界。那麼，不妨讓我大膽地論斷——那幅花園繪畫，也是可以進得去的！」

「啊！」陳圭仁不禁輕呼出聲。

「那幅花園繪畫，除了花草、園藝工具以外，沒有其他的景物——您只有一個印象，非常單調。事實上，那並不是真的畫，而是雀女平常種花植草的地方。兇手將藍精靈的屍體搬進花園，並且將屍體埋起來，再變身成雀女，佯裝照顧那顆蛋的模樣。

「然而，她很擔心您們可能會對內容太過單調的繪畫產生疑心，所以才刻意裝出歇斯底里的態度，將您們的注意力轉移到毫無嫌疑的蛋上。相對的，您們就不會再多看那幅普通的畫一眼，也不會發現原來那並不是真實的繪畫。」

「張先生，我聽你這麼一說，才想起我以前曾試圖留在百花之巢，但是，回想起來，才發覺當時的目的，都是為了想看清楚雀女急欲保護的蛋，至於那幅無聊的畫，我一點都不感興趣。原來我是中計了啊。」

就像是吃了一顆定心丸，陳圭仁滿意地點了點頭，將擱在茶几上的咖啡一飲而盡。

這樣，應該可以算是破案了吧——我心裡這樣告訴自己。

只不過，陳圭仁的情緒已不像上一回那麼激動了。他靜靜地坐著，暫時閉上雙眼，嘴裡不知在默唸著什麼，彷彿細細地複誦我方才的推論。

9

「所以，雀女正是利用了這個心理詭計，瞞過了我與豬男，讓自己擺脫嫌疑。」

然而，我的推理並沒有引起什麼熱烈的反應。

「只有這樣喔？」

「哼。」

人馬露出一副「你已經無可救藥」的嘲諷表情，而雀女則連反駁的意願也沒有。

「怎麼了？」我無法理解地問：「難道我說得不對嗎？」

「並沒有什麼不對。」沉默許久，豬男代替不想說話的雀女回答：「不過，百花之巢這個房間裡，最大的特色就是裡面的那幅畫是真實的花園。因此，你剛剛所說的一切，大家早就知道了。」

「可是，你們並沒有告訴過我！」

「沒告訴過你，難道是我們的錯嗎？」豬男表現出自己也不是那麼好惹的態度。「這是我們這個地方的常識。常識這種事，還需要特別說明嗎？難道說，在本格推理小說裡，還得跟讀者解釋什麼是密室嗎？故意說明大家都知道的常識，這種行為才反而更可笑吧？更何況，你也從來沒有問過！怎麼能怪別人？」

「好，就算我沒問。」面對豬男的得理不饒人，我也不願意服輸。「那你當時進了百花之巢以後，為什麼沒有想過要去那座花園查一查？」

「根本不需要查！」

「為什麼不需要查？」我追問：「難道你不認為屍體有可能藏在花園裡？」

結果，豬男再次擺出「這是常識」的姿態。

「這種事情啊，用膝蓋想也知道。」豬男的語氣帶有強烈的輕視，但看樣子他似乎還是願意耐心解釋：「你知道在花園裡埋一具屍體有多費工夫嗎？先將屍體搬到花園裡，一路上還得小心別踩壞那些花；找到適當的空地以後，接著拿鏟子開始挖洞，等到挖出一個可以埋屍的洞時，恐怕已經體力透支了。但這還不夠，因為把屍體放入洞中以後，還得回填。

「將場地恢復原狀之後，別以為事情已經完成了哦！剛剛挖洞所用的鏟子，已經沾滿泥土，還增加了新的擦痕，不處理一下就會事跡敗露。再來，滿頭大汗、泥濘不堪的，身上恐怕還有被害者的血跡，不好好清洗的話，不是在告訴大家自己才剛殺人埋屍嗎？

「在我當警察的經驗中，藏匿屍體最笨的方法，就是把屍體埋起來。浪費時間、力氣，還得準備一大堆工具，善後工作也非常麻煩；結果，警方一到現場，地面有沒有被挖過，一下子就被看穿。」

豬男行雲流水地一口氣講了那麼多，令我差點誤以為他早就知道我這次打算告發雀女，於是在我清醒的時候特地準備這些台詞。

正當我準備開口辯解，豬男卻又自顧自地繼續說話。

「不管你在目擊了謀殺案以後，花了多久的時間才闖進幻鏡之家，我跟你見面之後，首先去找的就是雀女。無論如何，這麼短暫的時間，要完成殺人埋屍的工作，是絕對不可能的！我們在百花之巢裡，沒有看到被踩亂的花園、沒有看到沾滿泥土的鏟子，當然也沒有看到滿頭大汗的雀女。

「你認為我沒有注意到百花之巢裡的花園。你錯了。我可是看得一清二楚，那些花一點異狀也沒有。既然沒問題，那麼特地進去花園裡檢查哪邊的土被翻過，只是徒勞無功，也會給兇手更多逃脫的時間。」

「我認為你的這番說詞，聽起來很有道理，實際上你只是在為自己沒有善盡搜查職責的過失找藉口。」眼見自己剛才的推理盡數被推翻，若再不反駁，馬上又會被送上刑場了，於是，我在豬男停頓後立即插嘴：「我建議我們應該將百花之巢好好搜查一下，否則豬男的意見並不足以證明我的推理是錯的。」

「喂，這可不行！」沉默多時的雀女，此時終於不高興地開口：「你們在我的花園裡跑來跑去，萬一把我耗費許多心血、耐心種植的花踩壞，到時候誰來賠我？還有，我的小孩怕吵，你們一定會把他嚇壞。」

然而，豬男為求公正，並沒有完全聽從雀女的抗議。

「如果你真的這麼堅持，那麼我們就立刻去百花之巢吧！」豬男下了結論。「你儘管查沒關係，但是，如果你不小心破壞了花園，那你要受的罪，就不是只有剝皮折骨之刑了。」

10

「我小心檢查過百花之巢的那座花園裡的每個角落，」陳圭仁略顯失望地說：「結果卻一無所獲，完全沒有挖掘過的痕跡。真是太慘了！竟然連最後一名嫌犯也沒問題。」

同一個委託人第三次來徵信社，問的問題還完全一樣，即使我是個新手偵探，仍然有無地自容的尷尬感。雖然陳圭仁表面上說不介意，但我想他是出於職業的習慣或長者的寬容才會這麼客氣。

「其實雀女並不是最後一名嫌犯。」我提醒他。

「你是說，連那個一直坐在玻璃之橋的聖僧……也有可能犯罪嗎？」

「嗯。」

「怎麼可能？」

「能夠通過玻璃之橋的，只有聖僧一個人。他在星之廣場殺了人以後，躲回玻璃之橋，這樣您們就沒辦法靠近他的身邊，確認他行兇的線索。」

「那屍體呢？」

「既然其他地方都找過了，屍體一定是藏在玻璃之橋那裡了。」

「可是，那裡的草原十分空曠，根本就沒有藏屍體的地方。」

「丟進河裡呢？」

「沒有。河裡的水很乾淨，清可見底；而且，水的流速很慢，也沖不走屍體。」

「聖僧打坐的坐墊，說不定就是屍體偽裝的。」

「他是坐在草地上，沒使用坐墊。」

「聖僧的身後呢？」

「他的身子很單薄，沒辦法擋住屍體的。」

陳圭仁不再輕易相信我的推論，數次提出反駁，令我不禁陷入長考。

我靜默了好一陣子。陳圭仁見我一直不說話，好像也只能耐著性子等我。

進入這家名字長得有夠難記的「廖氏徵信諮詢協商服務顧問中心」，首先面對的就是決定我能否錄取的入社考試。雖然，我對能夠親手承辦謀殺案早就期待已久，但想不到徵信社從來不接謀殺案，而我接手的這件謀殺案竟是發生在夢中，內容宛如童話故事。

我不需要調查現場、不需要詢問相關證人、不需要跟蹤或從事其他危險行動，只需要坐在辦公室裡等委託人上門，並且「遙控」他的夢境。真是徹頭徹尾的「安樂椅偵探」啊。沒錯，看起來是很輕鬆啦——但是，這實在跟我的個性不合！

這個案件，即使以最古典的消去法來檢視每個人犯案的可能性，最後都會走上死胡同。縱然考慮到共犯的可能性，也不得不接受屍體一直找不到的事實。

然而，在無意間，我想起廖叔說過的一句話。

——再怎麼樣離奇的案件，都有可能是源自於現實的扭曲。

那麼，如果說……

——未來的偵探，要處理的是人心的謎團。

在那一瞬間，我不由得驚呼出聲。

在一旁枯坐著的陳圭仁，被我不自覺的驚呼嚇了一跳，連忙問：「怎麼了？」

我想，我終於碰觸到真相的邊緣了！

「不好意思，有一件事情……」我強作鎮定，反問陳圭仁：「我想要跟您確定一下。」

「什麼事？」

「雀女不能攀上雲彩之梯，是嗎？」

「嗯。她說她只有『兩肢』，而且翅膀也退化了，不能飛。」

「陳先生，您知道嗎？」我感覺自己的聲音有點顫抖：「這個地方出現了一個矛盾。」

「什麼矛盾？」

「雀女住在百花之巢，而那幅繪畫裡的花草，都是她種植的。」

「是啊，這又有什麼不對嗎？」

「她只有『兩肢』，又不能飛——那她要如何使用鏟子？」

「啊！對喔！」

「但是，那座花園卻整理得很漂亮。」

「如果不是她整理的，那又會是誰整理的？」陳圭仁提出自己的意見：「所以，她果然是藍精靈了？」

「不，如果她以藍精靈的姿態整理花園的話，其他人不可能沒發現。」

「也對。那麼……」陳圭仁開始露出苦惱的表情。

「已經要花不少時間照顧小孩的雀女，還有時間整理花園嗎？」

我沒有直接解決陳圭仁的苦惱，繼續拋出下一個問題。陳圭仁已經無話可答了。

「這樣的矛盾，引發了我進一步的聯想——在您的夢中，其實藏有更多的矛盾。」

「像是什麼？」

「例如，身材臃腫、長相醜陋的豬男，竟然總是在可以看見自己尊容的幻鏡之家晃來晃去。而且，他穿著牛仔吊帶褲、雨鞋的裝扮，與刑警的身分也相差太大。

「至於個性自戀、喜歡出風頭的人馬，居然願意乖乖待在雲彩之梯旁，癡癡望著他爬不上去的長梯，等待天神降臨。」

「聽你一提，這倒是……」

我一邊說話，一邊拿出紙筆開始作圖，將這些人物的名字、各個地點都寫上去。

「綜觀他們的性格與行為，跟他們所待的地方實在不太相稱。」寫好以後，我開始在人名與場所之間畫線。「如果我們玩『連連看』——就會發現，他們有更適合待的地方！」

畫好以後，陳圭仁也把頭湊過來看。

「穿著牛仔吊帶褲及雨鞋、責任感強烈的豬男，最適合待在園藝工作繁重的百花之巢，妥善地照顧畫中花園的花花草草。

「自戀的人馬，則應該待在幻鏡之家，裡面有許多鏡子，足以讓他欣賞自己的各種角度。

「對於成天守著蛋、容易歇斯底里的雀女來說，安適閒靜、有河流、有綠地的玻璃之橋，不但可以讓她放鬆情緒，還可以專心照顧她的小孩，其實更適合她。

「至於離群索居的聖僧，坐在雲彩之梯的天台上，居高臨下又可以不受干擾，是修行最好的地方。

「因此，我們可以這樣認為——他們聲稱自己所待的地方，跟他們實際上待的地方，是完全不一樣的。」

「張先生，你認為他們共謀欺騙了我？」

「這是一個可能性很高的推測。」

「難道他們全都是藍精靈？」

「這是個好問題，不過我們可以先擱一邊。」我阻止陳圭仁繼續把討論的範圍擴大。「言歸正傳——在您面前，他們為什麼要改變自己的住處？他們騙您的目的是什麼？當然，從最後他們打算對您行刑的結果來看，他們必定是想隱瞞藍精靈屍體的存在。」

「那麼，屍體究竟藏在哪裡？我們怎麼找都找不到。」

「他們的目的是隱藏屍體，而他們的舉動則是交換住處。這兩者之間，必有關聯。我想，只要能找出他們交換住處的邏輯，就能找到藏屍的地點。」

「有道理。」

「正因為雀女住在百花之巢，他們的計畫才引起了我的懷疑。也就是說，從交換住處的結果來看，人物與場所間契合度最低的就是『雀女　百花之巢』；另一方面，看起來最合適的，則是『聖僧　玻璃之橋』。

「所以，我們不妨從這一個矛盾處開始思考——雀女之所以不得不搬家，一定有非常重要的理由。究竟雀女為何從最適合她的玻璃之橋，搬到最不適合她的百花之巢，導致容易招惹懷疑的下場呢？很顯然，這是一個妥協，一個不得不如此的選擇。

「那麼，她的妥協換取了什麼？以結果論，她所讓出的玻璃之橋，最後是給了聖僧——而，對於不知情的人來說，剛好是最合適、最不可能被懷疑的組合。

「好，我們先姑且不論他們為何這樣安排，總之，聖僧搬到玻璃之橋後，雲彩之梯就空下來了。那麼，雲彩之梯的空缺該由誰來遞補？雀女已經不會飛了，她也只有『兩肢』，那座長梯對她而言，並不能發揮巢的功能；豬男身材臃腫，爬長梯所花的時間太多，真的住下來一定會引起您的懷疑；至於人馬，因為有『六肢』，所以也爬不上去。

「這麼說來，雲彩之梯不就沒人適合住了？為了解決這個問題，他們想出了神話故事的藉口，將人馬住在那裡的理由合理化。只要有『等待天神』這個理由，人馬就能順理成章地住進雲彩之梯了。

「至於幻鏡之家在人馬搬出去以後，由誰入住？假使雀女想要迴避嫌疑，她就應該搬進去，讓豬男繼續留在百花之巢。但是，他們最後卻決定由豬男搬進幻鏡之家。他們到底為什麼做這樣的選擇？由雀女搬進去，和由豬男搬進去，兩者有什麼差別？

「若是仔細思考豬男在這個案子裡的角色，就會發現一件有趣的事——他的身分是警察；而您進入那個世界的方式，正是透過幻鏡之家的鏡子。也就是說，您目擊了謀殺案以後，一進幻鏡之家，就遇到身為警察的豬男。

「一個人目擊命案後，第一個遇到的人就是警察，這樣的機率有多高？這使我不得不認為，豬男之所以從百花之巢搬到幻鏡之家，目的就是為了遇見您。他接受了您的報案，同時也牽制您的行動。雀女並不適合執行這樣的任務，因為她的角色是有蛋要顧的母親，若是放著蛋不管帶著您跑，很容易讓您起疑。最後的分配，我想正是基於這些考慮才完成的。

「那麼，這樣的考慮，到底跟隱藏屍體有何關係？在分析了他們的種種安排以後，我們可以確定兩件事情——第一，他們知道您看到了藍精靈謀殺案；第二，他們必須讓聖僧從雲彩之梯移到玻璃之橋。

「聖僧在這個案件裡，所扮演的角色究竟是什麼？陳先生，從您的敘述中，他一個人靜靜地坐在玻璃之橋的另一邊，不關心命案，也不參與大家的討論。為什麼這樣的角色，必須從雲彩之梯移到玻璃之橋？

「進一步思考，雲彩之梯與玻璃之橋，這兩者的差別是什麼？對您而言，唯一的差別——如果您還記得的話——其實就是他們可以讓您爬上雲彩之梯，卻告訴您不能度過玻璃之橋。亦即，聖僧之所以從雲彩之梯移到玻璃之橋，只有一個目的——不讓您接近。」

「為什麼他們不讓我接近聖僧？」

我深吸一口氣，才說：「因為聖僧，已經是一具屍體。」

「屍體？」我的回答，並沒有解除陳圭仁眼中的困惑。「可是，他跟我們說過話！而且，他的上半身是裸體的，腹部並沒有刀傷啊！」

「這些全都是詭計。」

「什麼詭計?」

「那具偽裝成聖僧的屍體,並不是被刀刺死的。」我說:「從他的裝扮來看,他更有可能是被勒死的。」

「勒死?」

「聖僧的脖子上圍有一條圍巾,他們的目的是要掩飾屍體的勒痕。」

陳圭仁並沒能理解我的說明,只是不斷地拋出問題。

「怎麼會多出一具被勒死的屍體?被刀刺死的屍體到哪裡去了?」

「要回答這些問題,」我沒讓陳圭仁繼續問下去,逕自說明:「就必須先解釋已經死亡、偽裝成聖僧的屍體,為何能夠與您們說話。」

「嗯。」

「如果說,聖僧已經是一具屍體,那麼,代替聖僧跟您們說話的人,又是誰?」

「是呀!」陳圭仁回答:「現場已經沒有其他人了。」

「在解釋這個問題之前,首先我得承認,陳先生,在談到這樁夢中謀殺案時,我們都先入為主地認為,在夢裡出現的任何事情,即使是荒謬的,也都沒什麼不對,因為,夢的內容總是充滿天馬行空、毫無邏輯的事。」

「對啊。」

「能夠穿過的鏡子、會說話的動物、神話裡的人馬……一切現實中不存在的東西,在夢中都變得理所當然了。」

「嗯。」陳圭仁點頭。

「然而，您所夢見的事情，剛好就是因為發生在夢中，所以才讓我們的判斷造成混淆。如果發生在現實生活，或許這根本就不會成為謎團。」

「你指的是什麼樣的混淆？」陳圭仁追問：「但是，我所進入的童話世界，在現實生活中並不會發生啊？」

「如果在您夢中的那個世界，並不是童話世界呢？一旦放下先入為主的觀念，就會出現新的結論。」

「你是說……」

「那些會說話的動物，並不是真正的動物——而是穿上動物戲服的人。而您所闖進的世界，其實是事先搭建好的戲劇演出舞台。」

「啊！」

「所以，能夠看見另一頭的鏡子、能夠通過的鏡子，都是舞台上的機關。您一開始出現的位置，可能是儲放道具的倉庫，所以才會堆放著很多奇形怪狀的石頭。」

「那麼，藍精靈不就是……」

「尚未穿上動物戲服的人。」我補充地說：「為了長時間穿著悶熱、厚重的戲服，演員們必須先穿上具備吸汗功能的緊身衣，而他們所穿的衣服，剛好是藍色的；而且，為了保護套上動物頭套的頭部，會戴上白色的內裡——這就是藍精靈的真面目。

「此外，星之廣場有燈光，但倉庫沒有。所以，在照明的對比效果下，您在倉庫可以看見謀殺案，但從廣場看過去，則只會看到一面普通的鏡子。」

「那麼，可以穿過的鏡子……」

「一定是裝飾成鏡框的通道，並且可以關閉而恢復回鏡子，是戲劇演出需要的舞台機關。」

「原來如此……」陳圭仁的表情好像突然腦袋開竅般。「也就是說，人馬……」

「對。人馬是兩個人合力扮演的。」

「那麼，代替聖僧說話的人，就是扮演人馬後半身、躲在戲服裡的人了。」

「沒錯。刀傷就在那個人的腹部上。事實上，您所目擊到的命案，只是命案的前半部——以刀行刺的人，並未刺死對方，只是讓對方受了傷；就在您驚嚇過度、視線移離之後，受傷的人乘機反擊，將行刺者勒斃。

「但是，勒死人的真兇，知道剛才的打鬥一定被人目擊了。他必須設法隱匿。從您驚呼的聲音聽來，他判斷您是一個小孩。於是，他立刻尋求其他人的協助——雖然不知道是什麼原因，但其他人立刻幫助了他，讓他藏身在人馬後半身的戲服中。」

「所以人馬走路的速度才會那麼慢。因為躲在後半身的兇手受了傷。」

「豬男最後才帶您去見人馬，是因為真兇與扮演人馬前半身的兩人，必須把握時間，將屍體抬到玻璃之橋去進行佈置。」

「那麼，站上玻璃之橋就會斷裂的說法，根本是假的了！」

「他們絕對不能讓您靠近聖僧，才捏造出這樣的說法。為了讓您相信聖僧還活著，躲在人馬後半身的兇手，代替聖僧講話，並且很快地將您帶離現場。」這場夢的解謎過程，終於抵達了終點。「至於那些聽起來非常可怕的刑罰，我想只是他們想要嚇唬小孩而編的吧。他們不會真的動刑，但必須確保您不會把這件事說出去。」

語畢，辦公室裡陡然陷入一陣寂靜。

「原來……這一切只是一場戲。」

不知過了多久，陳圭仁才緩緩嘆息著，吐出這麼一句話。

我的推理，究竟在他的腦海中激起了什麼樣的漣漪？在追查夢境謎團的過程中，他是否回想起了什麼事？他的表情變得悵然若失，默默地點起香煙，望著裊裊浮升的煙霧，沒有再說話。我想起陳圭仁曾說，催眠師告訴他，這場夢跟他的童年記憶有關。也許，正如廖叔曾經懷疑的，陳圭仁的夢境，並不是真正的夢，而是曾經發生在現實生活中的某事……他的嘆息，似乎藏有什麼不為人知的暗示。

——再怎麼樣離奇的案件，都有可能是源自於現實的扭曲。

廖叔並未參與這件委託的調查，但他卻洞燭機先地點出了事件的本質。

對於「人心的謎團」，此刻我似乎也得到一絲領悟。

我不知道兒童劇團裡的演員為何爭吵，進而引發殺機。但對照陳圭仁的年齡，這樁謀殺案若真的曾經發生過，恐怕也早就超過法律追訴期了。

至於，陳圭仁的那場夢在揭露真相後，還會有什麼樣的後續情節？我想我永遠都不會知道夢中命案的犯罪動機。即使我追問，陳圭仁也不見得會告訴我。正如廖叔所言，現代的偵探，最好與刑案保持距離。

反正，我的面試應該也算順利過關了吧！

正當我鬆了一口氣之際……

在我的眼前，突然出現了一團黑暗，擴張的速度極快，吞噬了我視野的一切！

11

「釣見、釣見！」我聽見在黑暗中，有一個熟悉的聲音。「你怎麼了？」

「我……」

眼前的黑暗不再，我的面前出現了廖叔的臉。

「釣見，你終於醒了。」

「啊？」我發現自己坐倒在廖叔辦公室的檔案櫃下，連忙站起身。「我怎麼了？」

「你昏倒了。」

「喔。」

「你真的昏倒了。」

「嗯。」

「正如你告訴過我的，你真的會昏倒。」

「我沒事。出院以後，昏倒的頻率已經減少很多了。」

從退伍以來經常出現的昏厥──竟然在此刻發生。

廖叔臉上的緊張，似乎並未因為我的解釋而緩和下來。不知道他是不是在思索，猝發性昏厥對我的偵探工作影響究竟有多大，也不知道他是不是因為草率答應了我的父親而後悔。他終究沒多說什麼。

「……沒事就好。」

「對了，」我想起夢中謀殺案的事。「陳圭仁已經回去了？」

「咦？」廖叔的語氣有些意外。「當然還沒有——我們連合約都還沒簽呢。他一直在會客室裡等你。」

「等一下……他還沒有簽約？」我突然感覺一陣錯亂。

「是啊。」廖叔一副理所當然的模樣。「你沒有給人家一個答案好回去睡覺，他怎麼可能先簽約？」

「那麼……」我把說話的速度放慢，不讓廖叔發現自己內心的波動，問：「廖叔，我剛剛昏迷了多久？」

「不到五分鐘。」

「在我昏迷以前，我做了什麼嗎？」

「什麼也沒做。我們正在這裡說話——我記得，當我一說完『好的偵探，最好是一跟客戶簽完約，馬上就破案。』之後，你就忽然昏厥了。」

「所以……所以……」

面對著廖叔詫異的眼神，我沒有再繼續發問了——也就是說，我是在一聽完委託內容後，跟廖叔回到辦公室時昏厥的。那麼，關於陳圭仁委託的夢中謀殺案……我曾提出的所有解答，全都是發生於我昏厥期間所做的夢！

——在夢中的三天，其實只佔現實中的五分鐘。

這是偵探版的「南柯一夢」嗎？

「好了，不要再所以了。」廖叔見我沒有大礙，立刻催促著我：「鈞見，你可別忘記，現在還是面試時間喔，你應該快點想出一個推理，答覆陳圭仁。」

「廖叔，你剛剛說，一個好的偵探，最好是一跟客戶簽完約，馬上就能破案。對吧？」

「是啊。」廖叔微笑地說：「不過，你可以馬上破案嗎？」

「我想我可以。」

廖叔的表情有點詫異。我沒有等他回應，直接開了辦公室的門，朝會客室走去。

接下來，我即將解決這樁屬於自己的「夢中謀殺案」。

打動她的心

Touch Her Heart

集體歇斯底里 Mass hysteria

擁有相同背景、彼此關係密切的團體，因為面對同樣的壓力，出現類似的心理恐慌，互相影響，進而導致集體妄想。宗教神蹟、集體自殺、都市傳說等，極可能皆源於此因。

1

如紋動作俐落地將整齊排好的文件收妥。

「以上是薪資、福利、差旅費的說明。有沒有什麼問題？」

她的說話速度雖然不快，但語調簡潔短促，並刻意帶有一種明顯的疏遠感。不知道是不是我的錯覺，她彷彿是在前男友的婚禮上致詞似的。

沒有等我回答，如紋立刻又說話了。

「沒問題的話——再來是領取你的個人物品。」她頓了一下。「需要我一一說明嗎？」

結果，我還是沒來得及回答，如紋已經從辦公桌下搬出一個紙箱。

「首先是記者證，」她將一疊磁卡遞給我。這些卡片分屬不同的報社媒體，全都印有我的照片及姓名。「這些證件都不是偽造的，而是廖叔幫人解決問題以後，對方致贈的。」

聽起來還滿了不起的嘛。

「有了這些證件，你等於就是接案撰稿的自由記者，要調查什麼都比較方便。」

「喔。」我點點頭，收下那疊磁卡。

如紋又拿出第二樣東西。

「你的名片。跟你的記者證是配套的，查案時別拿錯。」

我檢查了一下這幾盒名片。除了記者的名片外，還有兩盒徵信社偵探的名片。

同時，如紋也繼續拿出第三樣東西。

「接下來是這本，大台北地區的地圖。針對一些重點地區，上面我已經做過記號，你要好好研讀，把裡面的街道全部背下來。」

我翻開地圖書，裡頭每一頁都貼上便利貼，也全註明了注意事項。

「不，不是只有背下來。」如紋進一步補充：「你一定要親自去反覆地走。一直走到這些路變成你反射神經的一部分為止。以後每個月會有小考。」

我發現地圖的最後一頁，夾有一張會員卡。

「那是健身中心的會員卡，」如紋不等我問就直接說明：「這也是廖叔幫人解決問題以後，對方致贈的。使用期間沒有限制，使用次數沒有限制……」

「這是做什麼用的？」我忍不住發問：「偵探不是動腦的職業嗎？」

「這是逃命用。身體鍛鍊好，有危險時才能逃得掉。」

「喔。」

「每週你至少得使用二十個小時。健身中心會有你的使用紀錄，我會檢查。」

這位秘書小姐還真是嚴格。

「最後，是第一年的參考書。」如紋把紙箱裡其他的東西全拿出來。「以後每年也都還有新的參考書要讀。」

「有哪些書？」

「為了瞭解客戶的心理狀態，有《異常心理學》和《超自然學》兩本書。」

類似的言論，在我第一天到這家廖氏徵信諮詢協商服務顧問中心應徵時，就已經聽老闆廖叔說過。簡單來說，這裡的偵探，處理的是人心的謎團。因此，這兩本書算是基本功課，並非令人意外的事。

「針對女性，還有《你也是白馬王子》及《看透女人心》這兩本書。」無論是說明什麼事，如紋的語氣永遠正經八百。「雖然從比例上來看，到本社來委託事情的大部分都是男性，但是這些男性周遭的女性關係人非常多，所以瞭解女性心理多一點，對調查工作的幫助很大。」

原來如此，現在的偵探不只要動腦筋，還得懂女人啊！

「那我可以先讀這個嗎？」

「隨便你，」如紋的表情很冷淡。「還有這個。」

她又拿出三本厚重的硬皮書——分別是《國語辭典》、《英漢辭典》與《日華辭典》。

「連字典也要看嗎？」

「這是為了增加案件調查時的敏銳度。」如紋回答：「在調查的過程中，經常會出現重要的情報，不一定是中文，畢竟台北也住了很多外國人。所以，一定要把外文學好。」

「只看這個，」望著那些字典，我嘆口氣。「外文也沒辦法學好吧？」

「我會安排你去上課。反正，這也是廖叔幫人解決問題以後……」

「對方致贈的。」我替她把話說完。

「知道就好。」

「這裡到底有多少東西，是『對方致贈』的？」

「大部分都是。」

這種回答方式——該不會連辦公室本身，也是「對方致贈」的吧？

「這麼多書，怎麼看得完？」

「你不是有基礎嗎？」如紋一副理所當然的模樣。「我對你做過一些調查。英文、日文，你都學過啊。你又是高雄人，台語也沒問題。不只是外文，我看你繪畫、書法、鋼琴、小提琴、圍棋、演講……這些才藝都學過，還上過網球、高爾夫球、國際標準舞、馬術等課程。」

聽到如紋這麼說，讓我不免想起父親一心一意栽培我成為家族企業接班人的往事。

「小學跟國中時的事也算嗎？我可是補習教育下的受害者耶！」

「偵探不需要什麼事都精通，但需要什麼事都有點基礎。」如紋沒有理會我的抱怨。「你補習得愈多，反而愈適合當偵探。」

這種結論真令人啞口無言。

「再來是這個。」如紋將紙箱裡剩下的書全都搬出來。

「推理小說？」

「對。」

「這個也是『對方致贈』的？」

「對。是一個愛書成癡的推理迷，廖叔幫他找到一本很特別的絕版書。」

「怎麼特別法？」

「據說書裡有一位已故推理作家的簽名。」

「哪一個作家？」

「不知道，反正又不是你的書。」

如紋很迅速地為這個話題下了一個令人措手不及的結論。

「總之，推理小說多看一點，對調查工作的幫助很大，是嗎？」

「也不盡然。」如紋搖搖頭。「本社規定，不能接受刑案方面的委託。一般推理小說，若非展現不可思議的謎團，不然就是描述怪異的殺人詭計，對本社的偵探來說，並沒有什麼用處。」

「喔。」

「本社的偵探，」如紋看了我一眼。「如果真的要讀推理小說，就必須特別去觀察小說裡中段的偵查手法，而不是故事前段的謎團或後段的詭計。

「像這本，傅利曼・威爾斯・克洛弗茲的《桶子》，特別需要留意的是追蹤線索的方式；還有這本，阿嘉莎・克莉絲蒂的《東方快車謀殺案》，如果偵探沒辦法分辨誰說謊、誰說實話，案子永遠也解決不了；至於這本，勞倫斯・卜洛克的《八百萬種死法》，會告訴你什麼是偵探的調查聯想力。」

「原來如此。」

聽完如紋的說明，我幫她把這些個人物品一一放回紙箱。

「再過五分鐘，會有一位客戶到辦公室來。」如紋一邊整理，一邊繼續說：「廖叔現在不在，他交代由你接洽。不過，因為你的經驗還不夠，所以我會在一旁照應。」

就像是在初次面試時，廖叔也陪著我跟委託人見面一樣吧。

不過，五分鐘後客戶就到了——我突然想到，難道剛才如紋是一邊對我說明新進員工須知，一邊同時在計算時間嗎？

「鈞見，」如紋打斷我的思考。「恭喜你成為廖氏徵信諮詢協商服務顧問中心的一分子。從今天開始，你就是本社正式聘請的一般偵查員了，希望我們合作愉快。」

雖然，從她的語氣中聽不出什麼愉快的感覺，但我能在退伍後不久就找到工作，還是掩飾不住鬆了一口氣的喜悅。

「謝謝妳。我會好好努力。」

「對了，最後要提醒你一件事……也許你根本沒這個意思，但我還是先把話說清楚。」如紋毫無避諱的目光，投射到我放在紙箱裡最上方的書——是那本《透視女人心》。「總而言之，這是為你好。」

「什麼事？」

「不要追我。」

2

我們一抵達玄關，就見到辦公室外頭的電梯打開，出現一個西裝筆挺、年齡似乎還不到四十歲的男人。他一看到我們，立刻以自信十足的步伐朝我們走來。

「孟師翔先生嗎？」如紋替對方開了門。「廖氏徵信諮詢協商服務顧問中心歡迎你。」

這位孟師翔露出了有如鎂光燈般的燦爛笑容。

「妳就是跟我通電話的秘書小姐嗎？」

「是。」

「想不到這麼漂亮。」

孟師翔開朗地笑了笑。無論是客套話或出自真心，他似乎以為這樣的讚美無往不利。

儘管孟師翔的外型英挺俊秀，我想在女人堆裡應該很吃得開，但是廖叔曾經說過，如紋是個特例，她對於有把妹傾向的男人尤其無動於衷。其實，若對照她工作時的幹練姿態，我大概能瞭解如紋之所以冷漠，恐怕是因為絕大多數的男人只注意她的臉蛋，而忽略她的才能。

她冷冰冰地沉默了一會兒，什麼話都不回，讓孟師翔的表情有點尷尬。

「孟先生，你好。」我開口說話，試圖打破這場僵局。

「你好、你好。」他的表情好像是這時候才發現我似的。

「我是本社的偵探，張鈞見。」

我向他點頭致意。在那一瞬間，他好像閃過一個端詳的眼神，彷彿在考慮我的歲數到底夠不夠格替他辦案。看來，最初他可能以為我只是接待人員。

「請往這裡走。」

如紋領在前頭，往會客室去。孟師翔走在我前頭，在走廊燈光的映照下，他的西裝反射出絲緞般的精細微光。此外，他耳際的鬢髮修剪得非常整齊，上了適量的髮油，還灑了輕微得幾乎察覺不出來的古龍水，顯然是個極為注重自我形象的人。

「請坐。」

孟師翔在我前方的沙發坐下來，然後態度自在地調整了一下式樣搶眼的領帶，並未因為剛才如紋賞給他的閉門羹而露出挫敗感。

「這是我的名片。」他坐定後，將名片放在桌上再推給我。

我貌作恭敬地將名片拿起來看——孟師翔，頭銜是投資研究專員。

「其實這就是大家常說的股市分析師。」

我點點頭。其實我對財經領域的事情一竅不通，也不知道他的說明有何暗示，但既然他的工作與錢直接相關，有如此充沛的自信也不奇怪了。

收下了他的名片後，我也遞出自己的名片。不過，他只是看了一眼，並未表示特別關心。

如紋端了熱茶過來，然後坐在我的身邊。

「請問孟先生想委託什麼樣的案件？」我問。

孟師翔沒有直接回答我，他從手邊那個象徵優雅品味的高級公事包裡，取出幾個牛皮紙袋。

「張先生，請讀一下這些文件。」

牛皮紙袋一共有四個，裡面的文件好像全是委託調查報告。

「這些文件你留著，給你當作參考。」孟師翔特意吁了一口氣來發洩他的不滿。「為了找一個人，我總共委託了四家徵信社，這就是他們給我的報告。令人失望透頂！」

「我可以瞭解你的心情。」

我花了幾分鐘的時間，對這些文件做了簡單的瀏覽。孟師翔委託這些徵信社，目的是想找出一個名叫葉中達的人。這些文件的結尾，都下了非常一致的奇妙判斷——這個據稱已經失蹤了一年多的男人，很可能根本就不存在。

——通常，調查報告應該會說「這個人找不到」，而非「這個人不存在」吧？

「這些資料我們會妥善保管。」如紋替我將文件收妥。

「我是聽其中一家徵信社的社長告訴我的。」孟師翔繼續說：「他說你們專門接一些其他同業無法解決的案子——只不過，價錢比較高。一開始我沒有被說動。做我們這種財務分析的人，雖然年收要拿個三、四百萬是很簡單的事，但這些錢可都是精算出來的，得來不易。也就是說，若是考慮到投資效益，貴社並不是我的首要選擇。」

孟師翔的話，好像是要說明為什麼他這麼晚才到這裡來求助。其實他並不需要解釋這麼多，這只是更強化「他非常重視自我形象」的事實罷了。

「總之，後來我又找了其他徵信社，結果還是一樣。因此，我只好試試那個社長的建議，來看看你們是不是真的有辦法。」這種說法，倒變成一種踢館的味道了。

「那麼，」我故作老成地開口：「孟先生，請你把詳細的情況告訴我吧。」

孟師翔聽我這麼一說，表情反而變得有點複雜。

「呃……接下來我所要說的……」他開始吞吞吐吐起來。再怎麼自信的人也有弱點，而這個叫做葉中達的人，八成就是他的罩門了。「事情的經過可能會非常奇怪，雖然我知道你們專門處理這類案件，可是……還有，這件事情跟我的隱私有關……」

「本社特別重視客戶的權益與隱私，請放心。」如紋以公事公辦的語氣說明。

雖然如紋說的話很制式化，但孟師翔的表情還是稍微緩和了。

「不好意思。」孟師翔苦笑。「雖然我並不是第一次談這件事，但是，一想起這件事我還是感覺渾身不自在。」

「我明白。」

「無論那些調查報告怎麼寫，一定有葉中達這個人。絕對有。」孟師翔彷彿墜入回憶的漩渦，以一種喃喃自語的方式，開始說明。

3

這件事，要從一九九七年春天說起。

當時，我是一個經過幾年的社會歷練後，在股票市場終於嶄露頭角的投資界新星。由於在股市裡賺到不少錢，深獲圈內人士讚許，少年得志的我，即刻雄心萬丈地將目光轉向全球的新興市場國家，準備正式操作海外投資，為自己的事業再創第二個高峰。

我分析了幾個國家的工業發展概況，然後做好規畫，將手中的資金全數投進印尼，我深信以我對市場的瞭解、對趨勢的判斷，必然可以迅速累積一筆極為可觀的財富。我還計畫，在獲利了結以後，揮一揮衣袖就此退出投資圈——畢竟，在這個行業裡，有太多「晚節不保」、在最後一次買賣全軍覆沒的前車之鑑了，我打算見好就收，退休去過悠閒愜意的生活，成為圈子裡的傳奇人物。

然而，就在我信心滿滿地出手後不久，泰國的貨幣市場發生了匯率戰爭。泰銖幣值的大幅暴跌，很快地連帶影響了鄰近的東南亞國家，馬來西亞、菲律賓、新加坡等等。印尼，當然也包括在內。

一開始我沒有特別在意。我認為那只是美國投機資金短暫的套利行為。但萬萬沒想到，這場匯率戰爭持續擴大，規模不僅高達數百億美金，戰敗者還竟然是泰國政府。

投機資金搞垮了泰國以後，立即轉進其他國家，連續戳破了印尼、馬來西亞的東南亞經濟榮景泡沫，當然，我在印尼所投資的心血也瞬間損失大半。國際金融炒家接著又往香港、韓國進攻，金融市場的狂風暴雨也擴及全亞洲。

這場金融血戰終止於香港，國際金融炒家也鎩羽而歸，最後更在俄羅斯兵敗山倒。然而，印尼的經濟受創甚深，元氣大傷，而我的投資盡數歸零。

彷彿做了一場惡夢、賠得身無分文、鎮日漫無目標地走在台北街頭的我，心裡不止一次這麼想：假使當初我沒有冒險踏進東南亞新興市場的投資，會落得這副窮愁潦倒的下場嗎？

不到一年的時間，我的戶頭裡只剩下平常用來零花的幾萬塊台幣，當然，這些錢很快地就會用光。於是，我改變了原本的退休計畫。我要用這些錢買醉，全部喝光以後，就離開這個世界。

但，就在我決心尋死的前一天下午，葉中達出現了。

「嘿，真巧！」

我坐在二二八公園的座椅上，抬頭一看，看到他站在我面前，對我微笑。他年紀大約五十來歲，穿著體面，表情和善，但給人一種長期無所事事的感覺，猶如家道中落的凋零貴族。

「我們的身上，穿的居然是同一款西裝呢！而且，還有這個。」他舉起右手提著的酒瓶。「相同的洋酒。」

我仔細一看，確實如此。我們穿的都是Armani——或許這並不特別希罕。但我們手中拿的都是產自蘇格蘭的SPEY單一純麥威士忌，則讓我不由得眼睛一亮。

「SPEY真是好酒。」

「我同意。」我對他出於禮貌地點點頭。

「再讓我猜猜看吧，」他走到我的身旁坐下。「你也在股市裡輸光啦？」

他的話使我更吃驚，瞪大雙眼看著他。

「老弟，」他突然嘆了一口氣。「其實我也不想死！」

他最後的這句話，完全命中了我的心事，使我忍不住嘆息地回答：「你也？……」

「在股市裡，就算是輸得一敗塗地，只要身上還有萬把塊，心裡都永遠存有一絲『如果還有最後一次，一定可以翻盤』的不甘心啊。」

「我同意。」

就這樣，我們一邊啜飲威士忌，一邊談著自己進入股市的征戰經歷，沉溺在那段屬於自己的美好時光。葉中達的遭遇跟我有點不同，聽他一番話，才知道這兩年的台北股市也到處都是陷阱。我們愈聊愈起勁，在不知不覺中，天色已經昏黑。

「明天，你還會再來嗎？」他問。

我笑了。

「會。」

遇到同病相憐的人，我突然感覺自己也沒那麼悲慘。回到空無一人的公寓，我把買好擱了三天的木炭丟進垃圾桶，尋死的念頭居然已經煙消雲散了。

「接下來你有什麼打算？」

也不知道是聊到第幾天，葉中達這麼問我。

這並不是一個簡單的問題。老實說，我還想回到股市再戰，但我手上的籌碼實在少得可憐，要扳回一城談何容易？

「老弟，我有一個提議。」葉中達的眼神忽然變得有點詭異。

「以我目前的存款來看，要等到股市的景氣好轉再出手，我老早就餓死了。」他一口氣飲盡握在手上的SPEY。「在這個非常時期，非採取非常手段不可。」

「那麼，你有什麼提議？」

「坦白說，我是個非常迷信的人。」葉中達說：「除了股票以外，我也花了很多時間研究占卜。買進股票以前，我都會看看占卜的結果再下決定。但是，前年的股市太好，我沒有理會占卜的結果就買了。如果我沒有那麼一意孤行，現在也不會被套得無可挽回。」

相信算命或風水，這在投資圈裡原是常態。

「所以呢？」

「我打算再占一次卜，然後把我所有的籌碼全部押進去，就賭最後一次。」葉中達看了我一眼，突然面露難色，又說：「但是……我需要你幫忙。」

「什麼樣的忙？」

「我想要嘗試最近在古書裡找到的預言魔法。如果成功的話——無所不知的惡魔，會告訴我們該買哪一支股票才能翻本。」

4

「可以預言股市走向的魔法？」

「不。」孟師翔回答：「老實說，並不是那麼全知全能的東西。不過，就如你們現在所看到的我，藉由這個魔法，我確實東山再起，把我過去輸掉的全都賺回來了。」

我本想說一聲恭喜，但轉念一想又覺得關於錢的事情他應該聽得夠多了。

「到底是什麼樣的魔法？」

「葉中達帶我回去他住的地方，那是一棟位於新店近郊的透天空屋。據說屋主躲債跑路，房子蓋完還沒裝潢就停工了。沒人會趕他走，除了得自己買水、偷接電力以外，沒什麼不便之處。葉中達還在屋裡佈置了一間書房，擺滿他的占卜書。

「占卜是他最大的興趣，為此，他甚至學了拉丁文。他說，在以前手頭闊綽時，花了不少錢買這類古書，還曾飛歐洲去買過高價的珍本。從他書房裡四壁堆置的藏書來看，他所言非假。」

此時，我心底突然浮現一個疑問。

「孟先生，難道說……葉中達向你搭訕，一開始的目的就是為了這個魔法？」

「沒錯。張先生，你反應很快。葉中達跟我坦承，他一直在找施行魔法儀式的合適人選。幾天前，他偶然發現了經常在公園裡閒晃的我，於是特意準備了Armani跟SPEY，讓我卸下心防。我沒怪他。畢竟我本來打算自殺，換個角度想，他還救了我一命。」

「為什麼你是合適的人選？」

「因為……他說，惡魔性好男色。」孟師翔面露無奈。「他認為，如果是我，一定能順利誘出惡魔。」

孟師翔說得輕描淡寫，但他的神情非常難堪。

坦白說啦——他確實帥。

「葉中達說，十七世紀末有一個名為摩西斯•隆恩的大魔法師。他有一篇手稿，叫做《以水晶球與燻煙法召喚天使論》，談到預言魔法的實驗。不過，篇名的『天使』只是一種掩飾，避免天主教廷查緝。裡頭所描述的召喚魔法，會召來三個預言惡魔——分別是達拉斯、亞特思與阿貝達爾……當時，他解釋得非常詳細，但我實在記不了那麼多。總之，為了勾引男子，惡魔們會化身為美麗的女子。

「要施行魔法以前，必須先齋戒一週，並且以特殊的藥草、法器設置一個祭壇。林林總總的細節我就不多說了。我們用客廳當作祭壇。

「那一天晚上，我們一切準備妥當。葉中達開始唸誦經文，焚燒藥草——這就是所謂的燻煙法，目的是遮蔽天神的視線，讓惡魔願意安然現身。而我，則……我……那個……」

原本充滿自信的孟師翔，說到這裡也說不下去，顯然已經觸及到他最不堪的回憶。遇到這種情況，最好的方式就是將視線從當事人身上移開，減少他的壓力，並靜靜地等待。

孟師翔當然也很明白自己來這裡的目的，就是為了把話說清楚。很快地，他恢復平常心，刻意以一種事不關己的語氣開始說話。

「我則脫掉身上的衣服，全裸地開始跳起古書所記載的『誘惑之舞』。那種舞主要模仿蛇在水裡泅泳的體態，也有點像瑜伽與體操的混合。葉中達說，蛇是惡魔留在人間的信差，惡魔若是見到美麗的蛇舞，一定會現身。

「不知不覺，我對於現實與幻覺的分際產生混淆。這是惡魔即將現身的徵兆。果然，葉中達的誦經聲忽地變調，成了從未聽過的怪聲——葉中達真的被惡魔附身了。

「於是，我立刻依照預定計畫，一面繼續跳舞，一面叫喚惡魔的名字。名字有三個，我必須輪流叫喚，等候惡魔答話，才能繼續詢問他帶來的預言。現身的是達拉斯。然後，我問他財富從何而來，他發出輕蔑的刺耳笑聲，回答了我。」

孟師翔的表情逐漸狂放入神，目光也散射出一股專注執迷的光輝。

「接著，我開始跳起『酬謝之舞』。我必須擁抱、親吻著被惡魔附身的葉中達，直到惡魔離去。若不這樣做，惡魔將會發怒，被附身的葉中達也會走火入魔、精神錯亂。酬謝比誘惑需要花費的時間更長，我跳得筋疲力盡，惡魔才終於滿意地離開。」

「你可以流利地與惡魔對話？」我不解地問。

「當然沒辦法。我完全按照葉中達的指示行事，根本不知道我自己說了什麼。葉中達叫我把好幾句不知所云的拉丁文全背起來，針對各種不同的情況說給惡魔聽。至於惡魔到底回答了什麼，則得等到葉中達醒來，播放我們事前準備好的錄音機，他翻譯完以後才能知道。」

「原來如此。」

「最後，我們把戶頭僅剩的錢全拿來買惡魔指示的股票。」孟師翔自嘲地說：「下單的那一瞬間，我還是覺得自己好愚蠢。幾百年前的西洋惡魔，怎麼可能知道明天台北股市哪一支股票會漲？但，反正人生也沒什麼好損失的了。

「然而，不可思議的事情確實發生了！我們所買的那支雞蛋水餃股，在三天後居然開始大漲，而且連續出現好幾個交易日的漲停，經過短暫的區間整理，立刻又往上攻。沒多久，我們的第一筆獲利落袋。原本只是半信半疑下的孤注一擲，想不到惡魔的預言真的會實現！

「因為本金不高，所以我們的獲利有限。所以，我們陸續又召喚了幾次惡魔，再配合融資操作，這才讓手上的獲利大幅增加。就靠著這幾次的成功，我重新站了起來。

「然而，召喚惡魔果然要付出代價。不只是惡魔現身所需要的時間愈來愈長，我也感覺自己好像被惡魔吸去精氣，精神變得委靡不振，還經常出現頭痛、噁心的症狀；我發現葉中達的情況更嚴重，他的身體似乎開始出現不知名的病變，整個人也蒼老起來。

「我開始感覺到魔法的危險性——未來縱使再有暴利可圖，恐怕也沒命去賺了。此外，隨著戶頭裡數字逐漸增加，我也再度找回了自信。俗話說，錢是英雄膽。我心想，以後我不必再倚賴魔法也會成功。約莫同時，我還在一家餐廳認識了現在的妻子——許緻雅還是個大學四年級的學生，在那裡打工籌學費。我對她一見鍾情，渴望照顧她一輩子。於是，我開始考慮與葉中達分道揚鑣，畢竟他也賺了不少，未來我們都不需要再靠惡魔的指示了。」

我以為孟師翔談到這裡，至少會露出如釋重負的表情，但他的臉色反而變得更沉鬱。

「想不到，葉中達還不肯放手。他不但沒有接受我的提議，還反過來要求我繼續配合他。他甚至說，像緻雅這種女人，要幾個有幾個，根本不必認真，賺錢最重要。結果，我們吵了一架，不歡而散。

「如果我跟葉中達就此不再見面，或許事情可以告一段落。」孟師翔嘆了一口氣。「但是，當我鼓起勇氣向緻雅示愛時，她卻斷然拒絕了我。她說，她的父親收入微薄，但她不以為忤，反而以父親的骨氣為榮，她寧可一輩子辛勤工作，也不願意跟我這種熱中於金錢遊戲的人在一起。

「其實，我並不是沒有條件找到更美的女人——但，這些女人一見到我就會急著探問我的身價，殷勤撒嬌的態度真令人作嘔。相反的，緻雅的個性堅毅，則經常迴避、推託我致贈的禮物，與我保持距離。可是，她愈是拒絕我，我就愈想要得到她！我深信，她之所以會一而再、再而三地抗拒我，是因為我有著她無法抗拒的魅力，她怕一靠近我就會陷入泥淖。

「說穿了，她根本就沒有討厭過我！我知道！我知道！一定是我的求愛攻勢不夠凌厲，才會讓她不敢放下矜持、卸除武裝，放心投向我的懷抱，所以我對她就更加緊追不捨。我知道！我一定可以打動她的心！」

漸漸地，孟師翔的話愈來愈有一種扭曲、異常的傾向。但他沉溺在自己的演講裡不可自拔，語氣中充斥著一股虛妄的熱忱。

「但是，經過了好幾個月，緻雅對我仍無動於衷。我開始感到非常沮喪，陷入無可救藥的低潮，為什麼緻雅不能體會我的用心？……所以，所以……我才會又去找葉中達求助……我……現在回想起來，我實在不該找他幫忙的……」

我的視線無法離開孟師翔的眼睛，他的眼神變得十分陰森！

「葉中達幫了你什麼忙？」

「我希望他能施展魔法，讓緻雅愛上我。」這項告白，應該就是孟師翔最後的秘密了。「愛情是自人類出現以來就存在的難題，我相信古代的魔法師一定也做過研究。葉中達跟我不同，他只要錢不要女人，但他既然對占卜這麼著迷，有沒有愛情魔法他一定知道。

「隔了差不多兩個月，再次見到葉中達時，我感到很震驚。他的頭髮已經掉光，臉上長滿皺紋，身軀乾癟枯黃，外表可以說三分不像人，七分就是鬼。才經過短短幾個月的時間，我不知道他為什麼會變成這副德行，說不定他還在實驗其他能預言股價但不需要他人協助的魔法。

「他見到我非常高興，顯然他誤以為我回心轉意，要跟他繼續合作。當我聲明來意後，他的失望明顯流露——在我們意見不合之前，他就知道我迷戀緻雅，只是沒想到我會這麼認真。

「不過，他還是對我坦白地說，根據摩西斯・隆恩的研究，確實可以把惡魔召喚出來，讓心儀的對象愛上自己。這種愛情魔法的效力非常強，無論對方先前對你的態度有多麼惡劣，最後都會讓對方愛你至死不渝，無怨無悔。甚至，就算你先死去，她也會一輩子愛戀你生前的一切。

「這正是我想要的。於是，我請葉中達務必幫我，他卻不斷反問我——你對許緻雅的愛是認真的嗎？我當然立刻回答是。他進一步嚴肅地警告我，正因為這個魔法效力太強，就算施法者將來變心，也無法終止對方的愛。這不像現實世界的愛情那般，可以談判、可以分手，可以從傷痛中復元。這個魔法的性質是徹底強制的。如果只是逢場作戲，一定會造成悲劇。

「我要他放心，我確實深愛緻雅，我會給她幸福，我會用一輩子的時間來證明。葉中達銳利地注視著我，也許他想確認我的心底是否存有些許遲疑——我們僵持了很久，最後他才嘆一口氣，答應盡全力幫助我。」

「愛情魔法的施行方法，」我問：「同樣是用燻煙法召喚惡魔嗎？」

「不是。葉中達說，掌管愛情的惡魔跟掌管預言的惡魔不同，預言魔法只是將未來的趨勢揭露，但愛情魔法則涉及情感，必須扭轉人的既有意志、改變人的心理狀態，因此非常困難。他告訴我，愛情魔法成功機率並不高。

「葉中達沒有告訴我愛情魔法該如何進行，也不需要我幫忙。不過，他要我在這段時間絕對不能跟緻雅聯絡，只能耐心等待。」孟師翔說：「此外，葉中達還說，這是他最後一次幫我，從此以後，我們也不會再見面了。確實，我跟葉中達的關係，終究是到了結束的時刻。」

不需要孟師翔明說，結果也可想而知——愛情魔法真的成功了，而葉中達也消失了。

「我的印象很深刻。經過了一個多月，我突然接到緻雅主動打來的電話，說她突然很想跟我見面。我好驚訝。見了面以後，她還不斷跟我道歉，說自己太魯莽了，她不該拒絕我的好感，希望我能原諒她。

「緻雅從大學畢業後，我立刻求婚，她也欣然同意。葉中達的愛情魔法果真奏效了。結婚以後，緻雅的愛意充沛，對我百依百順，要說這是人間最甜美的生活方式，絕非言過其實。我終於得到了渴求已久的幸福——是的，我曾經一度這麼認為。」

孟師翔絲毫沒有神采飛揚，反而充滿痛苦。

「也是到了結婚以後，我才發現原來緻雅是一個無趣的女人。長期在股市裡激戰的我，已經習慣刺激的生活。我終於發現，我當時之所以對緻雅戀戀不捨，原來是因為我得不到她。施下愛情魔法以後，緻雅最令我著迷的部分已經消失。

「我知道，這種話聽起來很糟糕。」孟師翔看了如紋一眼。「我承認，我都承認。沒錯，對我來說，我最想得到的就是那些我永遠得不到的。就像賺錢一樣，我最感興趣的，不是在存摺裡堆積的錢，而是在股市裡狂奔的錢。

「然而，受到魔法影響，緻雅對我的愛極深極濃，我已經負荷不起她的愛情。無論我對她再冷淡，她依然樂意默默忍受；有時候，我甚至會故意傷害她，惹她生氣，原以為這樣可以頓挫她的愛意，但她毫無怨尤，總是無條件原諒我。

「她賢慧的程度遠遠超乎我的想像。我一回到家，她會興奮萬分地歡迎我，替我拿拖鞋、放洗澡水、泡熱咖啡，全心全意地服侍我；她時時刻刻關心我的感受，擔心我是否情緒低落，親切地詢問還有什麼事需要她做的；在床上她會熱情擁抱我、親吻我，在我的耳邊說愛我。我對她不理不睬時，她甚至會寫情詩、寫文章來描述對我的思念。

「她做得愈多，讓我愈無從挑剔，我就愈痛苦。就算我罵她、揍她、虐待她，都無法改變她的和顏悅色的態度。她甚至會在我面前跪下，承認一切都是她不對，把我的錯往她自己身上攬。為什麼，愛情魔法的效力會這麼強？竟然將緻雅變成一個這麼不正常的人！

「我已經不愛她了。確實，沒有遵守諾言，是我的錯。但我自從和緻雅結婚以來，承受夜以繼日的長期折磨，我應該已經得到應受的懲罰了。我覺得已經夠了……」

我出聲清了清喉嚨，不讓他說下去。

儘管我不能認同孟師翔的作為，但從他所說的話裡，我的確對他的痛苦能夠感同身受。委託人的要求已經非常清楚，再讓他繼續發洩對案件也沒什麼幫助。廖叔說，這裡畢竟不是心理治療室，把握時間解決案件最重要。案子一解決，至少委託人的煩惱可以少掉一大半；而且，拿到了錢以後，本社的煩惱也可以少掉一大半——這番話說得真是太好了！

「我明白了，孟先生。這就是你為什麼要找葉中達的原因。」

與初進會客室談笑風生的態度截然不同，吐露出內心秘密的孟師翔，此刻雙眼發紅，情緒瀕臨崩潰。

「我希望他能收回愛情魔法，讓緻雅恢復原狀。」

「但是，葉中達告訴過你，這個魔法的效力很強，他不見得能收得回來。」

「只要找到他就好，」孟師翔明確地要求：「先找到他最重要。」

5

在展開調查以前，有必要先讀一讀其他徵信社所完成的調查報告。

調查報告一共有四份。從時間上來看，孟師翔大約是從半年以前開始委託這些徵信社的。可以想見，孟師翔從那時候起，恐怕已經對妻子感到厭倦了。

這四份調查報告的偵查方向不盡相同，儘管有些部分有重疊之處，但重點多半是放在幾個較有疑點的問題上。顯然，和孟師翔這次來本社的情況一樣，他也曾經把已完成的調查報告給其他徵信社讀過。

整體而言，孟師翔與葉中達的交往時間並不長。孟師翔在二二八公園結識葉中達，是一九九八年二月左右的事。接下來，他們在短短的兩個月之間，靠預言魔法在股市中獲得暴利，這也讓孟師翔賺回重新再出發的本金。

大約也是在這個時候，孟師翔邂逅了許緻雅，然後陷入迷戀不可自拔。這時候的孟師翔，認為自己已經不再需要依賴預言魔法的協助，因此希望與葉中達分道揚鑣，結果大吵一架，之後兩人暫時沒有再見面。

由於時間點相當接近，許緻雅的出現，應該是兩人導致決裂的最大關鍵。經歷過海外投資重大挫折的孟師翔，在重回正常生活以後，對金錢已經不再那麼執著，因此他在遇見許緻雅之際，就開始熱烈展開追求，並在她畢業以後立刻求婚。

相對的，葉中達則是一個截然不同的人。從孟師翔的描述來看，葉中達寧可承受預言魔法對身體的傷害，也不願意在賺到夠多的錢以後，改變自己的生活方式……不，他恐怕也不是一個熱愛追逐金錢的人，更正確地說，他應該是一個西洋魔法的信仰者。

他證明了魔法的存在，也證明了預言的正確性。因此，既然能夠召喚惡魔，就不需要再花那麼多精神研究個股了吧？

總而言之，相隔了兩個月後，他們才再度見面。孟師翔想與許緻雅在一起的心意已經非常明確，於是，葉中達放棄再說服孟師翔，答應替他對許緻雅施行成功機率不高的愛情魔法。

最後，孟師翔終於如願娶得許緻雅。這意味著葉中達的愛情魔法真的成功了。然而，就在同時，葉中達也從此消失於世間……

「報告裡寫了什麼？」

廖叔回到辦公室裡，看到我正在研究孟師翔的案子，開口問我。

「寫了很多。」我將一大疊文件放回桌上，稍微伸伸懶腰。「可是，沒有什麼有用的情報。首先，這些徵信社都去查了新店郊區的空屋。那間空屋後來被銀行拍賣，但因為沒有妥善整理，屋況太差，所以現在還賣不出去。其中有一家徵信社，姑且稱為A社吧，對這條線索特別重視，他們費了一番力氣，查到空屋主人名叫余添祥，還找到他親戚的電話號碼——對方是余添祥的叔父。

「根據這名親戚說，余添祥原本是做直銷的，錢賺得很快，也很重視生活品味，所以才買了土地要來蓋房子。不過，余添祥的信用卡好像也刷了不少，還卡債還到最後去借高利貸，最後為了躲債，已經不知去向了。」

「真慘。」

「A社特別註明，余添祥的年紀很輕，還不到三十歲——所以，這個人應該不是葉中達。葉中達已經五十幾歲了。

「但是，既然葉中達知道新店有這間空屋可以借住，這表示他很可能認識余添祥。」

「對。尤其直銷這個行業，總是能認識到形形色色的人，所以A社認為，葉中達說不定是在直銷說明會的場合認識余添祥的。」

「嗯。」

「所以，A社繼續追查余添祥曾經從事的直銷事業，但，並沒有查到什麼。余添祥確實在直銷業裡建立了一些人脈，但裡面並沒有叫做葉中達的人。當然，A社懷疑『葉中達』本身也有可能是一個假名——儘管如此，余添祥的朋友中，仍沒有一個條件相符的人。」

廖叔聽了我的說明，沉默了一會兒，然後點點頭，但並沒有開口。

「再來是B社。」我繼續說：「比起新店的空屋，他們更重視二二八公園這條線索。在公園裡來來去去、進進出出的流浪漢很多，不過，總有幾個『長期住民』，對公園裡的流浪漢圈子很瞭解。B社花了不少時間，詢問了二二八公園裡的幾個資深流浪漢。

「但是很可惜，結果並沒有人對葉中達這個人有印象。事實上，這些人也沒注意到孟師翔。畢竟他們兩人的經濟狀況再怎麼差，仍然非常重視穿著打扮，也不會主動跟那些流浪漢打交道，頂多看起來就像是暫時沒有事做，在公園裡打發時間的人罷了。」

「更何況，他們流連在二二八公園的時間也不長。」

「沒錯。根據孟師翔的回憶，他們只在公園裡待了幾天而已。自從開始進行預言魔法之後，他們賺到了錢，回到以往的生活水準，也沒再去過公園了。」

「嗯。」

「接著是C社。這家徵信社的主要追查路線是股市圈，他們認為既然葉中達沉迷於股市，還曾經一度風光過，即使只是個散戶，交易量恐怕也不是小數目，證券行裡說不定有人聽過他的名字。於是，他們根據孟師翔從葉中達那裡聽來的投資經歷，針對葉中達提到的幾檔特定個股，詢問了各大證券行的業務員，最後找到了三個同名同姓的人。

「但是很可惜，這三個葉中達，都不是孟師翔想找的人。一個是三十幾歲的國小老師，一個人是六十幾歲的退休公務員，這兩個都是聽投顧老師的話在買股票的普通散戶；還有一個比較特別，是一個已經去世五、六年的主力作手。」

「主力作手？」

「聽說在民國七〇年代末開始相當活躍，後來因為在一九九〇年的萬點大崩盤時損失慘重，據說之後疾病纏身，於是乾脆洗手不幹、退隱江湖了。」

「他的條件倒是跟孟師翔想找的人很接近。但是人早就死了。」

「是啊。」我接著說：「事實上，這條線索也暗示了與孟師翔一起進行預言魔法的人，很可能冒用了『葉中達』這個名字——這與A社的懷疑不謀而合。不過，根據C社的調查，這位已經病死的操盤手葉中達，身邊的朋友也沒有一個符合條件。」

「所以，孟師翔想找的人，很可能只是因為聽過『葉中達』這個名字，所以直接拿來使用，而不是因為認識那個稍有名氣的股市作手。」

「另外，C社還依照孟師翔的描述，製作了葉中達的臉部素描。但問遍了股市圈裡交遊廣闊的業務員們，都沒有人知道股市有這號人物。」

「也就是說，孟師翔想找的這個人，他口中自稱在股市裡的征戰紀錄也是假的？」

廖叔意味深長地笑了笑。

「對。」事實上，這將會導致一個不可思議的結論。「但是……如果說，葉中達根本就不是什麼股界名人的話，他要怎樣才能在股市中屢戰屢勝？」

這就是本案最大的謎團——預言魔法。

「除非，預言魔法真的存在。」我繼續說明：「否則沒辦法解釋孟師翔所遭遇到的事件。葉中達除了在短短的兩個月內，從股市裡賺到可觀的獲利；接下來他還施展愛情魔法，幫助孟師翔改變許緻雅的心意，讓原本視金錢為草芥的她瘋狂愛上孟師翔。」

「說到愛情魔法——葉中達並未將做法告訴孟師翔。」

「所以，最後的D社，就是將重點放在愛情魔法上。他們認為，既然預言魔法需要兩個人一起施行，愛情魔法可能也需要兩個人。因此，為了施行愛情魔法，葉中達說不定和許緻雅曾經見過面。」

「也就是說，許緻雅與葉中達之間，應該有過什麼對話。」廖叔點點頭。「說不定葉中達曾對許緻雅透露自己的去向。」

「但是，根據D社的調查，許緻雅否認曾經與葉中達見面，她說她根本不認識這樣的人。當然，這有可能是許緻雅想隱瞞事實，也有可能是葉中達的愛情魔法會讓許緻雅失去某些記憶。不過，D社並未因此而放棄這條線索。他們又調查了許緻雅打工的餐廳，以及她的大學同學等，想找出兩人接觸的證據。

「但是很可惜，無論是餐廳或校園裡，都沒有人看過像是葉中達的人向許緻雅攀談。他們恐怕根本沒見過面。此外，許緻雅的大學朋友還對D社說，她們感到非常驚訝，許緻雅居然會在畢業後立刻閃電結婚，而且對象還是孟師翔！因為在畢業以前，許緻雅曾經不止一次說過，她非常厭惡苦苦糾纏的孟師翔——這麼說來，愛情魔法確實從中作祟了？」

廖叔沒有直接回答我的疑問。

既然如此，有沒有魔法的問題，還是先擱在一邊吧。

「所以，葉中達也不曾出現在許緻雅打工的餐廳或大學校園裡了。」

「到最後，這四家徵信社都下了共同的結論——葉中達很可能根本不存在——也不是沒有理由。葉中達既不認識空屋主人余添祥，也不是長期流連公園的流浪漢；他不是股市名人，更沒有跟許緻雅見過面。唯一見過葉中達的人，就只有委託人孟師翔一個人而已。」

討論至此，我們終於把這個案子先前的調查報告全部檢討完畢。

「那麼，鈞見，接下來你打算怎麼調查？」

「我打算……」我沉思了一會兒，最後只好搖搖頭。「其實，讀完前面那四家徵信社的調查報告，感覺能查的線索都已經查遍了……我還能查什麼呢？」

廖叔立刻笑了出來。

「那麼，讓我們先撇開這個案子不談。」廖叔將桌上那一疊調查報告推到一邊。「要你找一個人，你會怎麼找？」

「呃……」我想了一會兒，才以不太確定的語氣開口：「首先，應該是先找到他的朋友、認識他的人，設法問到這個人的聯絡方式，然後再與他取得聯繫。」

「如果得不到這個人的聯絡方式呢？」

「那麼……就必須調查他是不是曾經在什麼地方出現過，再設法找到他住的地方。」

「假使也沒有任何人見過他？」

「這……」孟師翔口中的葉中達，正是屬於這種類型的失蹤者。我花了更多的時間思考，才慢慢試著回答：「我是不是應該在股票投資的雜誌上刊登什麼消息，來誘使葉中達出現？」

「這或許是一個好辦法，」廖叔又問：「但是你要刊登什麼消息呢？」

「這個嘛……」

「如果直接聲明是孟師翔想要找人，葉中達可能會不予理會。」廖叔的意見非常中肯。「至於一般的尋人啟事，是否能夠讓葉中達現身？我也很懷疑。」

「也對。」

這確實是一個難題。特別是葉中達已經說過，他跟孟師翔不會再見面了。

不過，我立刻靈光一閃，想到了別的方法。

「也許我不應該刊登什麼消息在投資雜誌上。」我說：「也許我應該在台北市的舊書圈裡散佈我手上有幾本拉丁文古書想要賣掉的消息？」

6

說起來簡單，做起來辛苦——這是我當上偵探以後的第一個感想。

我不懂拉丁文，也不知道怎樣的魔法古籍，才能吸引到葉中達的注意。為此，廖叔特別介紹了他一個有多年交情的朋友給我認識，是一位住在高雄的雜誌社主編，名叫謝海桐。

謝主編是時事雜誌《高雄獨家第一手》——雖然我是高雄人，不過很遺憾，我並沒聽過這本雜誌——的主編，跟本社有「消息交換」的合作關係，也就是說，當廖叔接受了某個名人的委託後，他同時也會透露一點口風給謝主編，讓他有勁爆的獨家報導可寫；另一方面，謝主編雖然人在高雄，卻是個情報非常靈通的「消息人士」，無論廖叔想問誰的事情，謝主編都有辦法提供一點線索。

「謝主編，您好，我是張鈞見。」

「你好。」電話裡謝主編的聲音有點沙啞，但聽不出他的實際年齡。「聽廖哥說，你要問預言魔法的事情？」

「……是的。」

「那你問對人了，」謝主編的語氣很平和。「這種事我還算清楚。」

「真的？」

「研究超自然學，是我平常的興趣，哈哈。」

老實說，我是硬著頭皮打這通電話的。儘管謝主編的消息十分靈通，但也很難想像他會對十七世紀的預言魔法有研究。

「據說，這份記載預言魔法的手稿《以水晶球與燻煙法召喚天使論》，是英國知名史學家湯姆士・希爾尼（Thomas Hearne）的收藏品，他把手稿捐給牛津柏德黎恩圖書館（Oxford Bodleian Library）。」在我簡述過孟師翔的案子，謝主編才開始說明：「後來，圖書館有個叫做卡登・修爾（Katon Shual）的研究員，出於純粹的考古興趣，對手稿做了一些研究，結果，竟然吸引了一群魔法的狂熱人士親自進行實驗。」

「換句話說，這個魔法相當出名囉？」

「是啊。因為這個魔法可以說是被正式地研究過。」

「所以手稿裡所提到三個具有預言能力的惡魔，真的會出現了？」

「這一點就不得而知了。」謝主編笑了兩聲。「就算對魔法有興趣，現實與想像還是得分清楚一點啊！有些學者認為，這個預言魔法中用到的燻煙，實際上是某種毒品，會使施法者產生奇異的幻覺，從而誤認為惡魔真的現了身。」

「原來如此！」

「此外，以現代的角度而言，魔法並不是讓施法者的期望在現實中成真，而是讓施法者產生幻覺，改變施法者的精神狀態，讓施法者在心理上認定自己的期望已經成真。」

「也就是『情人眼裡出西施』嗎？」

「沒錯。」

謝主編的解釋雖然很有道理……但孟師翔確實在股市裡賺了一筆錢，然而，葉中達總不可能靠魔法讓股市裡的人全都產生幻覺吧？

「但，產生了幻覺，也不能讓預言實現吧？」

「在毒品的刺激下，大腦會變得非常活躍，神經也會十分敏銳，是有可能激發出平常察覺不到的潛能——但這卻被誤以為是惡魔帶來的預言。」

「那麼，運用類似的手法，愛情魔法也沒問題了？」我又問。

「不。」謝主編的回答令人有點意外。「預言魔法只是單純地見到惡魔，至於惡魔說了什麼話，該怎麼解讀，全憑施法者的自由心證，魔法儀式結束後，一切回歸現實；愛情魔法則完全不同，它是有對象的，儀式結束後，魔法的效力仍然必須存在，也就是說，愛情魔法確實影響、改變了現實世界。」

「所以，這不是用毒品來產生幻覺就能製造出來的效果囉？」

「對。這種魔法存在的可能性並不高。」謝主編補充：「另外，我也不記得摩西斯・隆恩的這篇手稿裡有記載過這種魔法。」

——愛情魔法，難道是葉中達自己捏造的嗎？

暫且擱下這個心頭最難解的疑惑，我繼續請教了謝主編有關拉丁文古書的問題。

我記下他提到的幾本出版於中古世紀的魔法名著書名，確認無誤，再委託與本社有合作關係的印刷廠，將這幾本書「製造」出來。

當然，製作這樣的偽書，最關鍵之處就在精裝書皮、扉頁以及版權頁；此外，紙張也得經過特殊處理，才能顯現出歲月的痕跡——老實說，要達到逼真的效果，所費不貲。至於內文，只要是拉丁文就可以了，反正台灣懂拉丁文的人也不多——我是從國家圖書館借出幾本拉丁文的學術書籍，複印了內頁來作為偽書的內容。

接著，關於這幾本書的來源，我也準備好一番說詞。這個部分，則仰賴精通此一領域的謝主編，他替我編造了一整套既富傳奇色彩又栩栩如生的古書漂流史。

最後，我帶著這幾本書，到光華商場、公館汀洲路、牯嶺街等幾個台北市舊書店群聚的區域繞了一圈，並且用掉兩盒「某藏書家代理人」的名片。這一趟，我花了整整三天的時間，不斷面對狐疑與好奇交錯的舊書店老闆目光，臉上強裝的自信表情，到最後也變得非常僵硬。

希望這番心血，可以釣到大魚！

7

「鈞見，來看看這個。」

當我步履疲倦地回到辦公室，廖叔一看到我便招手出聲叫我。

我看見在我的辦公桌上攤著幾本雜誌。

「這是？」

「經驗法則，」廖叔將雜誌推到我眼前，說：「委託人十個有八個不肯說實話。」

「還有兩個呢？」我追問。

「一個太笨，永遠在狀況外；還有一個，剛說完實話後就被殺了。」

「難怪沒人說實話。」我笑了。

我將手上的硬皮偽書放下，趨前一看，是當期的影劇八卦雜誌《漏網》——進入視野裡的這篇報導，有一個跨頁的特大號粗體字標題：「美豔女星進股市，金主帥哥一把抓！」

雖然標題本身下得相當低俗，但令人驚訝的內容，還是讓我當場愣住。我立刻坐下來，仔細閱讀這篇八卦消息。

報導中最顯眼的是一張佔了版面大半的街頭男女合照。穿著輕便ＰＯＬＯ衫的男人，儘管目光有點抗拒而稍稍移開，還是看得出來他就是才拜訪過本社的孟師翔。

跟他同行的，是一個穿著火辣的牛仔短褲、大方露出一雙頎長美腿的年輕女子。報導說，她的名字叫周倩，最近剛出版了第三本性感寫真，近日也準備挑戰戲劇。

拍攝這張照片的時間是上週末。那天下午，雜誌記者巧遇一同離開高級餐廳的兩人，被拍到照片的周倩態度從容，也沒有閃避鏡頭。記者上前詢問兩人關係，周倩微笑地說他們只是工作上的朋友，至於孟師翔則僅僅向記者點頭致意，什麼話都沒講。

當然，八卦雜誌不會相信這種說詞。報導中進一步地揭露他們秘密交往的經緯。

在半年前，某家財經電視台開了一個討論股市內幕的談話節目「今夜誰進場」，邀請了投資專家、理財顧問及業界人士，大談台北股市種種秘辛。由於這個節目還會穿插當日解盤、實用的股票操作策略等，有時甚至還會暗示一些即將大漲的明牌，因此收視反應不錯。

孟師翔的外型俊秀討好，還有個「股市小馬哥」的外號，很受女性投資人歡迎，在受邀幾次以後，就成了固定來賓。也就是因為這個節目，孟師翔才會認識周倩。

周倩雖然以性感寫真女郎之姿出道，但她其實跟一位已故的銀行家非常親密。這位銀行家名叫盧正先，早年以操作股價起伏劇烈的營建股闖出名號，曾是「四大主力」之一。後來，他轉入銀行業，在個人信貸業務的拓展上獲得非常耀眼的績效。這段期間，盧正先雖然聲稱淡出股市，但一般圈內人士，普遍都還是認為他擁有左右加權指數的實力。

相對於在股市的意氣風發，盧正先的私生活則非常低調。他一生獨身，雖然曾經與時尚圈名媛傳過幾段緋聞，但本人沒否認也沒承認。不過，三年前在他七十歲時，據說為了治療肺癌而遷居美國加州，身邊只跟了一個女人——那就是當時年僅十八歲的周倩。

關於周倩的來歷，眾說紛紜。沒有人知道她到底是盧正先的女兒，還是情人。

一年前，盧正先病逝加州，周倩在辦完他的葬禮後，隨即返回台灣，踏進演藝圈。知情人士普遍認為，周倩繼承了盧正先的鉅額遺產。不過周倩回台以後，生活起居都過得很簡單，絲毫沒有奢侈揮霍之處。所以，周倩究竟打算怎麼處理這筆遺產，也是一個令人好奇的謎團。

由於周倩與盧正先的這層關係，「今夜誰進場」才會邀她上節目，讓她談談盧正先跟她說過的股市征戰史。不過，周倩自己到底懂不懂股票，製作單位其實也不太關心，只要她在節目裡穿得清涼養眼，有賞心悅目的效果即可。

據說，節目開播不到一個月，就有工作人員在錄影休息時，偶然看見周倩拉著孟師翔的手到樓梯間去說悄悄話。兩人關係曖昧的說法也愈傳愈烈。周倩曾經是銀行大亨唯一的紅粉知己，大亨死後又主動勾搭上已婚男人，也難怪八卦雜誌會大書特書。

為了製造反差效果，對於與孟師翔結婚一年多的許緻雅，雜誌也做了詳細的背景調查。

報導指出，許緻雅的母親早逝，她自小與父親相依為命，是個非常孝順的孩子。父親在兒童教室當美術老師，收入不多，據說以前也曾經與朋友合夥開才藝教室，最後卻經營不善，還遭朋友背信，背負了不少債務。許緻雅為了順利升學，不但必須爭取獎學金，還得打工賺錢才能籌足學費。

真佩服八卦雜誌竟然能查到這麼多事情。

雜誌裡還刊登了孟師翔與許緻雅的婚禮照片，也不知道是誰提供的。披著白色婚紗、笑臉盈盈的許緻雅，模樣彷彿早已沉醉在甜蜜的幸福裡，讓她原本秀麗的容貌更加耀眼，看不出她在畢業前有多麼厭惡身旁的男人。不過，雜誌的評論十分刻薄——一畢業就馬上嫁給有錢人，難怪笑得那麼開心，可是如果看到本誌的報導，大概笑不出來了。

「那麼……孟師翔委託我們，是因為他移情別戀了嗎？」

孟師翔是半年前開始尋找葉中達的，這剛好與「今夜誰進場」開播的時間很接近。

「可能性很高。」廖叔回答：「葉中達若不解除魔法，孟師翔無法擺脫許緻雅。」

「但是，孟師翔並不需要擺脫許緻雅才能跟周倩在一起啊。就算孟師翔腳踏兩條船，許緻雅在愛情魔法的影響下，仍然會對他死心塌地。」我回想起孟師翔陳述親身遭遇的痛苦神情。「我認為，他是因為無法再承受愛情魔法的壓力，所以非得找到葉中達不可。」

頓時，廖叔的眼神突然變得很寬容，彷彿察覺我這個菜鳥偵探已經徹底被委託人的演技騙倒似的，露出了宛如看到小孩子拼圖拼不出來只好搖搖頭的表情。

「有沒有愛情魔法是另外一回事。」廖叔似乎根本沒把我所認定的關鍵問題放在心上。「葉中達的部分，等你的拉丁文古書釣到他以後，自然可以澄清。你說得是沒錯，孟師翔的確可以腳踏兩條船，但是，我認為，孟師翔有一個非常必要的理由，使他非得擺脫許緻雅，才能跟周倩在一起。」

「……什麼理由？」

「來，你再看看這個。」廖叔將《漏網》挪開，原來底下還有一本財經週刊《疾富》。

二十一世紀投資戰略／孟師翔

展望本世紀最後一季的投資環境，全球因國際原油庫存不足、第四季需求旺盛、中國加入WTO等因素，NASDAQ持續攀升，創下近三十四個月以來的歷史新高。

單就台股大盤指數來看，指數儘管多次挑戰頸線，但在短線獲利了結與解套賣壓出籠下，使大盤漲勢受阻，形成平盤上下震盪的整理格局。不過，如果因為這樣，就誤以為多空不明，猶豫不決、遲遲不敢進場或者暫時出場，將錯失下一波數鈔票數到手軟的大好良機。

為什麼？很簡單，這是外資法人清掉浮額籌碼的標準手法。沒有信心的投資朋友，滿心期待買了好股，被這麼上沖下洗搞一搞，馬上就怕得半夜做惡夢，一開盤立刻拋售，結果咧？再眼睜睜看著這些剛賣掉的股票往上飆個三根、五根漲停板，要追也追不回來，你說可不可惜？很多投資朋友收盤的時候都打電話給我，說他們有賺錢的運，沒賺錢的命啊！

從技術指標來看，現在絕對不是盤整，而是初昇段的黎明期，只不過還沒有反應在指數上，不容易發現而已。經過一季的籌碼整理，台北股市也逐漸擺脫九二一震災的負面影響，例如幾檔震災重建指標股，老早我就推薦過了，上次沒聽我的話，乖乖買進的人，很抱歉，你只能看別人換新車、搬新家了。早知如此，何必當初嘛！

近期平均單日交易量，已經擴增為一千兩百億以上，類股不停輪動，電子、塑膠、金融、傳產都呈現多頭走勢，已經枕戈待旦、蓄勢待發了。各位投資朋友，不要在乎那一、兩塊錢的差價，趕快上車最重要，沒跟上的話，下一個多頭還不知道要等幾年！

「什麼跟什麼啊……」對這些股市專有名詞，我只能舉雙手投降。「根本看不懂啊。」

「內容看不懂嗎？」

「是啊。」

「內容看不懂沒關係，反正這種東西啊，只不過是拿已經發生的事實看圖說故事，再加入一些術語，騙騙投資人。」廖叔一副對股票也頗有研究的口氣，指著文章的最後。「重點在這個，他的投資建議。」

「推薦個股嗎？」我看到在投資分析專欄的末段，列了十幾家公司，但我全都沒聽過。

「這是孟師翔最重要的生財工具。」廖叔說：「自從他開始上電視節目後，知名度大增，投資雜誌找他寫專欄，想要炒作自家公司股票的經營者，也找他一起哄抬股價。孟師翔先和這些公司聲氣相通，利用專欄放消息，誘引散戶進場，賣掉手上的股票，讓散戶套牢。」

「原來如此！」股票的世界還真是黑暗。「可是，廖叔……你怎麼會對孟師翔跟上市公司勾結的內幕這麼清楚？」

「當你一頭熱製作拉丁文古書的時候，我也進行了一些調查啊。」廖叔補充：「還有，這些雜誌都是如紋找到的喔。」

說得好像我經驗不足，需要人幫忙似的。不過，倒也真是如此——我一心想找出葉中達，對孟師翔本身卻不太瞭解。

「從委託人的現況下手，往往會發現案件不為人知的一面。」

「但是，」我又問：「即便孟師翔做這種欺騙投資人的生意，這跟他非得跟許緻雅離婚才能跟周倩在一起的必要理由，到底有什麼關係？」

「倘若如同《漏網》雜誌所猜測，周倩繼承了盧正先的遺產……孟師翔不可能不對這筆錢感興趣。」

「你的意思說，」我感到恍然大悟：「孟師翔為了得到這筆錢，也許他必須與周倩結婚。但這麼一來，他與許緻雅的婚姻關係就變得非常麻煩。」

「沒錯。」廖叔進一步說明：「許緻雅善盡了妻子的責任，也不可能答應離婚。即便上了法院，孟師翔也打不贏離婚官司。」

「所以他必須尋找葉中達，讓他解除愛情魔法——只要許緻雅恢復原狀，自然會主動要求離婚，這樣他就能重獲自由，跟周倩結婚了。」

「可能性很高。但是，我跟你說過了，世界上不見得有愛情魔法。」

雖然我也同意廖叔的推論，但真不知道他為什麼多次否定愛情魔法。

無論如何，總算發現孟師翔尋找葉中達的真正原因了。

然而，我突然想到一件令我背脊發涼的事！

「廖叔，除了等待葉中達跟我聯繫之外，我還想再做一件事。」

「什麼事？」

「我想要跟蹤孟師翔，監視他的一舉一動。」

「為什麼？」

「如果葉中達一直沒有出現，愛情魔法無法解除，那麼孟師翔該怎麼辦？」

廖叔的目光透露出不尋常的疑惑。「什麼意思？」

「孟師翔會不會殺害許緻雅？」

8

實際的監視是非常辛苦的行動，儘管它在電影裡，往往只出現幾個鏡頭而已。最困難的部分，並非設法不讓被跟蹤者發現自己的行動——因為，除非做賊心虛，一般人並不會時時留意是否有人偷偷跟蹤自己。此外，再搭配適當的服裝變換，就可以在外表上製造出截然不同的模樣。

跟蹤者的生理需求也不必太擔心。除非已經被對方發現，對方並不會利用你去上廁所的時候逃掉。不過，吃飯倒是真的不能吃太久，只要能充飢，愈簡單愈好。至於睡覺的話嘛——很抱歉，「晚上的事情最多」，這句話絕對沒錯，年輕就是本錢，等案件結束以後再好好睡一覺吧！

據說，有些偵探覺得等待本身就是最困難的部分。畢竟，時間的流逝速度一下子變慢太多，必須同時忍受無聊並保持警覺，實在不符合人性。

不過，對我來說，監視最困難的部分是，你只能觀察到對方的行蹤，卻必須推理出對方的企圖。不像和對方說話時，可以觀察對方的眼神、手勢、語氣，來判斷對方的內心。

若只是單純地跟蹤卻不設法推理，充其量你也僅是對方行動的見證人而已，對案情偵查的助益很有限。

更重要的是，我之所以跟蹤孟師翔，並非單純想知道他去了哪些地方，而是希望能阻止他殺害許緻雅。

不用說，我是不可能在孟師翔與許緻雅獨處時介入，更不可能在孟師翔持刀準備殺害許緻雅的剎那挺身而出，大聲說：「別動！我全都看到了！」

如果先發制人地直接告訴孟師翔：「我知道你預謀殺害妻子。」也是不智的做法。孟師翔可以嚴正否認，並憤怒地終止本社的委託契約。然後，這會變成本社風評裡必定提到的一件事，最後讓本社關門大吉。

缺少明確的證據，卻得阻止未來的犯罪，這恐怕不屬於偵探的能力範圍。也難怪推理小說中常出現這樣的批評：「人都死光了才破案。」但是，沒有充分的證據卻要求提早破案，實在太強人所難了——沒有證據怎麼叫犯人認罪？

只有一個辦法。

要殺害許緻雅，孟師翔身為許緻雅的丈夫，當然有很多機會，可是，一旦許緻雅死亡，他也會變成頭號嫌犯，因此，他必須設法擺脫嫌疑。

我在觀察孟師翔的一舉一動之際，如果能夠推理出他的犯罪計畫，再設法在他執行前破壞，就能阻止這件未來的命案。

事實上，廖叔對我的決定不置可否。多出監視這件事，並不在委託的範圍內，用委託人的錢搭計程車跟蹤委託人，也不可能光明正大地列在案件調查支費表中；但另一方面，如果委託人真犯了罪，本社恐怕也會名列檢方約談名單，增加更多麻煩。

至於，拉丁文古書的事情，我只好麻煩如紋了。雖然，在放出風聲以後，一直沒有人跟我聯絡。我甚至開始懷疑葉中達是不是早就對拉丁文沒興趣了。

孟師翔的平日行程相當單純，早上七點就到投資顧問公司報到。股市是九點才開盤，期貨則是八點四十五分，在這之前必須根據已經收盤的美股，將盤前分析做好，準備他所謂的指標股叩訊，才能因應投資人的需求。

九點一到，就是所謂的「戰鬥發起」時間，一直到下午一點半收盤才結束。午餐就在解盤的空檔解決。收盤後，還有盤後解析要做。全部工作要到下午三、四點後才能做完。

——以上所述，並非我親眼所見，而是孟師翔在「今夜誰進場」裡自己說的。廖叔透過關係，跟電視台要到了全部的節目錄影。只不過，得來輕鬆，要我全部看完，那就累人了。還好只開播了半年。

在下班以後，孟師翔並不會馬上回家，而是到同一家餐廳跟幾個朋友聊天，從下午茶一直坐到晚餐時間。跟他在一起的這些朋友，雖然不曉得是什麼身分，他們在談什麼也無從得知，但我想應該都跟股票炒作有關吧。

每周四下午，孟師翔必須到電視台錄影，一次錄兩集，這時候，他會跟周倩見面。直到錄影結束，兩人一前一後各自開車離開電視台，但半小時以後，兩人的車會不約而同地進入同一座收費停車場。最後，第三輛車再開出來——沒錯，兩人都在車上。

接下來的事情也就不難想像，是他們的約會時光——第三輛車在晚上十點回到收費停車場。他們開著原車，分頭離開。孟師翔這時候才會回家。

「釣見。」

「如紋嗎？」

「嗯。」

跟蹤行動持續到第五天的週三那晚，才剛目送孟師翔的車進入他的住處，一打開手機，就發現如紋在我的手機裡留了語音訊息，要我打電話給她。

為了避免干擾調查，手機的電源在外勤工作全部完成後才能打開，平常必須關閉。

「怎麼了？」

「拉丁文古書的事情……有消息了。」

「真的嗎？」我的心跳加速。「想買古書的人是誰？」

「別急。」如紋的聲調平靜得宛如這一切都不干她的事。「今天上午，光華商場的一個舊書店老闆打電話過來，說有一位年輕女性來店裡，表明她有幾本拉丁文古書要賣。老闆覺得很有意思，一個禮拜裡竟然有兩個拉丁文古書的賣家。」

——不是買家，也是賣家？

「由於對這種書有興趣的人很少，所以流通範圍很窄。」如紋繼續說：「在一般情況下，想賣這類書的人，或許也對買同類書感興趣，於是，老闆便將我們的聯絡方式留給那個女人。」

「然後呢？」我追問。

「沒多久，那個女人就打電話給我了，說想跟那位藏書家見個面。」如紋停頓了一下，好像想測試我的焦急程度。「我回答，目前這位藏書家不是台灣人，也不會到台灣來。我是他在台灣的代理人。如果她方便的話，我可以先跟她見個面，確認一下這些古書的狀況。」

「她怎麼說？」

「她說，那不用了。然後，就匆匆掛掉電話了。」
「就這樣？」
「對啊。」
說了半天，結果大魚把餌吃完以後，馬上就溜掉了。
「很失望嗎？」
「哎。」
「別擔心，我們已經拿到對方的電話號碼。她並沒有關閉來電顯示。」如紋的語氣帶有惡作劇的感覺。「而且，這個電話號碼很特別。」
「很特別？」
「剛好跟孟師翔家裡的電話號碼一模一樣哦。」
「這……」如紋的話，令我一時之間反應不過來。「難道說……打電話來的人……」
「是許緻雅。」
這就表示，許緻雅確實與葉中達有過接觸。D社一直得不到的答案，終於在舊書店老闆的協助下解決。
——但是，許緻雅跟葉中達見面以後，到底發生了什麼事？
——葉中達在許緻雅面前，如何施展愛情魔法？
——在這個時間點，許緻雅為何放出賣舊書的消息？
雖然案情有所進展，但對於整個謎團而言，也只是猶如石壁上出現了一道裂縫；接踵而至的層層問題，並未因此豁然開朗。

就在我陷入長考之際，我忽然聽到從遠處傳來的警笛聲，而且愈來愈近。

9

真正瞭解孟師翔的家裡到底出了什麼事，已經是隔天清晨了。

或許是因為八卦雜誌才剛揭露孟師翔的外遇關係沒多久，而且對象又是剛出版性感寫真集、即將拍攝電視劇的話題女星周倩，各家媒體也紛紛在第一時間兇猛地簇擁過來，想挖掘更多搶佔頭版的獨家。

望著不停來回穿梭在大樓玄關的警察及救護人員，我只能與媒體記者、好奇民眾們一起保持距離地圍觀。最後，四名救護員推出一具擔架，上頭躺著一位滿身鮮血的年輕女性，她的意識昏迷，蒼白的臉上戴著氧氣罩，而右手腕則纏著重重繃帶。

我知道，那是許緻雅。

我與許緻雅素未謀面，僅在八卦雜誌上看過她的婚禮照片。擔架上的她，與結婚時的她截然不同，透露著一股凋謝後的悲傷。

孟師翔則沒有出現在玄關。我想，他是在接受警方的偵訊。

在救護車離去之後，不知道又等了多久，警方才宣佈召開記者會。由於我的身上帶了如紋替我準備的記者證，因此也獲准參加。

在記者會上，警方的聲明非常簡短，因為，這個案子很單純。

——許緻雅自殺身亡，送醫不治。

晚間十點半左右，孟師翔結束了與投資界朋友的飯局，開車回家。到家後，按鈴叫喚妻子，但她並未應門。他原以為許緻雅並不在家——儘管，他內心覺得有點奇怪，因為晚上她通常不會出門——於是，他掏出自己的鑰匙打開家門。

結果，孟師翔進入家門後，也沒有看到妻子的身影。他打算先洗把臉，再設法聯絡她。但就在他走進浴室準備洗臉時，才赫然發現妻子昏迷不醒地倒在浴缸裡。

孟師翔在震驚之餘，立刻決定叫救護車。他走進臥室裡準備打電話，也立刻發現許緻雅寫好放在床頭櫃上的遺書。

警方轉述，這封遺書長達十二頁，全由許緻雅親筆撰寫，信中表示她永遠深愛丈夫，願意為他付出一切，即使犧牲生命也無怨無悔，在所不惜。由於並非以電腦打字最後再簽上姓名，因此刻意偽造的可能性很低。

確實，對警方來說，遺書的出現並不能代表自殺案確實成立。這僅僅意味著死者看起來像自殺身亡而已，至於遺書內文仍有可能在特定情況下予以偽造。尤其孟師翔跟周倩的緋聞才剛曝光不久，許緻雅見到報導後，或許會出現激烈反應，而使得孟師翔痛下毒手。

不過，根據法醫初步檢驗，判定許緻雅的死亡時間是下午兩點，台北股市才剛收完盤，孟師翔還得回自己的辦公室整理盤後解析的資料，準備在三點整刊登於公司網頁上，根本沒有餘裕開車往返住處殺害妻子。亦即，他有非常充分的不在場證明。

再加上孟師翔在案發之後，精神陷入低潮，一直喃喃自語說無法接受妻子的死，還忘記取消當天下午的電視錄影，從他種種的反應來看，他實在不可能事先知道妻子的死亡。

因此，警方很快地結案——這是很單純的自殺事件。

在場的媒體記者們，當然不免猜測可能是《漏網》的報導打擊了許緻雅——她終究不像公眾人物般必須承受那麼多壓力——進而導致她的自殺。不過，在她的遺書裡根本沒提到半句有關媒體的影射，專寫八卦報導的記者們，大概也鬆了一口氣吧。

只是，這樣的結果，實在令我悵然若失。畢竟，製作拉丁文古書是我的決定，而許緻雅確實是在聯絡過如紋後才自殺的。為了監視孟師翔，我關掉手機，也錯失了追問許緻雅為何要尋找拉丁文古書、突破她心防的機會。而且，我一味地設法防止孟師翔犯案，結果卻無法預料許緻雅竟然會自殺。

依照葉中達的說法，愛情魔法的效力至死不渝。因此，無論心上人是否活著，被施法者都會不屈不撓、不離不棄地愛著心上人，直到此生結束——那麼，只要愛情魔法一直發揮其影響力，許緻雅的確不可能自殺了？

——假使愛情魔法真的不存在呢？

——那麼，葉中達該怎麼讓許緻雅愛上孟師翔？

我決定再次打電話給人在高雄的謝海桐主編，告訴他許緻雅自殺的消息。

這幾天沒有聯絡，熱心的謝主編又幫我找了更多的資料。

「鈞見，」謝主編開始解釋：「根據西洋神秘哲學家的觀點，惡魔之所以能夠奪取人類的靈魂，其實利用的是人性的黑暗面。你聽過天主教裡所謂的『七項原罪』嗎？」

「好像聽過。」

「想知道明日股市漲跌的人，並不是為了追求知識或智慧，而是想要從中獲利，這就是『七項原罪』的其中一項，貪婪。確實，中古世紀並沒有股市，但並不代表沒有商業交易——只要有商業交易，人性裡就可能存在著貪婪。因此，惡魔才有機可乘。」

「嗯。」

「但是，愛情則完全不同，它只問付出，不求回報，屬於人性的光明面。因此，這並非惡魔的控制範圍。也就是說，要藉由召喚惡魔來讓人陷入愛情，那是不可能的事。舉例來說，苗疆有一種蠱毒，是苗女為求情人忠貞而施放，但那並不是真正的愛情，而是女性害怕丈夫變心而採取的威脅手段，基本上是出於一種自私的心態。」

「所以無論用什麼方法，都不可能使人陷入愛情囉？」

「呵呵，你這種說法，會讓一大堆努力求愛的寂寞男女暗夜流淚的。其實，精誠所至，金石為開，只要願意付出真心，遲早能與對的人相遇。」謝主編這番話說得還真像婚友社廣告詞。「話說回來，在西洋神秘哲學家眼中，掌管愛情的是天使。比方說，愛神丘比特。」

我向謝主編道謝，掛了電話。

——掌管愛情的是天使，而非惡魔。

這個簡單的答案——真令人百感交集。我終於明白那些我一直不明白的事情了。

儘管精神疲倦，我也沒有回家睡覺。

我想要直接去辦公室找廖叔。

10

「鈞見，」廖叔見到我非常高興，即使他現在忙著在兩大疊檔案資料間奮戰。「這幾天玩夠了吧？孟師翔的委託應該可以結案了，我們還有不少新case要忙。」

看來廖叔也從新聞得知許緻雅自殺身亡的消息了。

既然許緻雅已死，孟師翔不需要找葉中達，也可以名正言順地跟周倩在一起了。相信他很快就會打電話來結束委託。

「確實是可以結案了。」我慢條斯理地坐在他正前方。「廖叔，我已經知道真相了。」

「你是說……葉中達的下落？」

我知道，縱使許緻雅一死，孟師翔不會再繼續要求我們尋找葉中達，我們可以依約拿到一定比例的酬金，但葉中達一直下落不明，廖叔對此想必也耿耿於懷。

「沒錯。」

廖叔放下手上的報告。「你說吧！」

「葉中達已經不在人間了。」

「為什麼？」

「拉丁文古書一直沒人認領——葉中達假使活著，他是不可能放過這本書的。」

「嗯，很合理。」

「但是，他銷毀了自己的屍體，所以我們找不到。」

「……銷毀自己的屍體？」廖叔露出一副莫名其妙的表情。「我不懂你在說什麼。你是說他故意失蹤，然後自殺了？」

「不，嚴格地說，他並沒有自殺。」

「那到底是怎麼回事？」

「葉中達殺了一個人，然後以這個人的身體借屍還魂。所以，他並沒有死，只是以另一個人的身分復活。」說出這麼異想天開的答案，連我自己也感覺口乾舌燥。

「……借屍還魂？」

「我仔細檢視過孟師翔提到的預言魔法儀式，」見廖叔不回話，我繼續說明：「裡面提到了葉中達召喚惡魔後，被惡魔附身的過程。這讓我想到，也許能夠附身的不只是召喚而來的惡魔，也包括人類的魂魄。」

「所以呢？」

「當孟師翔驚覺自己精氣慢慢快被惡魔吸乾，決定跟葉中達分道揚鑣之時，葉中達卻毫不在乎，這是為什麼？因為，經過了長久的研究，葉中達在古書裡終於找到了附身的方法，讓他的魂魄可以不斷移轉。即使他與孟師翔不斷召喚惡魔來預言股市走向，導致自己迅速衰老，他也無須擔心，他隨時可以尋找年輕的身體，取代他們的靈魂，再繼續活下去。」

「……鈞見，你真的相信葉中達是個魔法師？」

「他必須是魔法師，才能解釋一切。」

「你的說法等於是肯定魔法的存在了？」

「這個世界上還存在著許多科學無法解釋的事，不能完全認定魔法並不存在。」

廖叔不再質疑我。

「好，那你說復活後的葉中達是誰？」

「許緻雅。」

我看到廖叔驚訝地瞪著我，但他沒接腔。

「在二二八公園裡，葉中達一見到孟師翔，就對他產生好感。」我繼續說：「但孟師翔並非同性戀，他以為兩人的關係純粹是志同道合的友誼，一起為致富而努力。對孟師翔來說，全身赤裸地跳著『酬謝之舞』，並擁抱、親吻著葉中達，那只是預言魔法的必要程序。

「然而，葉中達受了『酬謝之舞』裡曖昧動作的影響，無法壓抑心中的好感，終於愛上了孟師翔。他根本不願意跟孟師翔分開，於是他更沉迷於預言魔法中。我還記得，當孟師翔來委託案件，談到葉中達時，他說一回想起那段過去，還是感覺渾身不自在。也許，他在潛意識中也感受到了葉中達不尋常的愛情，只是沒有去深思。

「孟師翔後來有了新歡，許緻雅，葉中達認為，她就是他的情敵。於是，他告訴孟師翔不必太認真，賺錢最重要。結果，葉中達力勸孟師翔不成，孟師翔還反而求他協助。這對葉中達來說，無疑是再痛苦不過的事了。事實上，愛情魔法根本就不存在，但葉中達騙了孟師翔——因為，所謂的愛情魔法，並不是真正的魔法，而是一樁不可思議的殺人計畫。

「為了避免日後這個計畫曝光，葉中達不能直接前往許緻雅打工的餐廳或學校裡。也許他是在許緻雅打工結束後返家的途中痛下毒手的。他殺了許緻雅以後，將屍體帶往新店空屋裡，然後進行附身儀式，把自己的靈魂轉移到許緻雅身上。最後，再銷毀自己的屍體。

「假使，葉中達沒能成功地殺害許緻雅，當然也就無法進行附身儀式。這就是為什麼葉中達說愛情魔法成功機率不高的原因。他還說以後不會再與孟師翔見面，當然也基於同樣的理由。

「總而言之，葉中達成功了。有了許緻雅的身體，葉中達終於可以光明正大地與孟師翔在一起，義無反顧地付出他所有的愛。孟師翔見到許緻雅回心轉意，葉中達也從此失去聯絡，這簡直就是最完美的結局，因此，孟師翔不疑有他，在許緻雅畢業後立刻求婚，兩人結為連理。

「葉中達相信，只要他變成許緻雅，孟師翔就會永遠愛他。愛情魔法之所以無法解除，是因為葉中達深愛孟師翔，所以當然不可能解除。世界上本來就沒有一種像電燈開關一樣能隨意操縱人心的東西。

「然而，葉中達卻沒想到孟師翔之所以迷戀許緻雅，是因為他得不到她。既然得到了，興趣就會慢慢降低。再加上股市內幕談話節目使孟師翔名氣漸增，繼承大筆遺產的女星周倩又主動對他投懷送抱，他當然愈來愈想擺脫原來的妻子……」

「照你這樣推論，」沉默許久的廖叔，終於開口：「附身在許緻雅身上的葉中達，當然對周倩會產生敵意，既然如此，他為何決定自殺？」

「葉中達決定自殺，是因為在結婚以後，已經看清了孟師翔的本性。他知道，若要繼續跟孟師翔在一起，絕對不能再使用許緻雅的身體了。因為，孟師翔已經對許緻雅沒興趣了。」

「好，那麼他是怎麼做的？」

「他事先將遺書寫好，再刻意利用孟師翔的上班時間，約周倩到家裡談判。然後，他殺了周倩，將靈魂移轉到周倩身上，再將家裡佈置成自殺現場。因為這段時間孟師翔有非常明確的不在場證明，所以他不必擔心許緻雅的自殺案會導致孟師翔被警方懷疑。

「葉中達甚至還前往舊書店，打電話給如紋，讓警方調查的時候可以更確定許緻雅的死亡時間沒有造假。最後，他以周倩的身體離開現場，順利地成為孟師翔的下一位新歡。」

漸漸地，我的語氣不自覺激動起來。

「要是我早點想通這件事，就一定能阻止葉中達殺死周倩！而不是傻傻地一直跟蹤孟師翔。這就是愛情魔法的真相——從今以後，不管孟師翔拋棄多少舊愛、迷戀多少新歡，都逃不出葉中達的手掌心！葉中達會殺死每一個得到孟師翔青睞的對象，代替那些女人和他談戀愛！」是存在於人心黑暗面的惡魔，利用了葉中達的嫉妒、孟師翔的虛榮，才完成這個愛情魔法！

「原來如此，這就是你的推理啊……」

「廖叔……怎麼了？」

「鈞見，我不得不佩服你的想像力。」廖叔苦笑著，搖了搖頭。「居然能把一個普通的案子解釋得這麼離奇、這麼虛幻。看來連你也被愛情魔法騙了。」

「呃……」

「鈞見，有件事我原本不想提起，」廖叔的語氣突然轉為嚴肅。「但是孟師翔的這個案子，卻讓我不斷地回憶起這件事。」

「是什麼事？」

「你知道，我跟你的父親是國中同學。」

「嗯。」

「不過，我很少跟你提到我跟你父親的往事。因為，這跟我妹妹有關。」廖叔嘆了一口氣。「我曾經有一個妹妹，而她曾經愛上你的父親，可是後來，他卻選擇了另一個女人，也就是你的母親。」

我一時之間說不出話來，不明白廖叔為何談起這件事。

「我的妹妹，就在你父母親的婚禮當天，割腕自殺。」廖叔的話令我非常訝異，但他的語氣卻十分平和。「選擇最愛的人，就必須對其他人說抱歉，本是理所當然。這不是你父親的錯。最自責的人是我，我沒有在妹妹最需要我的時候，在她的身邊陪著。」

「在我們年輕的時候，最流行的說法就是，男女相戀總要靠月下老人來成全。我的妹妹在失戀之後，曾試過好多方法，虔誠祈求月下老人，就是希望能夠感動上天，但你父親卻是個專情的男人，一心一意深愛你母親。

「我任憑妹妹鑽牛角尖，卻未善盡兄長的責任，好好勸告她，所以才發生悲劇。我想，愛情的降臨，總是對一人幸福卻對另一人殘酷，給一人光明卻給另一人黑暗，我妹妹沒認清這點。當然，你父親應該也好過不到哪裡去。有很長一段時間，我們很有默契地不再聯絡。不過，我沒料到的是，後來主動和我聯絡的，是你母親。告訴我你父親的近況，還有你的事情……」

「廖叔，為什麼跟我說這些？」我的心頭湧起一陣酸楚，急忙打斷他的話。

「我要告訴你的是，愛情魔法的真相非常簡單。」廖叔的臉變得沒有表情。「其實，真相就隱藏在人人熟悉的現實裡。原本厭惡孟師翔的許緻雅，為什麼在畢業後就立刻答應他的求婚？還有，許緻雅為什麼會自殺？周倩為什麼不顧孟師翔的已婚身分，主動勾搭他？這些謎團，都有一個相同的原因。」

「到底是什麼原因？」

「我曾經提示過你──孟師翔為什麼非得跟許緻雅離婚，才能跟周倩在一起？這個謎團的原因，也是同一個。」

「全都是……為了錢？」

「對，為了錢。」廖叔終於點頭了。「當你忙著跟蹤孟師翔的時候，我針對許緻雅的背景做了更多調查。八卦雜誌也提過，許緻雅的父親曾經與朋友合股投資才藝教室，又被朋友騙錢，所以欠了一大筆債務。事實上，這筆錢到現在還沒還清。

「許緻雅與父親相依為命。當她從大學畢業後，才終於發現即使拿到文憑，想要跟父親一起還清這筆錢，也是難如登天之事。當時，銀行得知她已畢業，有能力賺錢謀生，因此在償款協商方面，遽然採取了絕不讓步的態度。她如果再不設法，連棲身的房子都會被查封。

「許緻雅內心最後一道蔑視金錢的防線，終於崩潰。她徹底認清事實——唯有嫁給孟師翔，獲得一筆聘金，才能緩解父親的還款壓力。她並不是因為愛上孟師翔才結婚，這也使她在婚後的生活變得更加偏執。無論如何，她必須強顏歡笑地努力維持這個婚姻關係，才不會讓父親的經濟狀況再陷險境。

「就算孟師翔對許緻雅不理不睬、虐待她、在外頭有了女人，許緻雅也必須忍氣吞聲，不讓自己的行為舉止有任何破綻。但是，愈是委曲求全的態度，愈是讓孟師翔無法再繼續忍受，最後才導致了許緻雅的死亡。」

我沒有說話，內心靜靜地思索著廖叔的推論。

「臨死前的許緻雅，或許已經感覺自己窮途末路。就算她無法挽回婚姻，也得設法解決父親的經濟問題。她突然想起，曾有徵信社——也就是D社，來問她認不認識一個叫葉中達的男人。也許D社為了追問她，透露了太多的情報。這個葉中達，是孟師翔的朋友，很有錢，特別對西洋魔法有興趣，還花了很多時間尋找拉丁文古書……等等。

「這引燃許緻雅最後的一線希望。或許她可以試著找他，拜託他幫忙。於是，她去了光華商場，還打了電話來辦公室。只可惜，如紋為了避免你的計畫露出破綻，對她說藏書家並非台灣人，沒辦法跟她見面。既然藏書家不是台灣人，當然也不可能是葉中達了。

「連最後一根稻草也抓不到，許緻雅萬念俱灰，才終於決定尋死。她心想，只要她一死，即便是因為自殺而拿不到保險金，至少搞婚外情的孟師翔為了不落人口實，應該也會再給父親一筆錢。」

「所以，你認為許緻雅真的是自殺了？」我問。

「也不是。我所能掌握的線索不多，無法肯定。」廖叔回答：「事實上，許緻雅被孟師翔所殺，也不是不可能。雖然孟師翔有不在場證明，但他既然能跟公司派一起哄抬股價，盤後分析也可以事先寫好，然後秘密返家行兇。」

「但是，那段時間我一直監視著他……」

「別忘記周倩。」廖叔凝視著我。「她可能早就備好車，接應孟師翔。投資公司大樓的出入口那麼多，你也沒辦法全部監視到。」

「那麼，遺書該怎麼解釋呢？」

「許緻雅常常寫情詩、文章給孟師翔。如果孟師翔擷取其中描述比較灰暗的內容，再加上小心偽造她的簽名，就可以被當成遺書。」

「廖叔，這樣的推測——你告訴警察了嗎？」

「沒有。這不屬於本社的業務範圍。」

「不辦刑案的原則嗎？」

「對。警察如果夠慎重，自然會去檢討這個可能性，不用我們插手。」

雖然廖叔沒有明說，但我愈來愈懷疑他以前曾經和警察有過節。

「那麼，葉中達呢？他到底在哪裡？」

「既然古書沒人認領，我認為葉中達根本不存在。」廖叔的語氣斬釘截鐵。「孟師翔編出一大堆關於葉中達的謊言，找了那麼多家徵信社，目的說不定只有一個——他要找一個想像力豐富、願意多管閒事的偵探來懷疑他、跟蹤他，幫他完成妻子死亡時的不在場證明。」

廖叔的推論令我眼前一陣恍惚。

「愛情魔法確實存在——那就是龐大的財富。」廖叔和我隔著辦公桌，冷峻互望。「看看《疾富》吧！裡頭有成億上兆的金錢，俯拾皆是的機會。孟師翔的財富，讓許緻雅愛上他；周倩的財富，讓孟師翔愛上她。連我的妹妹……也不例外……就是這些金錢，讓人願意付出真心，獻上一生的愛——這是我們這個社會製造出來的魔法。」

我回想起孟師翔談到愛情魔法時，那張不自在、充滿痛苦的臉。

——那並不是演技。

葉中達一定存在，才會讓非常重視個人形象的孟師翔，出現那種表情。

正如廖叔所說的，愛情魔法的真相也許就是錢。而召喚惡魔、借屍還魂的法術則全不存在。不過，儘管廖叔的推論非常合理，仍然無法回答所有的問題。

這個案子，還有最後的謎團尚未解開。

我必須重新檢視、反覆思考整個案情，才有可能解開最後的謎團。

「廖叔，請再給我一點時間，」我注視著廖叔。「我一定可以找到葉中達。」

11

三天後。

我站在東區國父紀念館附近的一棟建築物前，靜靜地等待著。建築物的奇特造型，也許是因為它與一般大樓的使用目的不同。

我等待的人，正在那棟建築物裡工作。

並未拖延太久，她依照預定時間出現在大樓玄關——也許對方還有其他通告要上。她的步履有點急促，卻無損於舉手投足中自然散發出來的優雅。至於服裝，則比書店裡擺放的那些攝影集要保守多了。我想，她是準備走到忠孝東路口攔計程車。

「不好意思，可以佔用一點時間嗎？」

「你是誰？」

「廖氏徵信諮詢協商服務顧問中心，」我遞出自己的名片。「我叫張鈞見。」

周倩看著我的名片，表情變得有點狐疑。

「……徵信社嗎？」

「對。」

「找我有事？」

「嗯。我想談談葉中達這個人。」

「誰？」儘管周倩刻意提高音調，卻掩飾不了嘴唇的微顫。

「如果妳不曾聽過這個名字，也沒關係。」我凝視著周倩繪滿彩妝的嬌媚臉蛋。「那麼，我想跟妳談談另一個人——住在美國加州，三年前病逝的前銀行家盧正先。」

頓時，周倩的眼神出現了明顯的驚慌。

「盧先生的事跟你無關！」

「是，確實與我無關。」我點點頭，繼續說：「一開始我只是接受妳男朋友——孟師翔的委託，替他尋找一名叫做葉中達的男人，如此而已。事實上，孟師翔在找本社之前，已經委託過其他四家徵信社，但他們不僅一無所獲，還認為葉中達根本就不存在。」

「你的工作跟我無關。」

「當然有關。妳知道孟師翔為什麼要找葉中達嗎？因為，葉中達曾經協助過他，讓許緻雅愛上他，與他結婚。但後來他愛上妳，所以他必須找回葉中達，才能擺脫許緻雅。換句話說，他是為了妳，才委託徵信社尋人。」

「我跟孟先生只是工作上的朋友。」周倩反駁：「如果你指的是前陣子的報導，那只是記者在製造新聞。對他的私生活，我根本一無所知。」

「是嗎？」果然是演藝圈的標準答案。不過，我只是笑了笑。「其實，我跟蹤過孟師翔——我發現，妳跟他在電視節目錄影結束後，一起利用收費停車場的掩護來約會。」

聽我這麼一說，她立刻咬著下嘴唇，沒有再回話。

「讓我們言歸正傳。假設妳真的沒有聽過葉中達這個人，我可以簡單地做個介紹。」周倩的表情顯露著抗拒，但她沒有再說「跟我無關」了。「去年二月，孟師翔在窮愁潦倒時，遇見了來歷不明的葉中達。葉中達聲稱他住在屋主躲債的空屋，長年研究占卜，還在西洋古書裡找到一種需要兩人合作的預言魔法，能召喚惡魔並預測隔日股市漲跌。

「孟師翔為求翻身，儘管半信半疑，他仍然答應了葉中達的邀請。在魔法儀式中，孟師翔不但必須裸體跳舞，還得擁抱、親吻被惡魔附身的葉中達。對孟師翔來說，這當然是令他非常難堪的事，但為了東山再起只好忍耐。

「結果，惡魔的預言居然成真，他們在股市裡真的賺到錢了。同時，孟師翔也邂逅了貧窮但厭惡金錢遊戲的許緻雅，並愛上了她。孟師翔展開熱烈追求，卻屢遭許緻雅拒絕。於是，他求助葉中達，希望葉中達能從古書裡找到愛情魔法，讓許緻雅愛上自己。

「葉中達本來反對兩人交往，但在孟師翔的堅持下，答應試驗成功機率不高的愛情魔法。葉中達並說，從今以後，他和孟師翔兩人不會再見面了。最後，孟師翔如願娶到許緻雅，葉中達也從此消失無蹤。」

周倩聽著我的說明，也一直沉默著。

我想，我必須進一步揭露更多的真相，才能使她開口。

「本社的老闆廖叔，曾經否決過我一開始過於瘋狂、超出常軌的想像，推斷出愛情魔法就是金錢。金錢在本案中，確實扮演了核心角色。但要逼使許緻雅改變心意，恐怕不只是錢那麼單純——畢竟，許緻雅曾經拒絕過孟師翔很多次。

「事實上，許緻雅之所以答應孟師翔的求婚，」我特意強調地說：「是因為處理她父親債務的銀行，在她大學畢業後突然施予壓力，讓她不得不設法解決。」

「那又如何？」

周倩終於有反應了。

「看起來毫無關聯的兩件事，其實背後的原因完全相同——葉中達私自佔用的空屋，其屋主余添祥也是因為躲債才不知去向。後來，這間空屋成了銀行拍賣的物件。」

「你到底在暗示什麼？」周倩的口氣有點憤怒。

「抱歉，我並不是在暗示，而是很明確地認定，葉中達之所以能佔用空屋、逼使許緻雅嫁給孟師翔，都是因為他背後有銀行的勢力。然而，他卻聲稱自己投資股市失敗，這又是為什麼？事實上，這是他掩飾心中動機的謊言。」

「什麼動機？」

「愛情。」我望著周倩遽然圓瞪的雙眼。「在這個案子裡，有人為了金錢而付出愛情，有人則為了愛情而付出金錢。某個人——我們姑且稱他為X先生吧——遇見了年輕的孟師翔，並愛上了他。但是，由於社會地位與性向的差異，X先生一直將這份愛藏在心底。孟師翔進入投資界後一帆風順，X先生或許也曾經藉著銀行的力量，暗中給予許多幫忙。

「當孟師翔在業界嶄露頭角後，他決心挑戰海外投資市場。只是這已經超出X先生影響力的範圍。結果，在亞洲金融風暴的襲擊下，X先生只能眼睜睜地看著孟師翔的努力付諸流水。孟師翔經歷那次挫折，自覺窮途末路，已有輕生念頭。一直默默地守護著孟師翔的X先生，無法坐視不管，決定救他一命。

「於是，X先生化身為葉中達，出現在孟師翔的面前，至少先阻止他燒炭自殺。兩人交談過後，X先生不只取得了孟師翔的信任，也更加確定，唯有讓孟師翔在股市裡重新站起來，他才能獲得繼續活下去的勇氣。這絕不是直接給孟師翔一筆鉅款那麼簡單的事。

「最後，X先生想到一個辦法。他先從銀行的債務人名單裡，找到合適的人選——逃債失蹤的余添祥，名下有一棟位於新店的房子，可以拿來利用。他佈置好擺滿占卜書籍的書房，再虛構出預言魔法，要孟師翔一起進行儀式。

「儀式中所用的藥草，也許具有迷幻功能；或者，客廳裡秘密裝設了某種散發迷幻藥物的空調。總之，孟師翔在迷幻藥物的影響下，接受X先生的指示裸體跳舞、擁抱、親吻。對X先生而言，這是愛戀願望成真、最幸福的一刻。」

說到此處，我瞥見周倩俏麗的眼睫毛不停地在顫抖——我想，她的內心已經開始動搖了。

「預言魔法到底怎麼做到的？若從孟師翔現在的分析師工作來思考，其實答案已經昭然若揭。只要跟特定的公司聯合炒作股價，甚至直接取得內線消息，要在股市裡獲利，根本比一加一等於二還簡單；若擔心身分曝光，單憑X先生的財力，要獨力控制一、兩支小型股的漲跌，也是輕而易舉之事。正由於孟師翔以為葉中達也窮愁潦倒，不可能有錢做這種事，所以從沒懷疑預言魔法的真實性。

「獲利了結、度過難關後，孟師翔的健康狀況惡化，因而決定收山。其實這是被迷幻藥物所影響，但他卻誤以為是被惡魔吸去精氣。但X先生則希望維持原狀，兩人於是大吵一架，關係幾近決裂。甚至，孟師翔後來愛上許緻雅，還要求X先生對許緻雅施行愛情魔法，這當然更使X先生傷心欲絕。

「X先生儘管擁有龐大的財富，卻無法改變孟師翔的決心，最後，他選擇成人之美。這是X先生最後一次幫孟師翔的忙——因為，他罹患了嚴重的肺癌，再加上為了改變身分、偽造年齡，還在短時間內進行過多次整形手術。與孟師翔吵架後，他的人生頓失重心，因此迅速變得蒼老，不成人形，但孟師翔在兩個月後見到他，還以為他仍在研究魔法，才變得如此慘不忍睹。

「許緻雅的父親背負大筆債務，但意志力堅強，X先生花費了更大的工夫來持續施壓，才終於讓許緻雅屈服。孟師翔期望的愛情魔法終於實現，而心力交瘁的X先生——是的，他的真實身分就是盧正先，也在長期的病痛折磨之下與世長辭。」

從周倩的臉蛋上，滑落了一顆無聲的淚滴。

「盧先生不只是扶養我長大的人，也是我最尊敬的長輩。我跟他沒有血緣關係，但他把我當成親生女兒，資助我學習表演藝術，完成我踏進演藝圈的夢想。他也把我當成唯一的朋友——在投資圈裡，有太多口蜜腹劍、笑裡藏刀的人了，盧先生從不把那些自稱朋友的人當作朋友。

「我永遠忘不了他第一次談到孟師翔的臉。無論在股市裡獲得多少驚人的報酬，他總是平心靜氣地說，只要克服貪婪與恐懼，這是合情合理的結果。這麼冷靜、自律的人，卻變得一下子欣喜若狂、一下子愁眉苦臉。從他的身上，我真正地體驗到，愛情的魔力究竟有多強大。

「盧先生在臨終之前，嘴裡唸唸有詞的，仍然是孟師翔。他反覆地交代我，一定要代替他繼續守護著孟師翔。不單是花錢讓他在股市裡重新站起來，盧先生還撥出一筆錢，在台灣開投資談話節目，邀請孟師翔上節目，給他更多成名的機會。盧先生說，以孟師翔的資質條件，他一定能成為投資界的明日之星……」

「如果只是當個沉默的守護者，」我的語氣冷酷，打斷周倩的話。「妳為什麼要主動接近孟師翔，使他決定跟許緻雅離婚？還導致許緻雅死亡？」

「許緻雅的事情，我感到很抱歉——張先生，如果你想暗示的，是我與孟師翔共謀，殺害許緻雅，那我可以告訴你，這件事情警方已經調查過了，當時我正在出外景，我有很明確的不在場證明。」

「我沒有這樣暗示。」我立即搖搖頭。「我要說的是，既然妳說盧正先是妳最尊敬的長輩，而他則深愛著孟師翔，因此，妳理應不會愛上孟師翔——但是，妳卻跟他秘密交往。」

「我……」周倩陡然語塞。

「只有一種可能——妳無法接受盧正先苦苦暗戀孟師翔，卻反遭孟師翔忽視；妳無法接受盧正先抱著遺憾病死。因此，妳利用了盧正先的遺言，也成為談話節目的來賓之一，並乘機勾引孟師翔，設法製造兩人獨處的機會。若非週刊揭露了你們的緋聞，妳可能會動手殺死孟師翔……」

「你沒有證據，不要信口開合！」

「對，我是沒有。」我回答：「但我知道妳打算這麼做。」

「沒有人會相信你的話！」

「對，現在是沒有人會相信。不過，日後如果孟師翔出了什麼意外，我想警方一定會慎重考慮我的意見。」

「你的目的究竟是什麼？」也許因為心底被人看穿，周倩的呼吸急促紊亂。「你只是一個找人的偵探，其他的事情跟你無關……」

「對，跟我無關。」經過了長時間的調查，我突然感覺一陣疲憊。「一般來說，偵探通常只有在命案發生後才有用處。我在調查這個案子的過程中，也沒有阻止許緻雅的死亡。沒錯，我跟妳一樣，對孟師翔沒什麼好感，但是，身為一個偵探，縱使只是個奢求，我還是希望能阻止下一件命案的發生。」

「你……」

我沒有再理會她又繼續說了什麼，只是揮了揮手，就此離開。

臉孔辨識失能症

Prosopagnosia

盲點 Blind Spot

眼球中的視神經束，穿過視網膜的中央位置。這個區域缺乏感光細胞，無法產生影像傳給大腦。人類感覺不到盲點的存在，則是因為大腦自作主張，填補了缺少的影像。

1

「張鈞見先生。」

在走進辦公室所在的商業大樓玄關時，我聽到有人叫了我的名字。回頭一看，在我的眼前是一個身高與我相近、年紀似乎稍微大我一點的男人。

他見我回頭，立刻朝我走來。

這副從容自然、毫不遲疑的模樣，彷彿我們是認識很久的朋友——也許我應該更精確地說，他對我非常熟悉。雖然我相當確定，我從未見過眼前這個男人，但他叫喚我的方式，並不是使用疑問句，而是十分肯定的語調。

我想他並不是委託人。會找上徵信社的，大部分都是長期被什麼問題纏上的人，精神狀況恐怕不會太穩定，即便刻意隱藏情緒，臉上也會透露出一絲疲倦的訊息。但是我看對方步伐堅定、目光銳利，相較於最近經常超時工作、睡眠不足的我，他反而更像解決問題的人。

「你好。」

我也沒等他走近站定，就開口向他問好，並伸手做出握手的姿勢。我想他沒預料到我這樣的動作，但是他依然反應敏捷地也伸出手來與我相握。

「張先生，你知道我是誰？」

「不知道。」

「可是，你卻一副理所當然地跟我握手了。」

「因為我是一個偵探。」
「什麼意思？」
「書上說，有的偵探可以一握手就猜出對方是從阿富汗來，我也想嘗試看看。」
「可惜，你似乎沒有成功。」
「嗯，也許是握的時間不夠長。」
「說不定應該換另外一隻手。」
「也可能是角度的問題……」
「你想再試一次嗎？」
「不必了。我可能沒這種天分。」我聳聳肩。「不過，你竟然可以一看到人就猜出姓名。怎麼做到的？」
男子從口袋裡掏出一個黑色皮夾，從中取出一張名片。
「台北市警局，」他補充：「隸屬刑警大隊。」
我端詳了男子遞給我的名片——他的名字是呂益強。
我設法鎮定下來，佯裝若無其事地將對方名片收好。事實上，這是我首次正面與刑警接觸。我不由得一面壓抑內心的緊張，一面努力回想自己是不是在哪裡惹上什麼麻煩。
對方既然一見到我就知道我是誰，想必先前已經做過一番調查。可是，這位呂益強不但沒有直接表達來意，還打算陪我隨便插科打諢，不禁令我焦急起來。
「不好意思，請問……找我有事？」
但，呂益強並未直接回答我的問題。「我們去你的辦公室談。」

看來他絕不是巡邏剛好經過，也不是來宣導居家安全的。

我按了電梯，等待呂益強是不是會趁這個空檔說些什麼。但是他沒有。電梯來了以後，他跟在我身後進去，一起等著電梯緩慢升到七樓——這段讓我感覺漫長的時間，他也依然保持沉默。我心想，在真正進入辦公室以前，他恐怕真的不會說半句話了。

好不容易，電梯終於到了。

電梯門一開，就可以看見「廖氏徵信諮詢協商服務顧問中心」的招牌。

現在是早上八點半，距離本社開始營業還有半個小時，所以辦公室還鎖著，玄關及走廊的燈也是暗的。秘書小姐如紋通常在開張前十分鐘才會抵達。

我打開電燈，拿出辦公室鑰匙開門，撿起地上的報紙。

呂益強靜靜等待我完成這些例行公事。

「請進，我們可以使用會客室。」我開門讓呂益強進來。「秘書小姐還沒來，我先替你泡杯茶吧。想喝點什麼？」

「溫開水。」

這位刑警不知道是拘謹還是死板，竟然連茶或咖啡都不喝。算了，這樣我也省點事。

我替呂益強開了會客室的門，請他坐下，然後向茶水間走去。

「鈞見？」

才一進茶水間，我就聽到背後傳來如紋的聲音。她從玄關處探頭過來。

「啊，早安。」

「有客戶嗎？我看會客室裡的燈亮著……」
「呃……那是……台北市警局的刑警，名叫呂益強。」
「他有什麼事？」
「我不知道。」我搖搖頭。「……他還沒告訴我。」
「張鈞見！」如紋的語氣有點不高興。「不知道他有什麼事，怎麼能把人帶進來？」
「喂，對方是刑警耶……」
「你在外頭做了什麼壞事？」
「等他告訴我，」我離開茶水間。「我就會馬上告訴妳。」
我撇下臉頰氣鼓鼓的如紋，端著溫開水進入會客室。呂益強仍然平心靜氣地坐在沙發上，見到我進來，他略微起身向我點頭致意。
「張先生，今天我來找你，是想請教你一位客戶的事。」
「哪位客戶？」
「一位林雅琪小姐。」
「這位林小姐……我記得她。」我點點頭。「她怎麼了？」
我不只記得呂益強提到的林雅琪，還記得廖叔告訴過我，對客戶的隱私要妥善保護，尤其是警察找上門的時候。
「她在昨天晚上遭人謀殺。」
親耳從警察口中聽到「謀殺」這兩個字，給人的衝擊格外強烈。
「在命案現場，我們找到貴公司的信封袋，以及張先生你的名片。不過……」呂益強有點刻意地停頓了一下，才繼續說：「信封袋是空的，裡頭沒有發現任何文件。」

「哦？」

「林雅琪的丈夫趙瑞璿說，她的生活圈非常單純，不太可能會委託徵信社去做什麼調查。」

不知道他說這番話是想暗示什麼。我沒答腔。

「我們認為，這很可能與她的死因有關。因此，我希望你能配合警方，告訴我林雅琪委託貴公司調查案件的詳細內容。」

由於是前陣子接辦的案子，所以不需要翻閱資料，委託的始末也能夠立刻浮現腦中。

「她想查一個人。」

「誰？」

「一個美國移民，名叫陳佳民。目前住洛杉磯，在好萊塢工作。」

「林雅琪為什麼找他？」

「她沒說。除非有必要，本社也通常不問客戶這類問題。」

呂益強不置可否，似乎接受了這個答案。他又問：「林雅琪什麼時候委託的？」

「記得是兩週前。」

「她親自來這裡嗎？」

「嗯。」我點點頭。「就坐在你現在坐的椅子上。」

「結案了嗎？」

「對。本社在三天前把報告寄出去了。」

「裡面有哪些東西？」

「只有一份調查報告書，裡頭詳列了本社的調查行動及總結成果；另外還有承辦人——我的名片，方便她有其他需要時跟我聯絡。」

「支出明細一類的單據呢？」

「林小姐簽過契約後就付清款項了，所以當時已經開過收據。除非調查工作超支，本社才會再向委託人提出新的費用申請，並且追加新的單據。」

呂益強在聽完我的說明以後，靜默了好一會兒。他似乎陷入沉思，但從他毫無變化的表情看來，實在不知道他在想什麼。

「那麼，你一共與林雅琪見過幾次面？」

「只有一次。」

「就是委託的時候嗎？」

「是。」

「但是，為了確認客戶能夠拿到結案報告，難道你們不會親自送件嗎？」

「在一般的情況下，本社確實會親自送交客戶。」我回答：「不過，林雅琪說，只要以郵件寄到她的家裡就可以了。客戶有很多種，總會有不同考量。」

「所以，你並沒有去過林雅琪的家裡？」

「沒有。」

「單純以郵件寄出，而不是面交，客戶就有可能收不到信吧。」

「沒錯，但本社必須遵照客戶的指示。」

不知道是不是我想太多——呂益強的眼神好像有點執拗。可是，他問的那些事情，卻又讓我覺得無關緊要。

「我明白了。」但呂益強仍然在這個問題上打轉。「既然如此，警方就必須跟你確認清楚，你們當時在信封上寫的收信人地址，跟林雅琪家裡的地址是否相同。」

「可是……既然林小姐有本社的信封袋，那表示她已經收到結案報告了。」

正當呂益強準備提出新的問題時，會客室門外傳來敲門的聲音。沒等我開口應答，如紋就逕自開門了。

「不好意思，打擾一下。」如紋的語氣一如尋常，悅耳但非常公式化。「本社社長廖先生，希望能與遠道而來的刑警先生見個面。」

我發現呂益強的臉上，在一瞬間彷彿閃過某種警戒的神情。

「是台北市警局的呂先生嗎？」廖叔從如紋的身後出現，笑容可掬地擋在會客室門口。以廖叔一百八十幾公分的壯碩身材，這樣的姿勢確實很有壓迫感。

「廖先生，你好。」

呂益強的語氣溫煦，且透露出不容他人進逼的穩定，情緒顯然沒受問話遭到打斷所影響。

「呂刑警，突然打斷你們的談話，實在非常抱歉。」廖叔等到如紋把門關上，他才坐到我的身旁，正對著呂益強。我這才注意到，廖叔手上還拿著今早我收進辦公室的報紙——他將報紙放在茶几上。「我想，你會大清早專程拜訪本社，一定是為了這份報紙吧？」

「廖社長，我不懂你的意思……」

「昨天晚上在公館附近發生了一件謀殺案，被害人剛好曾經向本社委託過尋人案。」

「這件事情，我跟張先生說明過了。」

「但是，」廖叔身子前傾。「你在本社開始辦公以前就來等門，實在讓我不能不感覺到你可能在欺負本社的新進員工啊。」

「怎麼說？」

「當然，現在網路很發達，有什麼新聞，電視台也七早八早就開播了。但是，我猜你還是想賭賭看，本社的新進員工在到達辦公室以前，還沒有看過社會新聞，對吧？」

呂益強聽了，只是輕輕地微笑，沒有回話。

「這麼一來，你想要主導問話的方向，也會比較容易。」廖叔繼續說：「雖然我不知道你跟鈞見究竟談了什麼，但是，我不得不強烈懷疑你很可能在誤導他。」

「沒這回事。」呂益強回答。

「是嗎？」廖叔轉向我。「鈞見，你知道警察為什麼找上你嗎？」

「不就是要問我林雅琪的事嗎？」

「根據報紙的消息，」廖叔搖搖頭。「你涉嫌殺害林雅琪！」

廖叔的話，讓我驚訝得嘴巴差點合不起來。

——原來如此。呂益強之所以在一樓等我，是因為他不想讓我讀到今天早上的報紙嗎？

——他一直擺出一副撲克臉，但其實從頭到尾都在試探我、觀察我的反應。

我不禁將目光投射到呂益強身上，此時他恰好也正以一種無所謂的眼神回應我。

——喂喂喂，這位刑警大人，你也太奸詐了吧？

「呂刑警，」廖叔說：「警方的想法——真的跟報上說的一樣嗎？」

「為了讓案情早日水落石出，警方必須檢討各種可能性。」

「檢討各種可能性我不反對，但是檢討到本社頭上來，那我實在無法接受。本社與市警局，向來是井水不犯河水、老死不相往來的。」

「警方也希望如此。」

「好，那麼請你完整地說明這樁謀殺案，」平日說話溫和、態度滑溜的廖叔，語氣中居然顯露出難得一見的強硬。「至少讓我知道為什麼警方非得大清早地拜訪本社，檢討本社偵查員的嫌疑。」

「我明白了。」呂益強同意，但從聲音裡多少還是聽得出一絲不悅。「正如報導上說的，這是一樁犯罪手法相當兇殘的謀殺案——兇手不僅直接以刀刃插入林雅琪的胸口造成致命傷，還在她死後戳刺她的臉孔多達十六刀，使她的臉孔全毀。

「事實上，犯人的行兇過程曾被目擊，目擊者就是死者的丈夫趙瑞璿。但是——接下來要說的，是警方為求謹慎起見，刻意沒有發佈給媒體的情報——趙瑞璿罹患了一種罕見的怪病，導致他所目擊到的兇手容貌，只是一團濃霧。

「什麼樣的病？」

「他的頭部曾經受過傷，導致他的腦部無法判讀人類的臉孔。據說，這稱為『臉孔辨識失能症』。」

2

「昨天晚上大約九點半，知名作家許懷舜——沒錯，就是你們常聽到的那個許懷舜——前往趙瑞璿位於公館的家。一起同行的，還有一個電影製片，叫郭祐雄。」

許懷舜——這個名字偶爾會在報章雜誌、談話性節目上看到，好像是個活躍於媒體的文化人。但，他原來是個作家，這倒是聽呂益強這麼說才知道。

「兩人拜訪趙瑞璿，是為了籌備一部電影——電影的導演，就是陳佳民。」

「也就是林雅琪想調查的人了？」

「是。」呂益強繼續說明：「陳佳民本來在好萊塢工作，去年開始想回台灣拍電影，所以輾轉透過介紹，認識了許懷舜。許懷舜的交遊廣闊，對拍電影也有興趣，所以替陳佳民召集拍攝團隊。郭祐雄就是他找來的製片，幫忙籌措資金。

「趙瑞璿是個替電視台製作背景配樂、音效的作曲家。幾年前，陳佳民偶然在網路上發現趙瑞璿的音樂，聽了很喜歡。於是，他便乘著這次機會，請許懷舜設法找到趙瑞璿，邀他加入。

「一週前，許懷舜終於與趙瑞璿取得聯繫。趙瑞璿答應了這份工作，許懷舜便立刻告訴陳佳民這個消息。陳佳民很高興，決定飛來台灣與趙瑞璿見面。他尤其對趙瑞璿平日創作的工作室最有興趣，說無論如何都要親眼看看。

「陳佳民搭的飛機原本預定昨天傍晚到，但許懷舜有事分不開身，於是郭祐雄一個人去了桃園機場接機。結果，陳佳民搭的飛機延誤，隔天才會抵達台灣。郭祐雄打了電話給趙瑞璿，想改約其他時間，不過，趙瑞璿反而提議，不妨先來聽聽他的作品。由於趙瑞璿的態度非常積極，他也沒別的事，便答應了。

「後來，許懷舜聯絡郭祐雄，得知陳佳民隔天才到，他也想一起去拜訪趙瑞璿。郭祐雄又再打了一次電話，告訴趙瑞璿，許懷舜也會一起去。

「許郭兩人先見了面，再一起搭著計程車在羅斯福路下車。他們依照趙瑞璿所給的地址，開始尋找他住的公寓。那個住宅區的公寓屋齡老舊，巷弄的標示不清不楚，路燈的數量也不夠，兩人著實費了一番工夫才找到。抵達後，時間已經將近九點五十分了。許懷舜按了公寓外的對講機電鈴，但，一直無人應門。

「許懷舜以為自己找錯地方，又拿出地址再次確認，這時，忽然從對講機傳出男人一陣急促慌張的呼救聲：『快！快叫救護車！我的老婆……被殺了！』許懷舜一聽，立刻問：『是趙瑞璿先生嗎？我是許懷舜，到底怎麼回事？』趙瑞璿說：『有人闖進我家，殺了我的老婆……』然後，他似乎開始哭泣，接下來到底說了什麼，許懷舜已經聽不清楚。

「在一旁聽著兩人對話的郭祐雄，驚覺事態嚴重，馬上打電話聯絡警察局、救護車。許懷舜要趙瑞璿立刻開門，趙瑞璿這才恢復鎮靜，按鈕開了大門電鎖讓他們進來。

「兩人沒等警方來，就先飛奔上了趙瑞璿四樓的住處。當四樓公寓的家門一打開，兩人看到的是渾身鮮血、目光渙散的趙瑞璿。趙瑞璿顯然受了精神上的衝擊，即便見到焦急萬分的訪客，也眼神呆滯地一句話都說不出來。

「許懷舜率先進入公寓，一進門就看到客廳地板上棄置了一把沾滿血跡的水果刀。沿著拖曳的血跡看過去，命案現場應該就在主臥室。許懷舜見到怵目驚心的血跡，儘管有點猶豫，還是決定走進臥室確定現場的狀況。

「然而，許懷舜走進主臥室，眼前的畫面還是令他幾近昏厥。他完全沒想到，犯人的下手會這麼殘暴——除了從屍體的下半身，他還能辨識出被害者是一位年輕女性以外，整個上半身血肉模糊，特別是臉孔的部分毀損得非常嚴重，幾乎可以說是快被刀刃搗出一個窟窿。」

呂益強說到這裡，緩緩地深吸了一口氣。他的眉頭深鎖，彷彿自己也很討厭擔任描述重大犯罪經過的解說者。

「見到趙瑞璿的妻子變成這個樣子，許懷舜認為即使救護車趕來，也無濟於事了。接下來更重要的應該是如何終止這場悲劇，盡快將殺人兇手繩之以法。

「許懷舜的目光避開屍體，鎮靜心緒，大略巡視了臥室一會兒。從主臥室唯一的窗戶洞開的情況來看，他認為兇手就是從窗子闖入的；此外，他還發現臥室的木板門已經扭曲變形，門框處有嚴重裂痕，這應該是趙瑞璿聽見妻子的呼救聲，但臥室的門鎖上了，致使他必須撞門才得以進入，但卻也給了兇手充裕的時間逃走。

「當許懷舜回到客廳時，郭祐雄已經將趙瑞璿安置在沙發上了。然而，趙瑞璿失神的情況久久未能復元，一直到警方抵達後仍是如此。因此，警方將趙瑞璿交給救護車送到醫院觀察，並請許懷舜、郭祐雄前往警局製作筆錄。

「在醫護人員的協助下，趙瑞璿總算恢復神智，也可以接受偵訊了。警方在勘查過犯罪現場以後，交叉比對過趙瑞璿、兩名證人的證詞，才大致還原了案發現場當晚的狀況。」

這時候，呂益強終於拿起桌上的溫開水——放了這麼久，我相信已經完全涼了——不疾不徐地喝了第一口。喝過以後，他繼續沉默著，似乎在等我們發問。

我看了廖叔一眼，但廖叔什麼都沒說。看樣子，他最關心的還是這個案子為何會牽連本社，而非許懷舜他們為何拜訪趙瑞璿。

呂益強大概見我們都不說話，過了許久，才清了清喉嚨，繼續說明。

「另一方面，趙瑞璿則是對這次會面期待非常高。他昨天一整天都沒有出過門，在工作室裡專心準備要播放給訪客們的音樂。先前提過，他罹患了一種名為『臉孔辨識失能症』的怪病——又稱為『臉盲』症，無法像其他人一樣擁有正常的社交生活，當然，這也影響到他的工作。

「趙瑞璿說，多年前，他出了一場車禍，導致腦部神經系統受傷，才得到這種病。因為在台灣這類的病例很少，雖然找了許多醫院，仍舊求助無門，也使他一度陷入憂鬱，甚至曾經想要自殺。直到三年前，他遇到現在的妻子林雅琪——也就是死者，他才慢慢走出低潮。

「婚後，趙瑞璿在林雅琪的支持下，他漸漸恢復原來的工作，繼續替電視節目製作配樂，只要透過電話、網路與人聯繫，他不必再承受與人直接面對面的壓力。這也是他與林雅琪住在目前公寓的原因——那裡的住戶，彼此很少往來。

「趙瑞璿原本以為，既然已經罹患這種怪病，維持現有的工作沒問題，但他一輩子恐怕再也不會有什麼新發展了。因此，一聽到有個在好萊塢工作的導演要到台灣來見他，還準備邀請他一起參與新電影的製作，他實在既驚又喜。

「那天晚上，趙瑞璿對於陳佳民沒能來訪，雖然感到有點失望，但他還是很高興郭祐雄與許懷舜可以過來。在等待的期間，林雅琪像平常一樣打掃、整理房間，一度回到臥室，讓趙瑞璿一人在客廳等待。

「沒想到，林雅琪回房後，突然立即大聲尖叫起來。趙瑞璿嚇了一跳，立刻衝向臥室想打開房門，但卻發現房門鎖住。趙瑞璿呼喊林雅琪，但林雅琪的脖子好像被人掐住，再也叫不出聲了。情急之下，趙瑞璿決定撞門。

「趙瑞璿撞了幾次，才終於把門撞開。但是，當他衝入臥室之際，他見到了極為可怕的光景——在床上，有個男人正跨坐在林雅琪仰臥的身體上，手上握著一把水果刀不斷用力戳刺林雅琪的臉孔，而林雅琪已經動也不動了。悲痛的趙瑞璿向前抓住那個男人，想用力拉開他。但，男人依然執拗地破壞林雅琪的臉。

「最後，那個男人被趙瑞璿拉到床下，兩人開始扭打起來。趙瑞璿將男人的刀子搶過來，但自己也受了傷。此時，屋內突然傳來電鈴的聲響，讓趙瑞璿分了心，男人則乘機起身走避，然後迅速從窗戶往外逃走了。趙瑞璿住處周遭全是舊式公寓，不只防火巷非常狹窄，還有許多私人擴建，住戶加裝鐵窗、曬衣欄杆，結果成為兇手攀爬入侵的捷徑。

「趙瑞璿的公寓雖然也裝有鐵窗，但年久失修，而且在案發前確實曾遭兇手破壞。從鑑識調查結果來看，趙瑞璿公寓後方的防火巷，周遭住戶的鐵窗等地方，確實發現了多處血跡，但是很可惜，並沒有發現林雅琪及趙瑞璿以外的血跡。

「我們認為，兇手很可能在林雅琪進房以前，就已經潛伏在臥房裡了——在衣櫥裡發現有人藏匿、搬動過衣物的痕跡。接著，兇手等到林雅琪毫無防備之際，才遽然衝出衣櫃作案——林雅琪的背後也留有較淺的刀傷。」

「呂刑警。根據你剛才所說的，」廖叔發問：「趙瑞璿罹患了臉盲症這種怪病。也就是說，即使他曾經與殺妻兇手共處一室，還發生過扭打，但他卻不能辨認兇手的長相？」

「對。」呂益強回答：「他只能告訴警方，兇手是一個中等身材的男人。至於兇手的年齡為何，他也辨認不出來。」

「那周遭的街道上，有監視器嗎？」

「有。但是絕大多數都壞了。」這句話的意思，就是什麼都沒錄到吧。

廖叔一副很能理解地點了點頭。如果可以錄到什麼，警察也不會坐在這裡了。

「不好意思，呂刑警。」廖叔的聲調略微提高：「你說了這麼多、這麼長，但卻還沒有提到這個案子跟本社的關係。」

其實，呂益強的說話方式並不拖泥帶水，但總是會把最關鍵的事情盡量往後擺，真不知道是他無意識的習慣，還是在故意折損別人的耐性。

「別急，我現在正準備開始說明。」呂益強回答：「根據現場的調查，除了兇手遺留、用來行兇的水果刀以外，在臥室床下的地板上，還找到一個貴社用來寄送結案報告的牛皮紙袋。上面沾有一些血跡，裡頭則是空的。這個紙袋，看起來應該是原本放在床上，不過在林雅琪臨死掙扎的過程中，從床邊空隙掉到床下去了。」

「那麼……」我不禁追問：「我的名片在哪裡？」

「在死者的喉嚨裡。」呂益強補充：「她在臨死前，可能試圖將這張名片藏在嘴裡。」

——這個答案真是帥呆了！

廖叔看了我一眼，彷彿在確認我是不是已被KO。

「呂刑警，我明白了。」廖叔鎮定地說：「警方的想法，我可以完全理解。」

「謝謝。」

「不過，只因為一張名片，你就認為我家鈞見涉案？」

「並不是只因為一張名片。」

「什麼意思？」

「事實上，在我跟張鈞見談過話後，我更確定他涉有重嫌。」

「為什麼？」廖叔的語氣相當意外。

「當他見到我的時候，並沒有表現出任何慌張的情緒。因為，他知道警察一定會找上門來，早就做好心理準備了。」

廖叔瞪了我一眼。「你什麼時候變這麼鎮定了？」

「遇到警察一定要害怕嗎？」我回答。

「他假裝不知道發生了謀殺案。但是，當我一問到林雅琪時，他的反應卻非常快，立刻就告訴我林雅琪的委託內容。他知道警察一定會問。」

「因為這是本社最近接辦的案子。」

「但是，根本不合邏輯。」

「怎麼說？」

「許懷舜是在一週前才聯絡上趙瑞璿。但是，根據你們的說法，林雅琪卻是在兩週前就已經提出委託了。更何況，趙瑞璿根本不知道林雅琪來找過徵信社。」

「這種問題，本社不會事先深究。」

「我認為，只有一種可能——委託案是捏造的！」

「本社為什麼要做這種事？」

「答案很簡單，只要將謎團推給死者，警方就無法追究了。」呂益強的語氣果斷。「因為這全部是假的。事實上，張鈞見跟林雅琪，老早就認識了。」

「不是……」我插話。

「鈞見，讓他把他的推理說完。」廖叔阻止我。

「謝謝。」呂益強繼續說：「為了誤導警方，張鈞見利用自己的職業特徵，設計了虛構的委託案，將自己認識林雅琪、知道她住在哪裡的事情予以合理化。他調查了防火巷的狀況，並擬定入侵路線。當然，面對警方的質問，他一定會極力否認自己曾經去過那裡。

「案發當晚，張鈞見從趙瑞璿公寓旁的防火巷入侵，攀爬住戶們加裝的鐵窗、欄杆，事先埋伏在臥室裡，並放置預先準備的徵信社牛皮紙袋，假造『林雅琪的確委託過徵信社』的證據。

「一等到林雅琪進房，張鈞見立即現身準備痛下毒手，林雅琪被逼到床上，情急之下從牛皮紙袋裡翻出張鈞見的名片，吞下名片，要當作揭發兇手身分的死前留言。張鈞見殺害林雅琪後，發現了她的企圖，急欲扳開她的嘴巴，但是，她的嘴巴閉得太緊了，張鈞見扳不開，只好在行兇以後繼續逗留在現場，一直到趙瑞璿衝入房內阻止，張鈞見才逃離現場。不過，他的目的已經達到，接下來只要等警方來訪，再把擬好的說詞搬出來即可。」

「很精采的推理！」廖叔諷刺地說：「但是，警方有沒有想過，也許我家鈞見一開始就不需要製造什麼虛構的委託案？直接潛入公寓殺人，不是更簡單？」

「在警方的搜查會議裡早就討論過了，這根本不是問題。」呂益強非常冷靜。「林雅琪的生活圈很單純，她的交友狀況很容易查清楚。警方認為，張鈞見絕對不希望警方往這個方向追查，因為這很可能會讓他真正的殺人動機曝光，所以他才故佈疑陣。」

「那麼，警方已經找到他的殺人動機了？」

「還沒有。」呂益強搖搖頭。「但是，至少我們已經知道，張鈞見跟林雅琪一樣，都是高雄人。我們正在聯繫高雄市警局。」

「住在台北的高雄人很多。」

「查出他們兩人的關係，我認為只是時間的問題。」

「沒想到警察這麼會牽拖！」

「我想說的是，林雅琪只是一個在音樂教室打工的鋼琴老師。」呂益強的語氣也十分堅決。「她的生活圈不應該存在危險人物，也不應該出現如此殘酷的謀殺。」

看來，呂益強對我們這行似乎頗有偏見。

「依照趙瑞璿的證詞，」廖叔提問：「在他撞開臥房的門以後，兇手並未立刻逃走，反而繼續破壞林雅琪的臉，是嗎？」

「嗯。」

「如果真的照警方推測，兇手是為了扳開林雅琪的嘴巴而必須留在現場處理，為什麼他需要破壞她的臉？他只要割開她的喉嚨，就能取出名片。」

「張鈞見無法確定名片的位置，所以從嘴巴開始下手。」

「但是，兇手讓她的臉孔全毀。」廖叔站起身來。「犯人的行為，似乎顯示了對被害人非常強烈的恨意。如果只是為了取出名片，不需要這樣做。」

「張鈞見必須盡快離開現場，他沒時間考慮下手輕重。」

聽著廖叔跟呂益強這麼一來一往，我差點忘記他們談論的兇手就是我自己。

「警方為什麼不懷疑與死者關係更密切的人？」

「誰？」

「趙瑞璿。」

廖叔會提到這個名字，令我相當訝異。

「許懷舜按了公寓電鈴時，趙瑞璿過了很長一段時間才應門。」廖叔說：「那個時候，趙瑞瑢正在與兇手打鬥，是吧？」

「比對過雙方的證詞，是這樣沒錯。」

「然而，守在公寓外的許郭兩人，那段時間並未發現有人逃走或任何異狀。」

「公寓後方的防火巷有好幾條出口。既然犯人也聽到門鈴，當然會避開接近正門那條。」

「我認為，還有另一種可能──所謂的毀容犯人，根本就不存在。」

呂益強聽了只是聳聳肩，表情沒什麼變化。

「你剛剛提到，警察鑑識過臥室窗外的防火巷、鐵窗，上面沾有林雅琪及趙瑞瑢的血跡。」

「嗯。」

「這並非不能事先佈置的東西。」廖叔的目光變得非常銳利。「你想想看，趙瑞瑢為何積極說服許郭兩人當天晚上一定要來？」

「縱使趙瑞瑢有機會偽造那些證據，」呂益強反駁：「但他患有臉盲症，無法分辨他人臉孔。這樣的人，沒有毀壞自己妻子容貌的動機。」

「或許他是為了擺脫嫌疑，所以故意這樣做。」

雖說我自身深陷重嫌，但首次看到廖叔如此雄辯滔滔，能與市警局的刑警針鋒相對，還是令人感覺歎為觀止。兩人的目光對峙良久，互不相讓。

「廖社長的想法，我已經瞭解了。」

呂益強從沙發上站起來，往會客室門口走去。

「關於趙瑞瑢的嫌疑，警方會好好檢討。」呂益強握著門把，慢慢轉開。「不過，我很快會再來拜訪，屆時，我一定會準備足夠的證據，請張先生到局裡坐坐，將案情說明清楚。」

「本社靜待警方通知。」

「再見！」

會客室的門已經關上，但呂益強鏗鏘有力的聲音，彷彿還一直殘留在空氣中。

3

也許是社裡很少有調查刑案的警察來訪，讓會客室沉鬱氣氛久久沒有散去。也不知道靜默了多久，正當我終於感覺鬆了一口氣時，卻聽到廖叔低聲這麼喃喃自語著。

「情況不妙……」

我想出聲詢問，但廖叔已經離開會客室。我跟在廖叔後面一走出來，就見到如紋蹙緊眉頭的臉蛋。

「如紋，替我取消今天跟客戶所有的約會。」

「知道了。」

「鈞見，」廖叔轉向我。「你真的沒殺人吧？」

「當然沒有！」

「好。」廖叔點點頭。「雖然我還不知道你的名片為何會留在林雅琪的喉嚨裡，但我得告訴你，呂益強是個非常不好應付的刑警。」

「我知道。」我回答：「我跟他講沒幾句話，就變成兇手了。」

「我不知道呂益強會在高雄查到什麼。不過，呂益強的疑心病似乎很重，一發現什麼蛛絲馬跡就會緊追不捨，就算最後能證明你的清白，這段時間恐怕也會不斷地來糾纏、折磨你。」
聽起來好像是在形容什麼厲鬼……
「如果呂益強三天兩頭來拜訪，本社什麼生意都不必做了。」廖叔嘆一口氣。「雖然，本社的原則是絕不能涉入刑案。可是，現在遇到特殊狀況——鈞見，我們必須立刻著手調查，找出真正的兇手，否則社譽不保。」
「我明白了……」我感覺心跳加速，沒想到會是在這種情況下偵辦刑案。「廖叔，我們接下來該怎麼辦？」
「鈞見，這個案子有幾個疑點。首先，林雅琪在沒有告知丈夫的情況下，秘密調查他未來的合作對象陳佳民。」
「而且，她比老公還早知道陳佳民想找他合作。」
「其次是我們寄出的結案報告失蹤了。」
「會不會是被兇手拿走了？」
「有可能。」廖叔點點頭。「如果是林雅琪不想讓老公發現她找過徵信社，自己銷毀了結案報告，她不可能留下信封袋和你的名片。」
「可是，如果她真的不想讓老公發現，她不應該要求我們寄報告到她家裡。」
「嗯。」廖叔沉思了一陣，才又開口：「不過，如果兇手的目的是為了結案報告，就算是必須殺害林雅琪，也不需要刻意破壞她的臉孔。」
「兇手的手段確實太殘酷了。」
「當然，也有可能——這就是兇手真正的目的。」

「什麼意思？」

「趙瑞璿缺乏社交能力，本來就很依賴妻子，尤其在這種場合，更需要她的協助。因此，她的死亡很可能導致趙瑞璿過度悲傷，而重創他的音樂創作能力。」

「兇手之所以下手如此殘酷，是為了讓警方誤以為兇手跟林雅琪有仇，」我恍然大悟：「但事實上，兇手真正的目的是要傷害趙瑞璿？」

「從結果來看，在趙瑞璿有機會與好萊塢的導演見面之前，突然發生了這件謀殺案，他們的電影合作事宜，極可能會出現變數。」

「那麼，趙瑞璿將無法加入陳佳民的電影團隊。」

「我認為可能性很高。」廖叔的眼神透露著前所未有的鋒利感。「回頭看看第一項疑點——林雅琪為何比趙瑞璿更早知道陳佳民的事？很可能是知道電影籌備計畫的某個人，事先告訴她的。」

「這個人也許還說了什麼，林雅琪才決定調查陳佳民嗎？」

「嗯。所以，我們得確認一下，我們的結案報告到底寫了什麼。」

於是，廖叔要如紋調出林雅琪的檔案。

「陳佳民，高中時代隨父母移民美國。」我開始讀了起來：「在美國讀完大學，畢業後前往好萊塢工作至今。」

「裡頭有什麼疑點嗎？」

「真要說有什麼疑點，那大概只有陳佳民舉家移民美國這個部分了。」

「怎麼說？」

「據說，高中時代的他是學校裡的頭痛人物，曾經多次轉學，從南到北的學校都讀過，沒有一次不惹上麻煩的。」

「什麼麻煩？」

「他的情緒起伏大，暴躁易怒，在校內跟同學處不來，經常打架鬧事。不過，他做生意的父親認為自己的孩子沒錯，是台灣的教育環境有問題，於是決定移民美國。」

「後來呢？」

「搬到美國以後，陳佳民讀了當地的高中，情緒似乎就變得比較穩定了。然後，他的父親又把他送進大學，他想學什麼就學什麼，後來他選了影像藝術之類的科系。結果他在大學裡的表現好像還不錯，還曾經在大展覽裡發表過作品。」

「台灣的環境，真的不適合藝術家……」不知為何，廖叔忽然正經地有感而發。

——難不成廖叔也曾經想當個藝術家？

「總之，他大學畢業後，很順利地獲得一個製作特效團隊的延攬，踏進好萊塢。不過，他在好萊塢裡的工作，似乎就沒有什麼特殊的表現了。畢竟那個地方競爭很激烈。」

「這說不定就是他想回來台灣發展的原因。」

「不過，單從他的經歷看起來，即使他的高中時代有點荒唐，也不至於會影響他準備在台灣進行的拍片計畫吧。」

「嗯……」廖叔再次沉思，而且花了更長的時間才再開口：「無論如何，這件命案跟陳佳民的拍片計畫鐵定脫離不了關係。我們得盡快展開調查。」

4

根據研究人腦的科學家指出，人腦從視覺區域到前額葉間的神經通道，會穿過一個特別的區域，專門用來處理臉孔的辨識。這套辨識系統，可以幫助我們判斷眼前的人是敵是友、喜怒哀樂為何，思考出應對進退、分寸合宜的方式。

自從南方猿人（Australopitchecus Africanus）出現在三億年前的地球上開始，最原始的人類腦中已經有這套系統。人類沒有獅虎的爪牙，也沒有羚鹿的竄跑技巧，更缺乏天賦的偽裝變色能力，必須藉著這套系統，過著團體合作的群居生活，才能在弱肉強食的蠻荒世界中求得生存。亦即，辨識臉孔的能力，是人類抵禦外來天險的武器。

由於人類的文字、符號發明得更晚，也不是演化下的生物本能，所以在現代複雜、紊亂的人際關係裡，我們對臉孔的記憶能力，遠遠超過對姓名的。在社交場合裡，我們經常會面臨這一類的窘境：明明見到一位臉孔極為熟悉的朋友，但卻怎麼樣也想不起對方叫什麼名字。

事實上，這只不過是臉孔與符號之間的連結隨著時間在腦中逐漸消失，是一種腦部功能在處理資訊時的天生限制。

然而，有一種狀況則更加嚴重，若腦部的臉孔辨識系統本身喪失功能，就會連最基本的社交關係都無法維持。

在某個病患的眼中，妻子的臉孔是一頂帽子；有人則把狗的圖片看成長滿鬍鬚的人；還有一個病人說，他看到的臉全都像是扁平、橢圓形的盤子，除此之外別無特徵，他只能從髮型和聲音來猜測對方的身分。醫學上將這種怪異的病症，稱為「臉孔辨識失能症」，又稱為「臉盲」（face blindness）。

患有臉孔辨識失能症的人，很可能會覺得自己是個寂寞的社交邊緣者。他們參加了宴會，卻無法和熟悉的朋友打招呼，更無從知道一群圍著聊天的人們到底有哪些是自己認識的人；在工作場合中，無法分辨上司或同事，難以在工作上和別人建立適當的關係。假如他是個業務員，他甚至無法工作了。

即便是在街上，臉孔辨識失能症患者若恰好和親朋好友巧遇，他也會視若無睹。一個病人陳述他在購物中心和自己的親生母親面對面走近，擦身而過卻毫無知覺，讓她非常生氣。亦即，如果他所認識的人不主動出聲，患者幾乎不可能立刻察覺到他遇到的是熟人了。

在日本，據說有一種稱為「野篦坊」（のっぺらぼう）的妖怪。

知名作家小泉八雲的《怪談》的短篇小說〈貉妖〉裡，記載了一個故事，發生在昔日江戶赤坂地區的紀伊國坂上一條人煙稀少的坡道。某個夜晚，一個趕路的商人經過這條坡道，偶然看到一個年輕女子蹲在路邊，掩面哭泣。

商人覺得奇怪，在這條罕有人至的路上，怎麼會有一個年輕女子？而這名女子又是為什麼深夜還逗留在這裡，而且哭得那麼傷心。於是，他停下腳步，出聲關心女子。

結果，當女子一抬頭，商人看到了令人驚駭的畫面——女子的臉上沒有眼睛、沒有鼻子、沒有嘴巴，臉孔完全是一片平坦。商人見狀，嚇得魂飛魄散，立刻拔腿狂奔，結果他跑著跑著，發現前方有一個燈火昏暗的麵攤。

衝向麵攤的商人驚魂未定，氣喘吁吁。低頭還在忙碌的老闆詢問他，嚇成這副模樣，到底是發生了什麼事？於是，商人便一五一十地說出他剛剛遇到妖怪的過程。

結果，麵攤老闆抬起了頭，說：「是不是像這樣的臉？」

商人一看，原來麵攤老闆的臉孔，也同樣是一片平坦，他頓時昏厥過去。不知經過多久，等他悠悠醒轉以後，只見自己渾身泥濘地躺在坡道上，年輕女子、麵攤老闆，全都消失了。

據說，這是一種叫做「野箆坊」、樣貌似貉的妖怪。牠深夜會變身為人形，用平坦的臉孔惡作劇嚇人。

若以現在的科學角度來看，這個故事與「臉孔辨識失能症」或許有某種關聯。或許，在這名商人遇到這對父女之前，他曾經不慎跌倒，導致腦部暫時性地喪失了臉孔辨識的功能，使他當時所看到的人，臉部全都變成一片平坦。

換句話說，這名商人見到的，其實並不是妖怪，而是長相相似的麵攤老闆父女。這對父女或許吵了架，所以女兒才跑到不遠處傷心哭泣。麵攤老闆聽到商人把自己女兒的臉形容得像妖怪，才開玩笑地問他，女人的臉是不是跟自己長得一樣。根本沒有人想到，商人居然會嚇昏，父女害怕惹禍上身，就一聲不響地逃走了。

5

「你在做什麼？」

「查資料。」我回答：「我想知道什麼是臉孔辨識失能症……」

「廖叔早就出門了，」如紋不耐煩地說：「你別光顧上網，趕快做點事吧。」

就這樣，廖叔與我分頭行動，與許懷舜和郭祐雄取得聯繫，獲取命案更多的情報，忙了一整個下午，一直到了傍晚，我才總算趕回辦公室。

「回來了？」廖叔從社長室裡探出頭來。「我們馬上出發吧。」

廖叔與我搭了電梯，到地下停車場去。一坐上廖叔的Metrostar，廖叔立刻發動引擎，開車離開停車場。此時正值下班尖峰，復興南路車輛川流不息，不過，我們並不趕時間，剛好利用這段空檔來檢討調查進度。

一邊聽著交通路況，我一邊向廖叔討論各自的調查結果。對電影的拍攝計畫及團隊裡的人際關係，也終於勾勒出比較完整的輪廓來。

首先——電影籌備工作的中心人物，當然是許懷舜。

儘管許懷舜早已是知名人物，但整理過他的履歷，才知道他這麼活躍。

十五年前，許懷舜從新聞系畢業後就進入電視台，跑了七、八年的社會線，累積了豐富的記者經驗，然後，搭上電視節目曾經出現過的一股「罪案追緝」風潮，他被延攬為節目顧問，以戲劇型態改編了一系列台灣重大刑案，還撰寫過幾本相關書籍。

晉身作家行列後，許懷舜開始在報紙副刊上發表觀察台灣社會現況的評述，由於用詞大膽、充滿批判性，引起不少爭議，但知名度也隨而大開。現在，他不僅是政論、演藝圈等談話性節目的常客、跨足廣告製作，還是廣播節目的主持人。

多角化的經營下，他在新聞業、影視圈、廣播界、政界的人脈都很廣。據說他連黑道大哥都搞得定。某次雜誌的專訪中，記者不但封他「喬大哥」（幫人排解困難，喬事情的高手），還說「沒有他聯絡不到的人。」

許懷舜有個學長，叫做楊玉宣，現在是一家廣告企劃公司的創意總監。兩人在學校裡都參加了系學會，原本並不熟絡，但幾年後在工作場合上偶然相逢，談得很愉快，後來便合作拍了幾部廣告。

而，楊玉宣長年參加一個慈善團體，團體裡有位很照顧他的師兄，名叫簡立和。簡立和長年信佛，個性溫和敦厚，親切寬容，是備受家族、親友們敬愛的長輩。電影導演陳佳民，就是他表弟的兒子。

陳佳民就是靠著簡立和與楊玉宣的居中牽線，才迂迴地認識了許懷舜。

許懷舜與陳佳民通過幾次的越洋電話後，答應協助這部電影，條件是讓他擔任編劇。陳佳民同意了。達成協議後，許懷舜便運用他的人脈，開始組織電影製作團隊。

在這個製作團隊裡，最重要的當然是負責籌措資金的製片。

片名《時空異境》——聽說是一部高成本的科幻驚悚電影，運用本身的好萊塢經歷，主攻商業市場，所以至少得籌到兩億台幣。為此，許懷舜特別邀請了經驗豐富的製片家郭祐雄。

郭祐雄待在影視圈超過二十年，早年不但在台灣製作過多部以藝術表現為導向的「影展電影」，在海外大小影展頗有斬獲，近來也頻頻與香港、中國等地的電影公司合作，製作出符合普羅大眾口味的商業電影，主攻亞洲市場。

在長年工作期間所累積出來的人脈裡，包括電影公司老闆、新聞局把關輔導金的行政官員及審查委員、各行各業的贊助廠商、掌管大型投資借款案的銀行協理、對電影業有興趣的金主，可說是涵蓋了各種能夠取得資金的管道，也使他素有「聚寶盆」的名號。因此，有他的協助，資金的問題可望解決。

許懷舜跟郭祐雄原本就是同一家高爾夫球俱樂部的球友，雖然一起打過幾次球，但只是點頭之交。一直到有次在派對巧遇，意外發現兩人有共同的朋友，有了這層關係，兩人才逐漸熟絡起來。

郭祐雄一拿到陳佳民的企劃書，就立刻積極尋找金主。他相信以許懷舜的人脈，要找到好的卡司絕對沒問題。不過，多位金主都對陳佳民這個毫無名氣的導演持保留態度，更別說是聽過那位罹患罕見疾病的配樂家，因此都沒有給予肯定的答覆。

郭祐雄擔心，如果再這樣拖下去，錢沒找夠，一定會影響拍攝進度。他跟許懷舜談過，若把陳佳民定位為出身好萊塢的新生代導演，金主們也許可以接受，但是，他希望至少能考慮換掉趙瑞璿。

畢竟，趙瑞璿的資歷平凡無奇，什麼獎都沒得過，也沒有電影配樂的經驗。不過，陳佳民卻非常堅持採用趙瑞璿，他一再強調，他在網路上聽過趙瑞璿的作品，非常感動，要完成這部電影，非趙瑞璿不可。

所謂的千里馬與伯樂，也許就是這樣的關係吧。

結果，郭祐雄只好硬著頭皮繼續設法。所幸，在努力奔走下，他找到一位投資家方旭一，願意跳出來給予支持。其實，方旭一也是許懷舜的舊識，曾經投資過他的電視節目，不但信任他的才華，而且也盼望台灣能拍出好萊塢水準的傑作。方旭一還說，不只是他自己會出資，他還會協助郭祐雄，募集到更多資金，讓這部電影不被預算影響。

方旭一認為，許懷舜的知名度夠高，對台灣社會夠瞭解，而且很懂得操控媒體，尤其擅長利用大膽、爭議性的手法炒作議題，再加上又是首次擔綱編劇，這部電影的票房魅力無庸置疑。只要加強演員的部分，製造出更有吸引力的話題，這麼一來，幕後團隊成員的疑慮，就不會有這麼大的負面影響。

也因為有了方旭一的大力支持，資金籌措的困境也出現一線曙光，其他的投資人見到方旭一的動作，也陸續表達了參加的意願，讓這個拍攝計畫的可行性愈來愈高。

不過，郭祐雄畢竟不像方旭一是豪氣干雲的大金主，根據他過去的製片經驗，仍然會擔心配樂的人選。這就是他登門拜訪趙瑞璿的主因——一旦趙瑞璿的創作能力不足，他對陳佳民的安排還是會反對到底。

許懷舜不得不同意郭祐雄的意見。這是他首次擔任編劇，整個工作團隊的名單還是他規畫的，當然不希望自己出師不利。所以，在還沒確定趙瑞璿的音樂水準之前，他並不打算同時接洽拍攝團隊的其他人選，以免徒增傳言，製造更多麻煩。

因此，嚴格說來，到目前為止這部電影還在萌芽階段，必須在許懷舜、郭祐雄與趙瑞璿見過面，評判過他的作品、確定沒問題以後，召集團隊、募集資金等工作才會正式展開。亦即，熱心為這部電影到處奔走的這些人，其實現在只是無償的義工而已。

那麼，促成這部電影——對自己到底有什麼好處？

對於在電視、廣播、報紙的領域已經佔有一席之地的許懷舜來說，電影是讓他未來躍上國際舞台的新契機。據說，他早就有興趣拍電影，而且過去也有電影導演找過他，但他卻很冷淡，原因就是在於他覺得對方的提案格局不夠大。若非陳佳民擁有好萊塢的工作資歷，許懷舜恐怕也會回絕吧。

至於楊玉宣，則是在與許懷舜合作拍攝的廣告大受好評，他才開始受到注目。最後，他還獲得拔擢，成為創意總監。也就是說，沒有當初那個工作場合上的偶然巧遇，他可能現在只是一個企劃主任而已。

所以，這次楊玉宣會大力牽線，理由也無須贅言了。他絕對會利用這次契機，在電影團隊裡爭取一個重要的位置，以求個人事業的新突破。

另外，陳佳民是簡立和表弟的小孩。從親戚關係來看，簡立和固然有協助陳佳民的動機，但更重要的則是他的宗教信仰。畢竟，陳佳民在高中時代因為打架、鬧事而離開台灣，這樣的往事一直殘留在簡立和的腦海裡。所以，幫助浪子回頭金不換的陳佳民實現夢想，是身為信仰虔誠的他應盡的責任。

再說到郭祐雄，他是個充滿熱情的電影人，瞭解電影市場，也投入了大半輩子。過去，他製作過得獎的藝術電影，也製作過都會男女情愛的小品電影，對他而言，若能一手策畫製作成本高達兩億台幣的娛樂電影，不只是一項空前的挑戰，也是他證明自我的大好機會。只要完成這部電影，他的工作生涯就能攀上前所未有的顛峰。

最後是大金主方旭一。他跟楊玉宣的心態有點類似，也看好許懷舜，不過他完全站在資金操作的立場看事情。認為，對台灣的電影觀眾來說，「好萊塢」有強大的吸引力，所以，縱使不認識陳佳民，只要搬出「好萊塢」三個字，也一定有票房。另外，他號召許多人一起投資，則是他相信市場上的經驗法則：肯砸大錢才會有高報酬。

6

「剛才所談到的這些人，加上幾個方旭一認識的投資人，就是電影拍攝計畫所有的知情者了。」廖叔下了總結，說：「因此，林雅琪之所以會提早知道陳佳民打算找趙瑞璿合作的事，很可能是這些人裡頭，有某人事先告訴她。」

「但是，既然林雅琪提早知道這部電影的籌備消息，為什麼不立刻告訴趙瑞璿，讓他提早做準備？」我疑惑地說：「結果，她不但隱瞞了這件事，還秘密調查陳佳民的來歷。」

「林雅琪確實沒有必要調查陳佳民。」廖叔說：「而且，她也不應該會因為這種內容普通的結案報告而被殺害。」

「此外，」我提出另一個疑點：「事先知道拍攝計畫的人，若真的想協助趙瑞璿，讓他提早做準備，為什麼不直接告訴他，反而告訴林雅琪？」

「嗯。畢竟，林雅琪跟整個電影計畫並沒有直接關係。」

我反覆咀嚼方才的談話。忽然，我發現一件讓我有點在意的小事。

「廖叔，在一般的案子裡，人際關係都是像這樣嗎？」

「什麼意思？」

「關於電影的拍攝工作，我完全不瞭解。但是，光是靠幾個人居中牽線，就可以湊到好幾億的錢；沒見過幾次面、全都是靠朋友介紹來介紹去的人，就可以把這好幾億花光光？」

廖叔笑了笑。

「其實，」廖叔握著方向盤，說：「許懷舜這個人，幾年前曾經跟我見過幾次面……」

「啊，廖叔，原來你認識許懷舜？」

「嗯，我們曾經有過合作。」

「怎樣的合作？」

「我是他的節目顧問。」

「那麼，你們見了面，一定感覺很巧吧？」

「不，其實他已經忘記我了。」

「真的嗎？」

「也不必覺得驚訝，這就是他的成功模式。」

「這是什麼意思？」

「我之所以記得他，是因為我們第一次見面的時候，他講了一段讓我覺得滿有趣的話。」廖叔說：「他告訴我，他之所以能夠成功，是因為他把時間全部拿來認識人，儘可能地擴大交際圈，哪怕只是一個名字。

「然後，當他想做什麼事，他可以擬定一個計畫，把構想拋給他知道的名字，想做的人自然就會靠過來。然後，他再從中挑出適合合作的對象。這才叫人脈的經營。他說，有很多人沒辦法做出有創意的事，是因為他們認識的人有限，即便有想法，也無法實現。

「對他來說，你是誰不重要，重要的是你能幫他什麼。他有辦法提供好點子，只要你幫他，把事情做好，他獲得利益，你會跟著受惠。如果你故意搞破壞，他一定封殺你。這一招，讓他到處吃得開，因為他成名，別人也沾光。他的人脈太廣、關係太好，所以沒有人想得罪他。」

「所以，忘記合作過的對象也沒關係嗎？」

「對。他說，只要他變得愈來愈有名，就不必花時間記住別人。反過頭來，別人不但會記住他，還會原諒他忘記自己的名字。」

「說得也對。」

「因此，從不認識的人身上找錢、找構想，做自己喜歡的事，對他來說是家常便飯。」

「我懂了。」我點點頭。「相對的，為了讓自己也有機會成功，許懷舜周邊的朋友一定會設法積極替他到處牽線。就像這一次的拍片計畫。」

「沒錯。」

「這麼說來……參與拍攝計畫的人，全都希望電影開拍了。」

「看起來確實如此。」

陡地，我的心底浮現一個極為跳躍的推論。

「那麼，在看過整個拍攝計畫，他們一定會發現，陳佳民堅持採用實力有待商榷的趙瑞璿，是最大的問題。」

「嗯。」

「另外，趙瑞璿罹患罕見的臉盲症，所以對妻子林雅琪非常依賴。也就是說，只要殺了林雅琪，就有可能重創趙瑞璿的創作能力。」

「所以呢？」

「一旦趙瑞璿頓失創作能力，就算陳佳民再怎麼堅持，還是必須考慮由其他人替補。這麼一來，反而可以讓更優秀的配樂家加入，降低拍攝計畫的風險，讓電影成功。」

「為了讓電影成功而殺人嗎？」

「對。」

「鈞見，有想像力是很好。」廖叔搖搖頭。「但是，這項推理的合理性在哪裡？如果兇手的犯案動機是要讓趙瑞璿退出拍攝團隊，為什麼不直接下手殺他？」

「趙瑞璿畢竟是個男人。兇手選擇殺害女人，執行上比較容易。」我信心十足地補充：「如果兇手也是個配樂家，他必須考慮到自己可能會被懷疑，所以不能直接殺害趙瑞璿。」

「知道這個計畫的某人，把消息告訴另一個配樂家，再由那個配樂家動手嗎？」

「對。」

「但是，」廖叔提醒我：「兇手是潛入趙瑞璿的家裡行兇的。當時，趙瑞璿在家裡，他也有可能提早破門而入，救出林雅琪。就算趙瑞璿患有臉盲症，只要林雅琪還活著，還是能夠指認兇手。如果兇手考慮到執行難易的問題，他不應該在當天晚上下手。」

「這……」廖叔的意見讓我無法反駁。

「這種行兇方法，兇手必須冒的風險太高了。必定是有什麼理由，才讓兇手不得不選擇在昨天晚上下手。」

廖叔的疑問，我暫時還無法回答。

「總之，在這個案子裡，奇怪的小問題很多……」廖叔的語氣顯得有點苦惱。「我想，我們跟真相之間，還有一段不小的距離。」

我沒有再說什麼，讓廖叔專心開車。接著，我心裡又整理出幾項猜測，但全都有缺陷，還是不說也罷。我感覺，車內此刻的沉默，也許是案情水落石出前的枕戈待旦。

7

我們終於抵達桃園國際機場。

廖叔在機場有航空公司提供的專屬停車位。停好車後，我們走進機場第二航廈的入境大廳——沒錯，掌握案情關鍵的重要人物，等一下就會現身機場。

遠居美國的導演陳佳民，為何堅持與默默無名的配樂家趙瑞璿合作？答案即將揭曉。

靠近入境大門的兩側走道，有許多等待親友、等待客戶的人舉著寫有公司行號或人名紙板，但我們沒有看到有其他人在等陳佳民。儘管他來自好萊塢，但並非知名人物。

大廳的班機時刻表上，顯示著從美國洛杉磯的直達班機在剛剛已經準時抵達，再不多久，他就會通關入境，我舉起如紋製作好的、寫著「歡迎美國陳佳民導演」的紙板，與廖叔一起站在人群中等待。

等了二十分鐘左右，入境大門陸陸續續有旅客拖著行李箱出現。有些旅客立刻感受到親友等待的溫暖，有些旅客的身影則更顯孤單。有位身穿休閒襯衫、頸掛太陽眼鏡、年約三十的男子，手上的行李簡單，一入境即向我們投以好奇的目光。

「陳佳民先生嗎？」

「是。」男子的口音洋化：「你們是……」

「我叫廖天萊，」廖叔的回答乾淨俐落：「廖氏徵信諮詢協商服務顧問中心。」

「呃……廖……服務中心……那是……」

陳佳民有點困惑——這很正常，很少有人能記住本社全名。廖叔跟我一起遞出名片，他帶有戒心地端詳了一陣，才收下來。

「請問有什麼事？」

「陳先生，你這次到台灣來，是為了跟配樂家趙瑞璿見面，對吧？」

「……沒錯。」

男子的臉上似乎顯得有些侷促。

「但是，昨天晚上，趙瑞璿的公寓裡發生了一樁謀殺案。」

「……是誰被謀殺了？」陳佳民原本還算鎮定的臉色，頓時變得慘白。

「趙瑞璿的妻子，林雅琪。」

沒想到，廖叔才剛說完這句話，陳佳民居然驚呼一聲，全身無力地跪坐在地上。

「為什麼？為什麼會發生這種事……」

跪坐在地的陳佳民不斷地喃喃自語，並發出痛苦的呻吟。而他突如其來的激烈反應，也立即引來周圍人群詫異的注視。不過，他們也許是注意到一旁廖叔高頭大馬的魁梧身形，馬上將目光避開了。

——難道說，陳佳民想見的人並不是趙瑞璿，而是林雅琪？

正當我準備屈身扶起陳佳民，突然聽見背後傳來熟悉的聲音。

「張鈞見，為什麼你會在這裡？」

我回頭一看，發現台北市警局的呂益強，就站在我的身後。

呂益強的表情非常嚴肅，身後還跟了兩位身穿制服的員警。他說話的口氣，好像是在責難我們比警方早來一步，還打算干擾調查似的。

「呂刑警，」廖叔魁梧的身材擋在呂益強跟陳佳民中間，不讓他靠近。「我以為你到高雄長期出差，下個月才會回來。」

「我確實去過高雄，而且已經獲得了關鍵線索。不需要去那麼久。」

「什麼關鍵線索？」

「廖社長，請你讓開。警方正在執行公務。」

「我不知道警察也對拍電影有興趣。」廖叔毫不讓步。

「跟電影無關。」呂益強沒理會廖叔的諷刺，鄭重否認：「陳佳民，你是林雅琪命案的重要關係人，警方要求你全力配合，立刻接受偵訊。」

抬起臉孔的陳佳民，眼神混雜著悲痛及錯愕。他注視著呂益強，一句話也沒說。

「為什麼？」我乾脆替他問了。

呂益強看看廖叔跟我，思考了好一陣子，最後終於決定稍作退步。

「張鈞見，我先做個聲明。」呂益強正色地說：「經過調查，警方並沒有找到你跟林雅琪之間的關聯。」

「真的嗎？太好了，」我立刻回答：「所以我已經沒有嫌疑了？」

「別高興得太早。」呂益強打斷我：「你不要忘記，你的名片卡在死者的喉嚨裡，這仍舊是不曾改變的事實。」

「呃……」

「的確，你現在並不是本案最重要的關係人。你可以暫時喘口氣，回家好好睡一覺，然後再到台北市警局報到，把名片的事情解釋清楚。」

——喂，你這人還真是固執！

「今天上午，根據林雅琪過去的戶籍資料，警方拜訪了她高雄親人、朋友。她是長女，底下還有兩個弟弟，不過現在都不住在高雄了。她的父母已經過世，老家還有一個姑姑。關於她的兩個弟弟，警方還在聯繫當中。

「她的姑姑說，林雅琪原本家境不錯，但後來她的父母積蓄被騙光，還欠下大筆債務，自殺身亡。雖然父母的親戚們協助出錢出力，讓三個小孩不致背負債務，但當時是中學生的林雅琪，突然經歷雙親自殺的悲劇，個性竟然變得十分叛逆，經常離家出走、蹺課遊蕩，她姑姑管不動她，學校也很頭痛。

「商專畢業後，林雅琪獨自一人跑到台北工作，再也沒有回過家。她姑姑幾次試圖想找她，但是，根本找不到，連她的兩個弟弟也不知道她的下落。現在，他們都已經死心，放棄繼續找她了。經過詢問，我們還知道，林雅琪與趙瑞璿的結婚典禮，也沒有通知家人。

「接著，到她畢業的學校去問，也見到她以前的級任老師。這位老師年屆退休，記性不太好，唯一有印象的，就是林雅琪經常蹺課，成績不佳，經常跟一群朋友跑到台北去追星——也就是演藝圈的偶像明星。

「從她的同學錄裡，我們找到她以前的幾個同學，也沒有聽說她跟誰還有聯絡，更不必說出現在同學會了。不過，有個曾經跟她一起熱中追星的朋友，提供了一項意外的線索——在那群蹺課追星的同伴裡，有一個立志要當電影導演的男孩子！」

聽到「導演」這兩個字，令我不由得看了陳佳民一眼。

但，陳佳民此時只是低垂著頭。

「這個男孩子，看起來跟其他人一樣，一天到晚跑電視台、電影公司追逐明星。不過，他絲毫沒有愛慕偶像的心態，而是真的有心想進影視圈。他討厭學校，跟同學處不來，全部的時間都用來研究電影，也經常在朋友面前發表對電影論、朗讀自己創作的劇本。

「他早熟的個性，吸引了個性叛逆、與家人關係疏離的林雅琪。在團體一起行動到處追星的過程中，兩個人的互動愈來愈密切，最後成了男女朋友。男孩子原本打算一畢業就跟林雅琪在一起，但他的父親誤以為他荒廢學業的原因就是林雅琪，強力反對，還決定立刻移民到美國去，拆散兩個人，最後，他們只得黯然分手……」

呂益強說到這裡刻意停頓下來，目光往陳佳民投去——好像在製造某種戲劇效果似的。

「這個男孩子，就是現在的陳佳民！」

其實，呂益強在說到一半的時候，答案早已昭然若揭。不過，廖叔上次曾經告誡我，讓發表推理的人把話說完，是一種基本的尊重，所以我這次不再打岔了。在推理小說裡，有時也會出現這種想要按快轉鍵的場面吧，只好忍耐一下了。

「難道說——」見呂益強在等待，我才開口：「陳佳民真正的目的，不是為了跟趙瑞璿合作，而是……」

「沒錯，他想要再見到林雅琪。」呂益強斬釘截鐵地說：「他不但進了好萊塢，也得到台灣電影人士的協助，準備拍攝個人的第一部電影。他的導演夢終於即將實現了。在這個時候，他最想見到的人會是誰？無庸置疑，就是在學生時代聽他暢談夢想、心有靈犀的情人。無論如何，他都要讓她看看終於實現夢想的自己。」

「聽起來，這是一個很美好的故事啊。」廖叔提出質疑：「呂刑警，就算陳佳民找趙瑞璿合作，原因並非他的音樂才華，但這跟林雅琪的命案也沒什麼關係吧？」

「那可不一定。」

「什麼意思？」

「陳佳民滿懷期待，要向林雅琪分享夢想成真的喜悅。然而，他卻意外發現林雅琪已經嫁為人婦，成了配樂家趙瑞璿的妻子。對一般人來說，以前熱戀的女朋友，現在已經跟別人結婚，其實是再尋常不過的事情，但對陳佳民而言，情況也許就大不相同了。

「為了導演夢，陳佳民堅持了十幾年。沒話說，他具備了驚人的執著、驚人的毅力。不過，遺憾的是，這樣的性格如果反映在感情上，很可能就會變成一個佔有慾強烈的善妒者。」

聽呂益強說話的口氣，一副他認識陳佳民很久似的。

「兇手對林雅琪抱持著極深的恨意。不顧趙瑞璿的阻攔，兇手無論如何也要將林雅琪的臉孔徹底破壞，是因為他再也不想見到她的臉。從犯罪心理學的觀點來看，這正是一個善妒者的行為模式。因此，警方不得不將陳佳民的名字列入嫌犯名單。」

「可是，林雅琪是昨晚被殺的。那時候，陳佳民還在美國呢。」我插嘴：「他有很明確的不在場證明，根本不可能犯案啊！」

「不在場證明是可以偽造的。」呂益強立刻反駁了我的意見：「陳佳民是美國移民，他手上很可能有兩本護照，讓他能夠事先以其中一本護照入境台灣，殺害林雅琪後立刻出境，前往香港或關島之類的第三地，今天再使用另一本護照，偽裝成搭乘這班飛機的模樣入境。」

「陳佳民現在才入境，是因為原本預定昨天抵達的飛機延誤一天。他不能控制這種事，怎麼拿來製造不在場證明？」

「飛機的延誤確實是個巧合。不過，這不影響不在場證明的偽造。如果這班飛機沒延誤，準時在昨晚抵達，他可以找藉口說自己來不及趕上飛機，改成今天才到。他已經居住美國多年，在台灣並非知名人物，許懷舜與郭祐雄更從沒見過他，縱使他提早來台，也不會被發現。」

這個呂益強，居然連陳佳民的犯案手法都想齊了。

一時語塞的我，也不得不放棄辯解。

從頭到尾，只見陳佳民靜靜地垂著兩肩不發一語，沒有承認，也沒有否認，完全無視我跟呂益強的爭論——他的模樣，不知道應該怎麼形容才好，總之，令我莫名地感到無限悲哀。

8

就這樣，廖叔與我眼睜睜地望著全身虛脫的陳佳民，被兩名員警拖進機場警局裡進行偵訊。呂益強使了「這裡沒你們的事了」的眼神以後，才跟著離開。

「人被搶走了。」我說。

「至少我們知道陳佳民堅持要找趙瑞璿拍電影的理由了。」

「沒想到警察動作這麼快。」

「想要贏警察，我們的動作就必須更快。」廖叔伸伸懶腰。「鈞見，我們立刻回台北吧！」

「不等了嗎？」

「我們還有事情要查。雖然關鍵人物陳佳民已經現身，但謎團並沒有因而全部解開。」

我贊同廖叔的看法。

「第一個問題，就是林雅琪的委託案吧？」我說：「既然林雅琪跟陳佳民曾經是那麼親暱的男女朋友，對他的過去應該非常瞭解，她為什麼還要找我們再調查一次？」

「嗯……林雅琪找我們調查的原因，或許是想確認這個電影導演陳佳民，是否正是以前跟她談戀愛的那個人？」

「但是，請徵信社調查一個美國移民，所需的費用並不低啊。為什麼她不直接請趙瑞璿轉告許懷舜，替她向陳佳民問這件事？」

「或許是涉及過去的情史，她不好意思開口。」

「她也可以等到跟陳佳民見面，就知道是不是同一個人。這樣更省事，不是嗎？」

「或許，趙瑞璿才是呂益強口中的善妒者。」廖叔若有所思地說：「假設，趙瑞璿無意間發現了他們的過去，對方不僅是個前景看好的新銳導演，兩人還很可能舊情復燃……趙瑞璿孤僻慣了，忍無可忍，於是痛下毒手。」

好吧。到現在為止，我們討論了半天，還是想不出兇手破壞林雅琪臉孔的理由。呂益強提出的「善妒者心理」理論，是目前唯一比較有說服力的推論。可是，把這個理論套在目前最有可能的嫌犯──林雅琪的丈夫趙瑞璿和前男友陳佳民身上，卻剛好都說不通。

陳佳民愛林雅琪極深，具有強烈的動機；但是，他有距離一個太平洋那麼遠的不在場證明。趙瑞璿一整個晚上都跟林雅琪在一起，有極佳的犯案機會；然而，他是個臉孔辨識失能症患者，妻子的臉孔對他來說，毫無意義。

若再說到距離更疏遠的關係人──交遊廣闊、深信人際關係成功學的許懷舜；一心完成高難度計畫、成就自我的郭祐雄；到處設法幫忙牽線、以求雞犬升天的楊玉宣；獻身宗教、照顧晚輩的和藹長者簡立和；見錢眼開、巴不得電影趕快拍完趕快大賣的方旭一……對他們來說，林雅琪只是配樂家趙瑞璿的妻子，別說稱不上朋友，根本連見都沒見過面，就算具備善妒者心理，也不會是針對她，不可能犯案。

坐在廖叔的車上，我們上了高速公路，往北返回台北。

「廖叔，你曾經說過，兇手選擇在昨天晚上入侵趙家殺害林雅琪，是風險非常高的做法。」我再次提出新的看法：「那麼，我們可以這樣想——兇手之所以殺害林雅琪，並不是為了打擊趙瑞璿，也不是提高電影成功的機率，而是不想讓陳佳民與林雅琪見面。」

「讓他們見了面，會發生什麼事嗎？」廖叔問。

「……不知道。」我承認自己的想法還不完整。「一旦兩人見面，他們腦海中的青春時光可能會一下子全從記憶中湧現，可是，他們卻必須在其他人面前努力壓抑，盡量避免發生欲蓋彌彰的尷尬局面。」

「就這樣？」

「嗯。」

「兇手應該不至於為了避免讓兩人尷尬，所以殺死林雅琪吧？」

「就算會因為這種愚蠢的理由殺人，兇手也不必破壞她的臉孔……」

繞來繞去，最後還是繞回這個老問題。

但在此刻，我突然靈光一閃：「啊！對啊！原來是這樣！」

——不知道各位有沒有這樣的經驗？一直到自己把話說出口，才發現自己說的話裡藏有重要的破案關鍵。

「鈞見，你已經知道答案了？」廖叔笑了笑。

「嗯。」

「真的？」

「真的。」

「還真快。」

「謝謝。」我點點頭。「其實，兇手犯案的目的，並不只是要讓陳佳民和林雅琪無法見面，而是不能讓陳佳民見到林雅琪的『臉』。」

「怎麼說？」

「根據警方的調查，」我感覺到自己的心臟狂跳。「林雅琪在商專畢業後，就獨自北上工作，並且跟家人、朋友失去了聯絡，連親人也不知道她已經結婚。可以這樣說，在原來的人際關係圈中，她徹徹底底地消失了。

「經過了這麼多年，林雅琪的家人已經放棄找她，朋友們也不再想起她。但是，有一個人對她一直念念不忘——住在美國多年的陳佳民，在偶然的情況下，他發現配樂家趙瑞璿的妻子就是林雅琪，因此，在如願以償、即將回台拍片之際，一定要見到林雅琪。

「如今，在林雅琪的生活圈裡，只有意外出現的陳佳民，是唯一知道她的過去的人。然而，昨天晚上，陳佳民預定回台跟趙瑞璿見面，但林雅琪仍然留在家裡，陪趙瑞璿一起等待。

「我們還不瞭解林雅琪為何消失——不過，如果她決心要跟過去一刀兩斷，她就不會想再見陳佳民一面；就算她還想見他，恐怕也擔心被丈夫發現。但是，她並沒有藉故躲避，情緒也未偈促不安，還像平日般打掃房間，毫無異狀。

「從這裡開始，林雅琪的心理狀態，出現了不合理的差距。畢業離家的她，刻意地消失在家人、朋友面前，一直到嫁為人婦也不跟任何人聯絡。但是，現在竟然會以平常心來面對舊情人，沒有任何逃避。然而，根據這個事實，我們可以導出一個全新的結論。」

「嗯。」

「跟趙瑞璿結婚的林雅琪，並不是當初跟陳佳民談戀愛的林雅琪！」我終於說出這個拗口的結論：「亦即，在林雅琪離家北上以後，有人冒用她的身分，跟趙瑞璿結了婚。因此，她才對陳佳民的事毫不知情。另一方面，兇手為了不讓陳佳民發現這件事，所以不但得殺死這個冒牌的林雅琪，還必須破壞她的臉孔，讓所有人都認不出死者的真實身分。

「好，接著問題來了，如果這個冒充林雅琪的死者，根本不認識陳佳民，當然更不可能在趙瑞璿和許懷舜取得聯絡之前就委託我們調查陳佳民。那麼，兩個禮拜以前，出現在我們面前的委託者又是誰？

「這個人自稱林雅琪，也知道陳佳民的事。如果再將林雅琪在商專畢業後的刻意消失納入考慮，答案也就跟著呼之欲出了——這個委託人，就是林雅琪的本尊！」

「鈞見，」廖叔以讚許的語氣說：「你的推論非常合情合理。」

「接下來，我們必須找出真正的林雅琪，才能更進一步揭開這個案件的其他謎團。她為什麼要與親友斷絕聯絡？她為什麼比其他人更早知道陳佳民準備回台灣？她為什麼要將我們的調查報告寄給冒牌的林雅琪？以及最重要的問題——她是兇手嗎？」

9

有一種詭計，稱為「無頭屍體」。

性別相同、身材相近的A、B兩個人，彼此積怨已深。一日，A決定殺害B，還必須設法擺脫嫌疑，所以，他在殺害B之後，將B斬首，並且替B的屍體換上自己的服裝，再帶著B的頭逃逸無蹤。這麼一來，當警方發現屍體時，會因為屍體身上所穿的衣服，而判定死者是A。此外，如前所述，A、B兩人互有恨意的事眾所皆知，而且如今B又下落不明，理所當然就是兇手了。最後，A讓B背負殺人罪嫌，從此逍遙法外。

據說，設想出「無頭屍體」詭計的英國某位大文豪，認為這種詭計在當時（血型及DNA等鑑識科技尚未成熟以前）是可行性很高的犯罪手法——當然，這必須排除兇手或被害人的身上有胎記、刺青、疤痕等例外情況。

這種兇手與被害人身分交換的犯罪手法，後來被許多推理作家廣泛運用，寫成的精采作品數量可觀，可說是媲美「密室」的經典詭計。

不過，本案中所出現的「無臉屍體」，情況則稍有不同。

趙瑞璿的妻子縱然冒用了林雅琪的身分，但她在臥房裡被殺的事實並未改變。

畢竟，儘管趙瑞璿是臉盲症患者，但身為配樂家的他，聽覺比普通人更敏銳。案發當晚，趙瑞璿與妻子一起在家裡等待客人，當然，這段時間兩人也有過交談。

趙瑞璿在其妻一進臥室打掃後，就馬上聽到她的尖叫聲。從聽到尖叫聲，一直到他衝進臥室裡目擊妻子被殺的場面，相隔的時間相當短暫。

兇手要利用這麼短的時間殺害另一個女子，並偽裝成趙瑞璿的妻子，幾乎是不可能的事。

除非——趙瑞璿的妻子也是共犯。

當趙瑞璿與妻子兩人還在客廳之際，兇手就已經先潛入臥房，並把已死的另一名女子放置在床上。接著，趙妻進入臥房，鎖上門，假裝尖叫，並立即從窗口離開。兇手則留在臥房，等趙瑞璿破門而入，刻意讓他目睹兇手正在殺害妻子的場面，最後再掙脫逃逸。

然而，儘管邏輯上能夠成立，但發生這種事的機率趨近於零。趙瑞璿在客廳與妻子交談時，並未察覺她有何異狀。假使她是命案的共犯，在執行兇殺計畫前——特別是手法如此殘酷的犯罪，不可能表現得那麼平靜。

因此，兇手的狙擊對象就是趙瑞璿的妻子——這是唯一的結論。她冒用了林雅琪的身分，並且與趙瑞璿一起生活了三年多。

既然死者並非林雅琪，那陳佳民就更不可能是兇手了。我們必須找出死者的真實身分——因為，這很可能就是兇手的犯罪動機。

至於，知道趙妻真實身分的人，當然是林雅琪的本尊了。

這個人，也正是請我們調查陳佳民的委託人。

就在林雅琪畢業離家以後，她與死者交換了彼此的身分，並以新的身分展開各自的新生活。

然而，林雅琪卻事先知道了陳佳民準備回台發展，也知道他一定會設法跟自己見面。

林雅琪想像得到，當陳佳民發現自己找到的林雅琪，竟然是完全不同的人——那麼，兩人交換身分的秘密將就此曝光，也將會波及自己現在的新生活。

林雅琪知道死者和趙瑞璿結了婚。於是，她決定及早告訴對方，但，可能因為某些因素，她不能直接跟對方見面，所以她利用了徵信社——也就是本社——來傳達訊息，讓對方能設法提早思考因應對策。

由於「林雅琪」這個名字並不特殊，死者可以事先把「虛構的過去」想好，並且利用「同名同姓的人很多」的理由來敷衍。由於死者已經事先得到提醒，因此在與陳佳民見面的當晚，她已經做好準備了。

但萬萬沒想到是，某個神秘男子——也就是兇手，不但知道「她冒用林雅琪身分」的秘密，還利用這一點，將她的臉孔徹底破壞，讓所有人都以為「死者就是林雅琪」，誤導警方的搜查方向，藉以逃避罪嫌——這是「無臉屍體」詭計的變形用法。

要知道兇手的身分，就必須先找到林雅琪的本尊。現在只有她，才能告訴我還有誰知道她們交換身分的秘密。

好，接下來問題來了。該怎麼找到這位林雅琪？既然已經展開新生活，她定然必須隱藏自己的過往，而這樁手法殘忍的謀殺案發生至今，各大媒體爭相報導，她不可能毫不知情，但是，她並未主動出面向警方說明。

終究，我們不能期盼她自己願意站出來，必須將她找出來——

說起來，在徵信業界裡，要找到一個人並不是十分困難的工作，重點是要花多少時間。只要能先訂出一個正確的調查範圍，接下來只有靠苦工來一一過濾。不過，因為這種不斷重複的過程十分無趣，請容我將這部分的描述省略掉吧！

10

總之，結果就是我們在案發的第四天，跟真正的林雅琪取得聯繫。她現在所使用的名字，叫做方蓓瑩——這就是死者原有的真實姓名了。

我們再三保證，絕不會告訴警方全部的實情，只是希望能獲得更多線索協助破案，她才勉為其難地同意，再到本社辦公室來一趟。

「請坐。」

眼前的女子，正是先前來過本社委託的「林雅琪」。然而，比起上回她第一次來，也許是不必再偽裝，穿著更為豔麗，眼神裡則透露出更多的疲倦與倉皇。

「你們怎麼找到我的？」她還沒有坐下來，就立刻追問。

「方小姐，」待如紋將熱茶端上，我先坐了下來，禮貌地說：「還是請妳先坐下來吧！關於林小姐的事，我有一些問題想要請教；當然，妳想知道什麼，我也會詳細地告訴妳的。」

方蓓瑩聽了，才終於咬著下唇，不情願地坐了下來。

「我希望……」方蓓瑩注視著我，遲疑地說：「你必須先答應我，我們的談話，絕不能告訴警方。」

「妳可以放心。本社跟警方並不是合作夥伴。」

「好吧……」方蓓瑩彷彿努力說服自己般的用力點頭。「你想知道什麼？」

「妳當初為什麼離開高雄，還跟親人、朋友都斷絕聯絡？」

「因為……我覺得很害怕……」方蓓瑩的表情變得十分苦澀。「我的父母，在我五專二年級的時候去世了。他們被騙了很多錢，受不了債務壓力，所以拋下我跟弟弟們，一起自殺了。雖然那時有很多親戚幫我爸媽還錢，但是，我從他們的眼神裡，看到了某種不知名的東西……我可以想像得到，若是就這樣接受他們的協助，恐怕我一輩子都必須承受他們這樣的眼神……未來他們對我有什麼要求，我都無法拒絕……這一輩子，我永遠得聽命於那些親戚……我將變成是一個沒有自我的人……

「我想逃離那種可怕的眼神……所以，在我一畢業之後，我立刻離開高雄，一個人上台北找工作，過著一個人的生活。當然，我不是沒有寂寞的時候，我很想念兩個弟弟。但是，既然我已經下定決心，就算不得不淪落風塵，我也必須堅持到底。」

「我明白了……後來呢？」

「可能是壓力太大，我過得並不好。後來，我生了一場重病，進了醫院。我的家人都不知道我在這裡，同事們也沒有人來關心我。經過長時間的休養，我的病情雖然康復，但醫生卻發現我的耳朵因此導致聽力障礙。

「結果，我開始接受聽障治療。在聽障治療裡，經常輔助音樂來進行，治療師會利用各種節奏、旋律的音樂，配合對話來重新訓練我的聽力。也就是在這時候，我遇見了趙瑞璿的音樂。他曾經接受醫院委託，製作了一系列用於音樂治療的教材。

「我在學生時代，也曾經迷戀過電視上會唱歌、懂樂器的偶像。但是，趙瑞璿的曲子給我的感受完全不同。他的音樂，讓我像是在一片死寂、荒涼的世界裡，聽見上天滴落的眼淚，那麼清脆、純淨……

「儘管無法回到發病前的狀態——在聽力逐漸復元後，我想好好地向他道謝。我不但製作了網頁介紹他的作品，還透過各種管道想聯絡上他，導致他的誤解。現在想想，那時的我好瘋狂、好幼稚……假使我沒有那麼愚蠢，也許悲劇就不會發生了……」

「什麼悲劇？」

「都是我害的。我好像得了失心瘋，經常去趙瑞璿的公司找他、打電話給他。我也知道，他不喜歡我這樣，他一定會對我避之唯恐不及，但我還是忍不住……如果，那一次我沒有突然衝出來，他就不會為了閃避我，出了那麼嚴重的車禍……」

「就是使他罹患臉孔辨識失能症的車禍嗎？」

「對。」方蓓瑩泫然欲泣。「我覺得好抱歉……我想好好彌補他……但是，我終究不敢再出現在他面前……我躲起來了。雖然他後來得了那種怪病，但我怕他會認出我的聲音。我真是個不負責任的女人。」

原來，方蓓瑩的性格是如此扭曲。但，她在五專二年級——多愁善感的年紀，遽然遭逢雙親自殺，還得承擔家族親戚的異樣眼光，終於養成這樣的思考模式，也有其可悲之處。

「後來呢？」

「我是五年前遇見『她』的……那時，她才剛出獄沒多久……因為殺人。她說，她的前男友是個垃圾，從來不找工作，還不斷打她，跟她要錢……有一次他們發生嚴重的爭吵，她男友居然拿出刀子要砍她，結果在拉扯過程中，刀子竟然刺入她男友的胸口，將他殺死了。

「她的情緒很低落。為了她的男友，她早就跟家人鬧翻，朋友也不理她了。現在還有案底，她根本找不到工作。這個社會就是這樣。但，她跟我不同，是個很單純的好女孩。如果她可以遇見好男人，一定會幸福的。假使她沒有前科就好了。這時，在我的心裡，突然出現一個想法——

如果我跟她交換身分的話……會怎麼樣？

「我們兩個，都是對過去毫無眷戀的人。她得到我的身分，可以重新做人，展開新生活；在我的世界裡，大家都是走在懸崖邊過日子，有前科的人多得是。我根本不在乎。我真的想幫她。當然，我不是無條件跟她交換身分——她必須答應我，替我照顧趙瑞璿。」

「所以，她使用了『林雅琪』的身分，設法接近趙瑞璿，最後還跟他結了婚。」

「他們會成為夫妻，到底是因為她遵守了我們的約定，還是她真的愛上了趙瑞璿，老實說，我並不知道。不過，她願意陪在趙瑞璿身邊，我終於可以放心了。」

也許是話說多了，眼眶濕潤的方蓓瑩，心情終於放鬆了些。她從皮包裡找出煙來。

「不介意吧？」

「請。」我替她點了火。「那麼，陳佳民回台灣的事，妳是怎麼知道的？」

「他寫E-mail給我。」方蓓瑩深吸一口煙，緩緩地吐出來。「我剛剛說過，在我迷戀趙瑞璿那時，我曾經製作過網頁介紹他的音樂，網頁上的E-mail，裡頭有我的英文名字。現在我雖然已經有新的E-mail，但那個E-mail並沒有丟掉。我想，陳佳民是看到那個E-mail，聯想到一定是我，所以就立刻聯絡我。雖然我從沒回過，但他這個人很執著，不會那麼容易放棄。」

「他應該是看了妳的網頁，才開始調查趙瑞璿，結果發現他的妻子就是『林雅琪』。」

「大概吧。」方蓓瑩彈彈煙灰。「去年年底，他寫E-mail告訴我，他無法忍受成天窩在工作室裡製作電腦特效，再這樣下去，他永遠也當不了導演，所以他決定要回台灣找機會。我看了以後，開始緊張起來……我很想立即告訴她這件事，可是，我們曾經約束過，一旦交換了身分，不僅要一輩子守住秘密，也不能再跟對方聯絡。」

「所以，妳才會找上本社。」

「這是不得已的辦法。我相信，她會從那封看似莫名其妙的調查報告裡，想起我跟她說過的話——我的初戀情人立志要當導演，到美國去了——然後早點想辦法應付。」

「如果這份調查報告被趙瑞璿攔截呢？」

「不可能。他們結婚以後，生活上的瑣事都是由『林雅琪』處理。」

「妳怎麼會知道？」

「不聯絡，不代表不關心。畢竟他得了怪病，是我害的。」

「好。我明白了。」接下來，是事件最重要的關鍵了。「方小姐，請妳告訴我——妳們交換身分的秘密，還有其他人知道嗎？」

「……除了你以外，沒有任何人知道。」

「真的嗎？」

「當然是真的！」方蓓瑩有點惱怒：「我說過了！我們發過誓，這是我們一輩子的秘密！」

假使方蓓瑩說的是實話，所謂「知道林雅琪的真實身分」的兇手就不存在了。

我注視著不停吞雲吐霧、情緒有些亢奮的方蓓瑩，思考著她可不可能是兇手——不可能。她不再需要「林雅琪」這個身分，也找到了一個好女人，替她照顧趙瑞璿。她甚至花錢找徵信社寄調查報告給對方，讓對方提早擬定因應對策。

那麼……所以說……我已經感覺到眼前有一絲朦朧的微光，但是還不能夠抓牢。

「你沒別的問題了？」方蓓瑩的聲音，將我拉回現實。「那麼，請你告訴我，你是怎麼找到我的？」

「很簡單。」我的思緒只好暫停。「我們先猜想會冒用他人身分的人，很可能有前科。」

「然後呢？」

「林雅琪是鋼琴老師。她有可能在交換身分以前，就已經是鋼琴老師了。所以，我們找有合作關係的報社幫忙，調出最近十年的刑事案件資料，查詢裡頭有沒有鋼琴老師。」

「十年？那有多少資料啊？」

「資料確實很多。但，跟鋼琴老師有關的案件，比例很低。」

「真服了你！」方蓓瑩皺眉。「可是，如果她以前不是鋼琴老師呢？」

「那妳就慘了。」我回答：「我只好建議警方調查死者的指紋。到時候，打電話給妳的人就不會是我，而是警察了。」

方蓓瑩瞪了我一眼。

「好了，我得走了——」她站起身來。「你還有沒有想問的事？」

「等我一下……」最後的結論，還是沒變——兇手並不知道林雅琪的真實身分。兇手想殺的確實是林雅琪。「關於這件命案，最後還有一件事想要請教。」

「問吧！」她再度坐回沙發。

「上面列的這些人，」我遞出一張紙。「妳有沒有認識裡面的什麼人？」

「唔……」方蓓瑩拿起紙張，開始端詳起來，隨即，她坐倒在椅背上，似乎陷進沉思。

「怎麼樣？」

「我不太確定。」方蓓瑩把紙張推還給我。「很久以前的事了。我的記憶很模糊……」

「有妳認識的人嗎？」

「是這個人。」她將搽滿蔻丹的纖細食指伸長。「他曾經跟我說過話。我剛剛說過，在我專二時，我爸媽被騙了很多錢，結果自殺了。一年以後，他來過我家裡，說是要製作節目，問了我一些問題……」

這個人——是知名作家許懷舜。

11

「張先生，有事情想問我？」

「是。」我將房門關上，請許懷舜坐下來。「對你真是不好意思，必須約在這裡。」

「沒關係。」許懷舜聳聳肩。「我以前來過這裡。還滿懷念的。」

「哦？」

「以前還當在記者的時候，偶爾會到這裡來進行採訪。」

「原來如此。」我也跟著坐了下來。鐵製的椅子，給人嚴肅生冷的感覺。

跟許懷舜不同，警方的偵訊室，我是第一次來。雖然並非以嫌疑犯的身分進來，我心裡還是非常緊張。右邊的牆上掛有一面鏡子，電影看得夠多的人應該是不陌生——這是一面單面鏡。隔壁房間的人，可以透過那面鏡子看到我們。

許懷舜的態度儘管相當輕鬆，他仍然不自覺地往鏡子的方向看了一眼，彷彿有點在意鏡子後面是否有人在觀察著我們。

「許先生，」為了轉移他的注意力，我立即開口：「今天請你來，主要還是為了林雅琪小姐的謀殺案，有一些問題想要請教你。」

「我知道。」許懷舜的語氣無奈，彷彿他是被拖累的。「不過，我只是替陳佳民聯絡她的丈夫趙瑞璿，洽談拍電影的事情而已。」

「所以，你不認識她了？」

「真的不認識。」

許懷舜聽我再三確認，透露出有點不耐的情緒，但他立刻恢復平靜。

「關於這個案子，其實已經調查到最後階段了。我相信，只要把最後一件事情弄清楚，就可以解開真相。」

「哪一件事？」

「命案與電影拍攝計畫之間的關聯。」我看到在這一瞬間，許懷舜的雙眼張大。「就是因為電影開拍，而導致命案的發生。」

許懷舜不置可否地聳聳肩，似乎不認同我的論點。

「許先生，」我的身體前傾。「這部電影從開始籌備以來，就是由你為主導者，透過你的人際關係網，才組成了這個工作團隊。因此，為了瞭解你在案子裡所扮演的角色，我希望能再次確認你跟其他參與者的關係。」

「這件事情，我記得上次你問過了。」

「抱歉。上次有個關鍵沒問到。」

許懷舜看了我一會兒，才勉為其難地點頭。「好吧，你還想知道什麼？」

「首先，是你的學長楊玉宣。你曾經告訴我，你們以前是同一所學校畢業的，原本並不熟，後來偶然在工作時重逢，所以一起拍了廣告。」

「是啊。」

「你們重逢的經過，可以請你再說得更詳細一點嗎？」

「……好吧。五、六年前的事了吧。」他思考了一會兒，才說：「那段期間，為了製作一系列介紹外國重大刑案的節目，我經常到美國、歐洲、日本採訪。結果，有一次去東京出外景，預定停留一個禮拜，但旅行社把行程搞錯，到旅館check-in時才發現沒房間了。就在工作人員打電話協調、找其他旅館時，我發現好久不見的楊學長，居然就坐在lobby沙發上。

「一問之下，才知道他也沒房間——因為，我們找上了同一家旅行社。等待的時間很漫長，所以我們也聊了很久。剛開始，我們只是聊到系學會裡幾個風雲人物的近況，最後居然發現我們共同認識的人很多，而且都在影視圈。

「最後，我們留下對方的聯絡方式，還說如果有機會，一定要合作。一回台灣，學長立刻打電話給我，問我有沒有興趣拍廣告。於是，我們一起做出三支廣告。」

「後來呢？」

「後來——就是這次，陳佳民的電影了。」

「原來如此。另外，你跟郭祐雄怎麼認識的呢？」

「這個人在業界小有名氣。」許懷舜回答：「我跟他是同一個高爾夫球俱樂部的會員，在球場上偶爾會碰面，彼此打個招呼。有一次，我去參加一個朋友——小說家王鐵誠，我想你可能也聽過他的名字——的新書發表會，結果在會後的慶功派對上遇見他，才知道原來他是王鐵誠以前的同事。因為有共同的朋友，我們後來也稍微變熟了些。

「不過，這回我跟他是第一次合作。我聽跟他合作過的朋友說，他的製片經驗很豐富，資金方面的人脈也很廣，於是，我趁打球的時候向他提議，他也很爽快地答應了。」

「瞭解。那麼，最支持拍片計畫的金主方旭一呢？」

「十多年前，他投資過我製作的電視節目。最近這兩個月以來，郭祐雄找了許多投資人來跟我見面，詳談拍攝計畫。方旭一正是其中一位。他是郭祐雄的朋友介紹的，是一位個性海派、說話乾脆的贊助者。郭祐雄自己也很意外，居然會找上我多年不見的朋友。」

「最後，是配樂家趙瑞璿——你是怎樣跟他取得聯繫的？」

「我是電視新聞記者出身。以前提拔過我的長官，現在已經是一家有線電視台的總經理。趙瑞璿剛好為那家電視台製作配樂。我打了電話給老長官，他雖然有點意外——畢竟，趙瑞璿的情況特殊——但還是立刻請人聯絡。我們就這樣搭上線。」

聽許懷舜的說法，再對照雜誌所形容的「沒有他聯絡不到的人」，還真是一點都不為過。

「這麼說來，這些人好像都是你認識的人。」

「這個圈子很小。跟大家維持關係，才有成功的機會。」

好。談話至此，案情的關鍵已經浮現，接下來終於可以進入正題了。

「許先生，聽完你的說明，讓我發現拍片團隊的成員裡，有一個共同的特徵。」

「什麼特徵？」

「你們彼此並不是親密的朋友，全是靠共同的朋友介紹、牽線，然後才開始合作。」

「這不是什麼特徵。」許懷舜苦笑。「在影視圈裡，這是常態。拍電影是很浩大的工程，專業要求多，分工又細。如果要認識很深的朋友才能合作，那什麼都做不成了。」

「然而，就是因為這個奇妙的特徵，才會發生命案。」

許懷舜皺眉。「什麼意思？」

「請問——你聽過『小世界理論』嗎？」

「小世界理論？」

「又稱『六度分隔理論』，six degrees of separation。我是先注意到案件的這個特徵，才查到原來早就有人做過研究。」見許懷舜一副莫名其妙的表情，我只好進一步解釋：「用最簡單的一句話來說，就是——在世界上的任意兩個人，只要經過六到七個親友的介紹，就可以互相認識；一個站在你面前的陌生人，表面上你們沒有任何交集，但他一定是你朋友的朋友的朋友的朋友的朋友的朋友。」

「我可以同意，你所謂的理論有幾分道理。有時我們確實會覺得世界很小，譬如你的同事是我的同學，我的好友是他的情人……」許懷舜的語氣不太確定：「但，是不是只靠六到七人——數量這麼少的人就能讓兩個陌生人搭上線，我仍然有點懷疑。」

「的確，這個理論目前還只是假說，尚未獲得證實。不過，完全陌生的兩個人，之所以能夠搭上線，通常是因為兩人之間的六到七個朋友裡，存在著風雲人物。這個風雲人物，在人群中夠活躍，是受人注目的焦點，朋友最多，也最常成為別人的話題焦點，因而能夠發揮強大的人際關聯影響力。」

「我稍微明白了。比方說，我跟郭祐雄原本只是點頭之交，但是在知道彼此有共同的作家朋友以後，才發現到兩人的關係並沒有那麼疏遠，這也增強了我們的合作意願。」

「沒錯。」

「可是……張先生，你說了那麼多，我卻還是不知道小世界理論跟命案有什麼關係。」許懷舜遲疑了一下：「就算林雅琪與拍片成員之間確實存在著六到七人的關係，但六到七人的關係實在太疏遠，怎麼可能會有殺人動機？」

「若從『任意兩人之間都存在著六到七人的關係』的觀點來看，當然不可能找到殺人動機。然而，就像這間偵訊室牆上掛的單面鏡一樣，從我們這個角度什麼都看不到；但是，如果站在隔壁房間，就可以看得一清二楚。」

「其他角度？」

「就是小世界理論中的『風雲人物』。在這六到七人之間，必須要有一個風雲人物，才能順利讓兩個陌生人搭上線。」

「在本案裡的風雲人物……張先生，我想你指的是我吧？」

「沒錯。」

「張先生，我想你的意思應該不是在指控我是兇手吧？」

「我剛剛說過，」我沒正面回答，故作輕鬆地笑了笑。「風雲人物在人群中，是最受注目的焦點。大家都認識他，跟他說過話，也經常談到他，知道他很多事；反過來說，風雲人物認識的人很多，但他無法瞭解他認識的每個人。這是一種不對稱的人際關係。」

「那又怎樣？」

「當不對稱的人際關係發展得太過極端——就會得到臉孔辨識失能症！」

許懷舜的眼神突然戒備起來，彷彿我的話刺中他心中的什麼地方。

「臉孔辨識失能症，本來是用來稱呼像趙瑞璿那樣腦部受到創傷，導致無法辨識人臉的患者。但是，在這個案子裡，原來還有另一個臉孔辨識失能症的患者——許先生，也就是你。但，你卻不是因為腦部受傷，而是因為認識太多人。」

「唔……」

「我舉一個例子——我的老闆廖叔，在幾年前曾經跟你合作過，擔任你的節目顧問。不過，上週你們見了面，你卻完全忘了他。」

「——我確實覺得他有點面熟。但是，這麼多年沒見過面，會忘記也是人之常情啊。」

「對，確實是人之常情。」

「張先生，記住別人的臉孔，我是很有自信的。」許懷舜嘆了一口氣。「不過，你說得對，我認識的人確實太多了……」

好。終於讓許懷舜承認——案情又往前一步了。

「許先生，」我離開鐵椅，站起身來。其實，這是一個暗號——在隔壁等待的人，看到我站起來，馬上就會過來。「接下來，我想讓你見一個人。」

「什麼人？」

在我正打算回答以前，偵訊室門外響起了敲門聲。於是，我直接開了門。

站在門前的呂益強看我一眼，好像在抱怨我的表演慾太強。後面跟上來的是電影導演陳佳民，由於目前警方追查兩本護照的紀錄尚未有結果，他仍然暫時以重要關係人的身分留置警局，不知是情傷還是偵訊壓力，他的神情相當疲憊。

「陳佳民導演嗎？」許懷舜問。

「你好。」他勉強打起精神回答：「很高興見到你……」

「請坐。」

許懷舜疑惑地望著我，彷彿對我的安排感到不解。

「許先生，一開始我問過你——你是不是認識死者林雅琪。你非常篤定地說不認識。但事實上，你在擔任記者的期間，曾經因為製作節目，採訪過當時就讀五專的林雅琪。你剛剛也承認，你認識的人太多，所以難免有忘記的時候。」

「……是。」

「我認為，有某個人正是利用你因為認識太多人而難免遺忘的弱點，而藏身於你與林雅琪之間六到七人裡的隱性關係裡。這個人殺死林雅琪的動機，是為了阻止你跟林雅琪見面——而且，他絕對不能讓你見到林雅琪的臉。雖然這個人為何不想讓你們兩人見面，到現在我還是不知道，但我想一定有什麼非常重要的原因，這個人才會下手行兇。

「許先生，必須要請你協助——你並不是兇手，而是掌握兇手身分的關鍵人物。我認為，兇手的真面目，就藏在你的腦子裡。」

許懷舜聽到自己並未被懷疑，好像鬆了一口氣。

「但是，我不知道該怎麼幫忙……」

「你可能已經知道，陳佳民恰好是林雅琪在學生時代的男朋友。」我儘可能輕描淡寫地說：「剛好，他帶了林雅琪學生時期的照片，要麻煩你看一看。」

語畢，陳佳民從隨身攜帶的包包裡，拿出了一本小相簿。相簿的封面設計，流露出一股過期的青春風格。外表保持得很乾淨，並沒有隨時間而褪色的遺棄感。

陳佳民的表情有點苦澀，將小相本遞給許懷舜。他是為了找出殺害前女友的兇手，才答應出借這本他一輩子的珍藏——雖然覺得他有點可憐，但我答應過方蓓瑩，不能告訴他實話——她已經變成另一個人，過著另外一種生活。

「謝謝。」

許懷舜接過相簿，開始慢慢地翻閱。也許是事關重大，他看得非常謹慎。他每翻一頁，陳佳民的心好像會跟著抽痛一下。至於呂益強至今則不發一語，維持一種冷靜的旁觀者姿態。

「我知道誰是兇手了。」許懷舜闔上才翻到一半的相本，還給陳佳民。「而且，也知道兇手的殺人動機。」

12

「十多年前，我只是個剛出道的小記者。」許懷舜的語氣裡，混雜了回憶往事的惆悵與發現真相的興奮。「為了力爭上游，非得挖空心思製作出好的新聞報導不可。我發現，當時的新聞總是把焦點放在兇手跟被害人身上，卻很少人關心兇手家屬或被害者家屬在案件發生後，如何恢復到原來的生活。

「因此，我策畫了一系列的專題，以謀殺、搶劫、詐騙、人口販賣等重大犯罪為主，開始尋訪事件的關係人。也就是在那時，我遇見了還在讀書的林雅琪。林雅琪原本家境不錯，雙親也有穩定的工作，但後來卻在朋友的慫恿下，參加了『聯合回饋會』——會長告訴他們，每個月只要提撥多少錢出來，就能在一年、兩年後獲得倍增的報酬。他們不但掏出積蓄，還到處借錢，結果錢全部投進去以後，公司突然倒閉，會長也不知去向。這個老鼠會詐騙案的受害人有三百多人，受騙金額超過五億。

「由於關乎顏面，也怕被人誤以為貪婪，遭到詐騙的受害者都非常低調，但林雅琪卻答應接受訪問，告訴我從她父母加入老鼠會後，家庭裡到底發生過什麼事。不過，這篇報導播出後，評價毀譽不一，有人認為切入觀點很獨特，有人卻覺得這種訪問太過殘忍。林雅琪也是我製作那一系列專題裡，唯一一個未成年的受訪者。」

「這篇報導，跟林雅琪命案有關？」

「有。看到她的照片，我才回想起這件過去的往事——當時那個『聯合回饋會』的會長，名叫秦永新，事業做得不小，報章雜誌還曾經稱讚他是經營手腕一流的企業家。詐騙案爆發後，這個人就從此消失了。」

「所以說……」

「這個人現在叫做方旭一。我第一次見到他時，感覺他的臉有點面熟，他也熱切地問候我，讓我還一直以為我們是好久不見的老朋友。我想，他之所以全力協助這部電影，其實是打算利用我們的名義來進行詐騙。

「他在『聯合回饋會』惡性倒閉後逃逸無蹤，但仍然注意案件的相關消息。他既然是會長，會員的家庭人數、經濟概況想必都有造冊存檔。在他躲避風頭的期間，也看到我的專題報導，所以知道我訪問過受害者的女兒——林雅琪。

「經過這麼多年，我確實沒有辦法認出他來。他的容貌已經變得不太一樣，連名字都換了，因此，他可以悠然自得地冒充為電影投資人，藉電影募資的機會海撈一票。然而，當他發現配樂家趙瑞璿的妻子居然就叫林雅琪，便不能不考慮萬一她跟我見了面，談起十多年前的往事，恐怕會回想起他的長相——所以，他一定得在我跟林雅琪見面以前動手殺人。」

「這就是他在殺人之後，」坐在一旁沉默已久的呂益強補充：「還必須徹底破壞林雅琪臉孔的原因。」

「沒錯。」

「可是，當他藏身在衣櫃準備殺人之際，」呂益強接著說：「他偶然發現了衣櫃裡放有徵信社的資料。於是，他決定利用徵信社的資料來故佈疑陣。他將信封裡的名片塞入林雅琪的口中，還帶走了調查報告，藉此誤導警方。」

「謝謝你的善意說明。」我回答。

「許先生，接下來我要請你把剛才的證詞製成筆錄，作為逮捕方旭一的依據；陳先生，非常感謝你這幾天辛苦地接受偵訊，在你的配合之下，警方已經完全釐清案情了。」呂益強打開門，召喚兩名員警進來，將許懷舜及陳佳民帶離偵訊室。

「那我呢？」

「如果方便，可以告訴我林雅琪究竟委託你什麼案件？」呂益強轉向我。「既然林雅琪認識陳佳民，理應不必花錢調查他。」

「也許她只是想知道這幾年他過得好不好。」

從呂益強的表情看來，他似乎知道我在敷衍他，但是，他沒有繼續追問下去。

「臉孔辨識失能症，在這個案子裡居然有另一層意義。我受教了。」呂益強點頭向我致意。

「謝謝你協助警方破案，張鈞見先生。」

「不客氣。」

「我想，我們最好都別忘記我們遇過的人。」

「我也這麼覺得。」

「我會記住你的。」

「我也是。」

未來的被害者

The Future Victim

偽記憶症候群 False Memory Syndrome

人在經歷重大變故或遭到不當誤導，會無意識地捏造虛構的記憶，並當作真實的經驗，深信不疑。經常發生於目擊重大刑案的證人，或接受錯誤的催眠治療之病患。

1

「我應該殺了我自己，還是來杯咖啡？」

據說，這是一位名叫卡謬的哲學家的名言。不過，若是用來形容我此刻的心情，卻也有一種出乎意料之外的貼切感。

一個人走在政治大學的校園裡，望著兩旁低矮而古色古香、以學界耆老為名的建築物，彷彿令人想見他們春風化雨的謙和身段；身邊有幾個抱著書本的女大學生經過，對於我突兀的存在，她們也並未透露詫異的表情，儘管如此，我仍然覺得自己與這裡真是格格不入。

也許，這全是自我想像過剩。

在進入廖氏徵信諮詢協商服務顧問中心以後，我才發現自己是社內唯一的偵探；然後，又為了設法瞭解老闆廖叔口中所謂的「未來的偵探，必須處理人心的謎團」，無論是什麼稀奇古怪的案件都得硬著頭皮接下來，結果，除了要經歷新手偵探必修的各種課程，還必須成天忙著找人跟蹤監視、蒐集風聲耳語，以及調查其他「為了收支平衡不得不接的無聊案件」……總之，完全沒有讓腦袋停下來的機會。

也不知道已經忙得天昏地暗、晝夜不分的哪一天，廖叔把我叫進小辦公室，說：「鈞見，你去放個假吧。」

「什麼？」

「我們剛結了一件大案，已經提前達成年度獲利目標了。」

沒想到我們公司也有訂這種東西。

「喔。」雖然廖叔這麼說，我也不知道所謂的大案子到底是指哪一件。我直接問：「那我可以放幾天？」

「放到下一個委託人來敲門為止。」

就這樣，我得到了一次沒人知道可以放幾天的假期。

只不過對我來說，突然可以放個假，我的心情反而有些失落。隻身來到台北，我就已經打定主意要過著獨立自主的生活了，但是，在這段時間裡，我的生活幾乎全是工作，除了廖叔、如紋，就是因為案件而接觸的關係人了。我稱不上交到什麼新朋友。

然而——坦白說——

我希望能見到一個人。所以，我才會來到這裡。

我知道，這個人在這裡。其實，在我北上的頭一天，我就想見她了。但是，那時的我連一份可以填飽肚子的工作、一間可以睡個好覺的房間都沒有，頭髮沒長齊，臉上還寫著涉世未深四個大字。最後，想來想去，還是算了吧。

如今，努力拚了好幾個月，總算買得起幾套像樣的衣服，在台北市區也不會再迷路了。現在又放了假，應該稱得上是跟她見面的最佳時機了。

周夢鈴——我的初戀情人。

其實早在國中畢業那時，我們就分手了。理由很簡單——我們分別進了差距懸殊的第一志願與三流高職，關於未來，我們並不知道會發生什麼事，因此，或許我們應該讓彼此恢復單身，心無旁騖、專注地投身於自己的夢想裡，然後，到了某年某月某日，假使，我們還認為彼此是最合適的伴侶，我們可以重新開始——變得更成熟的我們，所做的選擇應該會更恰當。

現在想想，我們當初也許把未來想像得太過嚴肅。不過，對那時的夢鈴來說，她的父母很早就過世了，唯一的哥哥又全心埋首於艱深的科學研究，寂寞這名詞，自始至終就在身邊，她會對所有象徵幸福、快樂的事情有所抗拒，並非令人無法理解。

——如果，那時候我堅持握緊她的手，不讓她離開的話？……

這樣的假設，在我的腦海裡模擬過好幾回，然而，我想我的堅持恐怕無法抵過她的執著，她終究會從我的手裡掙脫的。

我能做的，最後也只有在多年以後的現在，來到她就讀的大學校園等待了。

經過了幾天的守候，我已經知道她住在哪個宿舍。好幾次，我站在遠處，看著她與同學一邊談天，一邊走出宿舍，我卻沒有勇氣走向前跟她打招呼。我不知道，在這段沒有聯絡的時間裡，她改變了多少，我在她心裡還剩下多少。

只不過，最近這幾天，我都沒有見到她了。這使我的心裡不免揣測，也許她發現我了，於是刻意躲避。早知道——我在第一次見到她時，就應該立即現身的……至少，她來不及迴避我。早知道——我應該在踏進政大校園以前，先把內心的勇氣準備好。

哎……後悔也無濟於事——世界上沒有「早知道」。所以，我也不會知道，接下來我應該殺了我自己，還是去喝杯咖啡才好了。

「……你好。」

就在我傻傻地杵在圖書館前徬徨之際，背後突然傳來了清脆的女聲。起初我沒意識到這個女聲是朝我而來，因此並未有所反應，但是，對方很快地提高音量，又喚了第二次，我才終於發現到十分訝異。

她真的是在叫我。

我一回頭，就看到了熟悉的臉孔——

她是經常跟夢鈴走在一起的女孩子，大概是同學或室友吧。她竟會主動向我打招呼，讓我感到十分訝異。

「張鈞見先生嗎？」

「……我是。」

女孩子神情僵硬地笑了笑，扶了扶閃爍的無框眼鏡。彷彿她對這場會面也有點緊張。

「妳怎會知道我的名字？」其實，這個問題根本不必問。

「夢鈴告訴我的。」女孩子說：「她告訴我，你是她認識很久的好朋友。」

「嗯。」我點點頭，但不知為何，心裡感覺有點悵然。

「她要我跟你說，她去遊學了。」

「什麼？」

「這不奇怪。我們已經大四了，」對於我驚訝的反應，她似乎感覺很有趣。「每個人都想趁畢業前，完成自己還沒完成的夢想。」

「請問……夢鈴去哪裡遊學了？」

「好像是中美洲。」這真是一個超乎想像的意外答案。「她啊，像貓一樣，說去就去，還靜悄悄的。」

「那她什麼時候回來？」

「不知道。我想她應該會回來參加畢業典禮吧……」

「……這樣啊。」

原來夢鈴早就發現我了。但，她卻沒有來找我，反而一個人獨自跑去旅行，還請同學傳話，叫我不必再待在學校繼續等她。

話說回來，我自己先看到了她，也沒有去找她。真是自作自受。

「不好意思，可以請妳幫我一個忙嗎？」

「好啊。」

「請幫我把這個交給夢鈴。」我從皮夾裡掏出嶄新的名片，在上頭寫了自己的手機號碼，遞給夢鈴的同學。她看看名片，露出饒富興味的表情。也許是「廖氏徵信諮詢協商服務顧問中心」的社名太冗長了吧。

「對了，你跟夢鈴很久沒見面了吧？」

「……是啊。」聽對方這麼問，我突然很想從她口中得知夢鈴的現況。但是，我們這麼多年沒見面，一時之間也不知道該從何問起。

沒想到，這時候公司配發的手機響了。

「抱歉，我接個電話。」

我一接通手機，就聽到如紋的聲音。「鈞見，馬上到公司報到。」

「有案子嗎？」

「沒錯，」如紋沒好氣地說：「快滾回來。」

看來，我無須選擇殺了我自己，也不必喝什麼咖啡了。

2

「你好，我叫張鈞見。」

一個小時後，我趕回辦公室，才知道委託人已經在會客室等候了。如紋沒有說話，用力地瞪著我走進會客室，好像要我替廖叔不在辦公室接待客人負責似的。自從我在公司裡的狀況逐漸穩定後，廖叔為了拓展業務，常常一聲不響地鬧失蹤。

坐在會客室的委託人，是一位看起來年紀跟我差不多的女孩子。然而，她做了精心而細膩的打扮，彷彿正準備要參加偶像劇的試鏡一樣。

然而，她看見我的來臨，雙手卻緊托著如紋剛才端來的熱茶，低下頭不發一語，緊抱著懷中的包包，神態毫無自信，與她亮眼的外表形成極大的反差。我想，也許我應該修正一下，她更像是試鏡剛被刷掉的偶像——也許，她找上本社，正是想委託我們讓她通過試鏡。

我故作輕鬆地坐在她的身旁，沒跟她面對面，但刻意靠近她，只保留伸手可及的距離。她沒有預料到我會坐得這麼近，略帶歉意地移動身體，在我們之中稍微再挪出一點空間。

「這是我的名片，請指教。」

我把名片放在桌上，然後往旁邊輕推過去，讓對方可以看清楚我的名字。她似乎點了點頭，不過仍舊繼續沉默著。她的心裡也許掛著一副盤根錯節的九連環，使她不知道該從何開口。

廖叔常說，像這種時候，不管跟她說什麼都好，只要能設法讓她說話，委託金就到手了。

當然，這時候萬一說錯話，她就會下定決心，再也不會理你了。

廖叔說，面對客戶的「第一句話」有幾個原則：不能太過強勢，以免委託人心生畏懼；不能太弱勢，否則委託人將予取予求；必須給人信心，才能得到客戶的仰賴；不能立刻給客戶保證，萬一到時候做不到會被告違約；不能說謊，客戶絕非你想像中那麼笨；要有同理心，站在客戶的立場思考；專業度要夠，讓人願意交給你全權處理……

——喂喂喂，廖叔，你的原則會不會太多啦？

「不管有什麼麻煩，都是可以被解決的。」我儘可能放輕聲音，還停了一會兒，讓這個開場白在她的心底沉澱，再繼續：「但是，這必須符合兩個條件。妳知道嗎？」

「……什麼條件？」

「妳願意說，」我笑了笑：「以及，妳願意早點說。」

我聽見她鬆了一口氣的聲音。

看來，我的話達到了一點破冰效果。

「在我們的工作裡，最重要的是時效。愈早展開調查，就愈有機會早點解決，讓大家早點安心。」我說完話，她久坐不動的身體終於恢復生機。

「……我……感覺鬆了一口氣。我以為……」這回她終於輕聲回應：「徵信社好像也不是那麼可怕的地方嘛。」

我微笑以對，不置可否。其實，業界裡有很多吃人不吐骨頭的同行，只是她沒碰上。

「為了找到你們這家徵信社……我花了好多時間做功課！」

「很榮幸為妳服務。」

「這是一家好的徵信社，對吧？」

「那當然。」

她的臉上露出甜美的微笑。

接下來，總算可以進入廖叔最喜歡的正題了。「小姐，請問妳的名字是？」

「徐桂綺。」

「好的，徐小姐。最近有什麼困擾嗎？」

「我……」徐桂綺欲言又止，無意識地整理了胸前的領巾。

「沒關係，有什麼問題儘管說。」

看來，真的要把話說出口，對她還是有點困難。

「有人在對付我！」

「所謂的『對付』……指的是……」

「讓我發生意外。」

換句話說，是有人故意製造意外，想置她於死地？我的心裡，開始模擬廖叔聽到這句話的反應——小姐，妳是不是應該找去派出所報警？

不過，我當然是不會這樣跟她說的。我又不是廖叔。

「妳有這種感覺，是從什麼時候開始的？」

「葉淑曼回台灣以後開始的。」

很精采的跳躍式思考。「不好意思，請問葉淑曼是誰？」

或許是談到她心裡最在意的疙瘩，徐桂綺整個人精神都來了。最難開口的頭一句話一旦說出口，後面的補充說明也就源源不絕了。

「她是我男友——席俊謀——的新同事。」

這句解釋也非常簡單明瞭。就算是全業界最菜鳥的偵探，也應該能從她說話的語氣裡嗅出嫉妒的強烈情緒。

「徐小姐，難道妳認為——想害妳的人就是葉淑曼嗎？」

「……我沒這麼說。」徐桂綺聽到我單刀直入的問句，頓時語塞。「我說過，我很想解釋成巧合，但時間點也太剛好了……我不得不懷疑，這些事跟葉淑曼脫不了關係。」

「目前有證據嗎？」

「完全沒有。」這真是個直截了當的結論。「所以，我才會來這裡呀！」

也對。不然她會去警察局，不會來這裡。

「那麼，請問葉淑曼是什麼時候回到台灣的？」

「今年一月。」

「她一回國，就進了妳男友的公司？」

「對。」談起這件事，徐桂綺的眼神變得更加哀怨。「跟俊謀同部門。」

「所以，妳所說的意外，是從今年一月開始的囉？」

「嗯。」

「請具體地告訴我吧。」我立刻拿出隨身攜帶的小記事本。

徐桂綺露出一副往事不堪回首的表情（想不到，她連這樣的表情也很可愛）開始說明。

「我記得最早的一次，是在農曆年過完後的某一天，我家浴室裡的玻璃門突然爆裂。那時，我才淋浴完，剛走出浴室沒多久，就聽到轟的一聲。回浴室一看，發現玻璃門全毀，玻璃散得整個地板到處都是……我真的快被嚇死了！萬一我來不及離開浴室，一定會受重傷的！」

聽起來雖然是單純的居家意外，但我還是依照慣例，問一些基本問題。

「在妳淋浴之前，有其他人使用過那間浴室嗎？」

「沒有。我的公寓是租的，現在一個人住。當時只有我一個人。」

「玻璃門很舊了？」

「我搬進去兩年多了，那時房東才剛重新整修裝潢過，玻璃門也換了新的，房東說那是高級品，不可能那麼容易爆裂。」

「那麼，妳的浴室有對外的氣窗嗎？」

「沒有。」

這麼說來，也必須排除「有人從戶外投擲石塊或其他硬物擊破玻璃」的可能性了。

「是否有人趁妳不在時，偷偷潛入妳的公寓裡，在浴室玻璃門安裝什麼機關？」

「但是，我找不到類似的東西。」

「我都檢查過了。大門門鎖完全沒有被破壞的痕跡，也沒有其他東西被偷。但是，這反而讓我感覺更害怕。為了這件事，我找過房東好幾次。但是，她堅持自己的房子沒問題，還反過來說是我自己弄丟鑰匙，被壞人撿到——我才沒有！」

「妳男友有妳的鑰匙嗎？」

「有。可是，他不可能做這種事！」

好。現在找到第一種可能性了。至於委託人的情緒性結論，我持保留意見。不過，我沒有追問下去。

「他那幾天去南部出差，人不在台北！」

好像怕我懷疑席俊謀似的，她立刻補充。

「瞭解。」儘管席俊謀擁有這項不在場證明，也不代表事件與他無關。我記下這點，決定換下一個問題。「徐小姐，發生玻璃門爆裂的當時，妳已經認為這件意外跟葉淑曼有關了嗎？」

「還沒有。」徐桂綺搖搖頭。「那時我還不認識她。」

「妳們什麼時候認識的？」

「情人節那天，我特地帶著巧克力到俊謀的公司去，想給他一個驚喜。結果，卻發現他們兩人一起吃午飯，還有說有笑，我的直覺告訴我，葉淑曼對俊謀有超乎尋常的好感。俊謀知道我不高興，後來還特地跟我解釋，葉淑曼只是個新進員工，他總不能對她擺臉色吧，而且，他也主動聲明自己有女友了。」

老實說，姑且不論徐桂綺的直覺是否正確，但單就外貌而言，我並不覺得有誰能輕輕鬆鬆就搶走她的男友；另一方面，我認為如果她想搶誰的男友，則不是什麼難事。

暫且擱置心裡不斷冒出的嘀咕，我繼續問：「她是個怎麼樣的人？」

「長得很普通的女人。」

「這樣啊。」顯然徐桂綺是個很重視外表的人。

「但是，她說她……」

「嗯。」

「她……」

「嗯。」看來，徐桂綺有些難以啟齒。

「她……」

「她怎麼了？」

「她說她是個女巫……」

「女巫？」

真是個讓人意外的身分。

「葉淑曼說……她在美國留學的時候，曾經在因緣際會下認識一個吉普賽老婆婆。那個老婆婆一見到她，立刻說她體內流著女巫的血液。結果，葉淑曼當下決定拜老婆婆為師，一面讀書、一面跟在老婆婆身邊學巫術。

「不過，她拿到學位後，必須回台灣來，不能繼續學習巫術，但那個吉普賽老婆婆說，她已經得到真傳，一定能當個優秀的女巫，希望她未來可以運用她的所學，造福需要幫助的人……所以，她在工作之餘開了一個占卜教室，歡迎大家去參觀。」

「原來如此。」

「說到最後，根本是在打廣告。」徐桂綺的語氣裡帶著一股惱怒：「其實，也只是在頭上披張薄紗、搽上顏色古怪的指甲油，在桌上擺個在跳蚤市場也買得到的玻璃球而已，就說能替人占卜命運、預測未來了。

「可是，葉淑曼的連篇鬼話，卻讓俊謀的同事們深信不已。據說在她剛進公司時，辦公室裡居然掀起了一股學習咒語的風潮，許多同事只要一到用餐時間，就找她一起吃飯，向她請教一週運勢、未來的Mr. Right是誰、如何避小人……週末也往她的教室聚集，還花大錢上外國網站買道具，全成了一群盲目的信徒！」

原本沉默寡言的徐桂綺，現在卻咬牙切齒起來——佔有慾的影響力還真大。或者該說，壓抑本性的人都是這副模樣的？

「徐小姐，請妳冷靜一點。」我設法將談話拉回來。「除了玻璃門爆裂以外，還發生過別的事嗎？」

「對啊。後來又發生更嚴重的意外！」

「什麼意外？」

「我跟俊謀最近打算先住在一起，並且一起規畫結婚的事；此外，我現在住的地方太小，年初才發生過玻璃門爆裂的意外……所以，我們打算找大一點的新家，而且，這次一定要多看多比較才行。

「俊謀對新房子沒什麼意見，只要我喜歡就好。我找了很久，終於在汐止找到一間新成屋，蓋好不到一年，交通雖然不比以前方便，但我們兩人都有車，不要緊。

「兩週前，我們簽完約，準備要搬進去。在那之前，我請了一天假，先去打掃新家。俊謀因為要加班，晚點才能來。於是，我就一個人先到新家去了。

「我們的新家在十樓。我停好車，進了大樓，卻看到幾個人圍在電梯前議論紛紛。我聽到他們在說電梯剛剛突然故障，而且現在電梯裡好像還有一位住戶被關在裡頭，根本出不來，必須等電梯公司的人過來修理，才能脫困。

「我心裡突然竄升一股涼意——如果……就在我坐進那部電梯時，電梯剛好故障呢？沒有人知道，在電梯公司的人來處理前，電梯會不會再發生別的問題……為了玻璃門的意外，我花了那麼多時間找新家，結果我第一次來，電梯就發生故障了！我再也沒有心情進屋打掃，立刻打電話給俊謀。可是，俊謀正在忙，接了我的電話，說我太大驚小怪，就掛斷了。

「我感覺很沮喪，沒有人能明白我的心情。我埋怨他不把我放在心上……又想起他同事的告誡，叫我要當心葉淑曼橫刀奪愛……難道，俊謀根本不是在加班，而是跟葉淑曼在一起嗎？」

我沒回答這種清官難斷的家務事。會客室裡也沒有「他愛我、他不愛我」的玫瑰花瓣。

「這是第二件意外了。」

「嗯。」徐桂綺的話匣子一開，好像沒說個過癮是不會停似的，沒等我問就逕自說明：「最近，又發生了第三件意外，才終於讓我恍然大悟，這些意外絕對跟葉淑曼有關。」

「嗯。」

「上禮拜，俊謀找我一起去參觀葉淑曼的占卜教室。他知道對我而言，去葉淑曼的地盤是很勉強的事，但他還是希望我能配合一次。」

「怎麼說？」

「在俊謀的公司裡，大家都對葉淑曼的占卜很有興趣。其實，自從她開了占卜教室以後，辦公室裡的同事們，全都去過葉淑曼的占卜教室了，就他一次也沒去過。他知道，我把葉淑曼當情敵，不想跟她有任何來往。所以他擔心，如果他去了，會讓我想東想西。

「俊謀常說，當業務就是要『以和為貴』，為了辦公室平日的和諧氣氛，下班後的社交活動是避免不掉的。然而，他跟公司裡的同事都相處得那麼融洽，卻因為葉淑曼對他有好感，使他的人際關係變得相當為難，同事們在他面前，也不敢聊起葉淑曼。所以，他希望無論如何，至少我可以去一次，只要一次就好，看能不能把彼此的誤會化解掉——畢竟，我們已經計畫要結婚了，這是不會改變的事實，兩個人未來還有很長的路要一起走——我知道，由於我的緣故，讓他有點難做人，所以，我想了很久，最後點頭了。」

「有什麼發現？」

「那個教室並不大，在公館的一家簡餐店裡，原本只是個小包廂。那天晚上，一下班大家就到簡餐店集合，在那裡先吃晚飯，然後再一起進教室。那陣子，為了找房子的事，要考慮的事情已經夠多了，還有先前發生的兩件意外，讓我很心煩，餐點也很普通，實在沒什麼胃口。

「我跟俊謀都是第一次去。因此，葉淑曼特別重新為我們介紹了一下教室的擺設——有一顆吉普賽老人送她、從美國帶回來的水晶球，還有幾本跟魔法、巫術有關的原文書，以及一些據說可以召換神靈的木雕。

「然而，我發現葉淑曼在介紹時，她的眼睛常常看著俊謀出神，讓我心裡很不舒服。但是，既然我已經來了，也為了俊謀公司裡的人際關係，我只能強忍怒意。

「然後，她拿出塔羅牌，開始替大家算命。這是每次聚會的固定節目，大家都高興得大聲歡呼，但我實在提不起勁。我本來就不是自願來的。接下來，又發生讓我更生氣的事——原本其他人算命的時候都好好的，但輪到我的時候，葉淑曼算了一下，竟然說：『妳最近的運勢不太好，最好小心一點。』在場的人都嚇了一跳，因為這是葉淑曼頭一次算出不幸的結果。

「結果，大家紛紛關心我、叫我別在意、七嘴八舌地給我各種意見……我認為，葉淑曼是故意說我的運氣不好，給我難堪！於是，我再也無法忍受，也管不了其他人的勸阻，直接就跑出占卜教室。

「我的心裡好難過，俊謀從後面追上來，我馬上飆了他一頓，罵他為什麼要帶我來這裡，然後就頭也不回地上了自己的車，開車走人。

「然而，就在半路上，我突然發現車子的狀況很奇怪——煞車突然失靈了，怎麼踩都踩不下去。我感到非常恐懼，立刻緊急熄火，讓車子慢慢減速，靠邊停車，還好我當時的車速不快，而且時間已經將近午夜，路上的車子很少，否則後果不堪涉想。

「車一停好，我立刻拿出手電筒，檢查煞車到底出了什麼問題——原來，鋪在座位下的腳踏墊因為綴在一起，結果擠入煞車踏板下方的空間，才會導致煞車怎麼踩都踩不下去。當我將塞成一團的腳踏墊拉出來時，我突然想通了——我遭遇的厄運，其實都是葉淑曼招來的，所以，她才能準確地算出我最近不順利——就這樣，我孤單地坐在駕駛座，狠狠大哭了一場。」

我知道這段回憶不會太愉快，所以我等了一陣子，讓她的心情恢復平靜，才再度開口。

「妳的意思是說，有人趁妳在占卜教室裡的時候，偷偷進過妳的車子？」

「……不可能。我的車鑰匙就放在包包裡。我從來不會讓包包離開我的身邊。」

「原來如此。」

「我這才想起來，她的占卜教室裡有很多魔法書。說不定，裡面記載了什麼可怕的巫術，而葉淑曼正是使用那些巫術，讓我發生一連串的不幸。」

原來她是用這種方式在推理啊。很跳躍，但也很符合人性。

「動機呢？」我問：「如果她只要搶走妳的男友，她不需要做這麼麻煩的事。」

「她除了想搶走俊謀，還要讓我發生不幸，再利用占卜的名義當眾說我最近運勢不好，這樣大家就會更相信她的占卜能力是真的。」

「妳希望本社可以證明葉淑曼真的是個女巫？」

「對。」

「而且，妳還希望本社能夠找到葉淑曼害妳的證據？」

「沒錯。」

我看著徐桂綺的雙眼，感覺到在她荒謬無稽的言論背後，眼神裡卻有一種奇妙而誠摯的信仰，使她認定葉淑曼是個女巫。但，我並不知道這個信仰的根源為何。

然而，在我的心裡忽然浮現一股衝動，想要追究這個信仰的真相。

「好。我已經瞭解委託的內容了。」我站起身來。「徐小姐，我會請秘書小姐帶委託合約書過來，跟妳說明合約的細項以及調查費用。如果妳全都同意，再與本社正式簽約。接下來，我就會立刻開始著手調查。」

「……真的嗎？」聽她的語氣，好像因為有人願意相信她而喜出望外。

「嗯，展開調查以後，我會定期向妳報告進度。」我補充：「另外，如果妳有任何問題，也可以隨時跟我聯絡。」

徐桂綺聽了，才連忙注意到我遞出的名片還擱在桌上。她宛如呵護著剛出生的雛鳥一樣，小心地將我的名片收進包包裡。

3

接下這個委託案後，我開始思考該怎麼進行調查。

聯絡不上廖叔，只好一切靠自己了。

在徐桂綺所遇到的三件意外——包括浴室玻璃門爆裂、差點搭上故障的電梯，以及車子的煞車被腳踏墊卡住，其實可以區分為兩類。玻璃門爆裂、煞車卡住這兩項，是發生在徐桂綺私人空間的意外。至於電梯故障，則是發生在公共空間。

若從客觀角度來看，唯一有條件能設計上述三件意外的，只有席俊謀。他手上除了有徐桂綺家的鑰匙，車鑰匙要弄到手當然也不難；他當然知道未來新家的地址，也知道徐桂綺去新家打掃的時間，當時更不在現場；最重要的是，他跟新同事葉淑曼走得近，疑似腳踏兩條船——這簡直就是白癡電視劇裡連白癡觀眾都會猜中的兇手。

但是，我遲遲無法斷定，這件委託到底能不能這樣查。徐桂綺說，她跟男友已經論及婚嫁，而且很顯然，她是瞞著男友找上徵信社的。如果很不幸，席俊謀並非兇手，我這麼貿然去找他，是否會讓席俊謀因為徐桂綺不信任自己而心生不滿，最後導致兩人婚事破裂？

——好的偵探絕對不能幹這麼蠢的事，對吧？

作為一個三角戀愛的局外人，冷靜地檢討整樁案件，就會發現事情恐怕也不是徐桂綺想像得那麼單純，可以用葉淑曼是個女巫來解釋。由於嫉妒心理作祟，徐桂綺大概把自己想得太重要了——倘若葉淑曼真的想靠占卜成名，她大可找個更有影響力的受害者。

想來想去，我想還是只能先以「一步一腳印」的方式來進行偵查了。要判定這三樁意外事件，到底是單純的偶然還是人為的預謀，至少得先比對徐桂綺的說詞是否與實際狀況有任何出入——本社可不會對委託人的話照單全收。

雖然這種地毯式的搜查很花時間，客戶也不見得會喜歡，而且在偵探的工作裡，更屬於最沒有刺激感的一部分。

但是——這卻也是唯一不會漏失任何線索的辦法。

我得先尋找那幾件意外的關係人，把事故原因調查清楚。

4

一離開辦公室，我立刻聯絡了徐桂綺的房東。

房東是個年約五十的胖婦人，是擁有十幾間公寓的包租婆，臉上總是掛著做小本生意般的陪笑表情，一見了面，就扯著嗓門說我喊她趙太太還是趙小姐都可以，還不斷攀親帶故地問我老家在哪裡。我故作慎重地回答她，也關心起她的私事，就這樣說了一會兒話，她才點點頭，好像很滿意我們的互動。

我在徵信界還只是個菜鳥，能遇到像趙太太這種人，頓時讓我鬆了一口氣。其實，喜歡嚼舌根的關係人，對經驗尚淺的偵探來說，可說是調查案子時的貴人。只是，趙太太雖然人很客氣，若是仔細觀察她兩頰上的皺紋走向，則不難想像她也有兇狠難纏的一面。

「我想租個公寓，」我說：「希望漂亮、寬敞一點。」

「我的房子很不錯，」她的口氣透露著一股自豪：「最適合像你這樣的單身貴族了。」

我們約在她的公寓前。這棟公寓七層樓高，總共有十來戶，全是三房兩廳，一層兩戶。由於距離捷運忠孝敦化站很近，屬於市中心的精華地段，縱使屋齡不小，房價卻很高貴，絕非普通上班族租得起的。

根據地址，這裡就是徐桂綺住的地方——她住在六樓。

房東起初人很客氣，喜孜孜地帶我去看了幾個房間。坦白說，房間裝潢得很棒，對於重視生活品質的人來說很適合，我若是省吃儉用點或許也住得起，不過，對我這種工作的人來說，租這麼漂亮的房子只是用來睡覺，未免太浪費了。

要故意針對這樣的房間挑毛病，並不是一件簡單的事，不過，我還是盡責地飾演了「奧客」的角色，讓房東心浮氣躁起來。

「其實我還有一個最好的房間，在六樓，景觀絕對不會被附近的大樓擋住！」房東的臉上有些不悅。「而且，現在住的徐小姐最近準備要搬走了。」

「那太好了。」

「我幫你打電話問問，看能不能讓你先進去看看房間。」房東立刻撥打手機跟徐桂綺聯絡，說了一陣子後，她才死心地告訴我：「張先生，很可惜，她說不方便。」

「這樣啊。」

老實說，進不進徐桂綺的房間我都無所謂，因為我根本不是來租房子的，只要能聊起徐桂綺的話題就好。正當我打算繼續抓住這個話題時，趙太太又開始查看手機了。

「張先生，請等我一下，我再幫你聯絡一下那個房間隔壁的房客，兩個房間格局、裝潢都一樣。那個房客人很好，不像徐小姐的脾氣那麼古怪。」

趙太太撥了電話，對方似乎很快就接了。

「高小姐嗎？」她習慣性地笑了幾聲，大聲地說：「我是趙太太。妳在家吧？嗯、嗯，我有個新房客想看看這棟公寓幾個房間的格局，但是聯絡了幾個這兒的住戶，恰好都沒聯絡上。可不可以麻煩妳給我一個方便，讓我們進房參觀一下？」

趙太太安靜了半晌，應該是在等待對方的答覆，最後，她展露了笑臉。

「她說ＯＫ，我們馬上搭電梯上去吧。」

「對了，」我們一邊走出玄關，趁著房東鎖上門時，我表現得隨口詢問：「趙太太，妳怎麼會說那個……徐小姐的脾氣很古怪？」

「你說她啊！」趙太太沒什麼戒心地回答：「人是長得很漂亮啦，但不曉得怎麼回事，對別人忽冷忽熱的，說話經常牛頭不對馬嘴。有次我去圓山飯店，偶然在路上遇到她，跟她打招呼，她卻連理都不理我；另外一次，她鑰匙不見了來找我，態度對我非常客氣，還陪我聊了很久，但後來態度又突然變得很冷淡，甚至改口說她的鑰匙從來沒有搞丟過。我這輩子碰過那麼多房客，還沒遇到像她這麼怪的！」

「她真的有搞丟過鑰匙嗎？」

「對啊！只能說她貴人多忘事！」

這裡出現了一個小羅生門。徐桂綺堅持她不曾掉過鑰匙，和房東的說法完全不同。

一上六樓，出了電梯，就看到左右兩側各有一個房門。房東領著我往左邊走去，按了門鈴，高小姐打開了門，朝房東與我點了點頭。

高小姐年紀大約四十上下，戴著一副黑框眼鏡，脂粉未施、穿著寬鬆的居家服，引我注意的是，她的臉色蒼白得有些過頭。

「妳好，高小姐。」房東笑臉迎人。「這位是張先生。」

「妳好。」

高小姐的眼神迴避了我對她的微笑，只是安靜地引我們入內。

「對不起，我剛睡醒。」

客廳的佈置以素面布料及木質家具、擺飾為主，有一種極簡主義的知性風格，但屋內的氣氛仍然有點冷清，看來她是一個人住。

「張先生，人家高小姐從事藝術工作，還是有名的作家喔！」

「真的嗎？」我隨口漫應。

「……沒這回事，只是寫些給小女生看的東西啦。」高小姐輕輕搖頭否認。

所以是平常待在家裡專心寫稿的工作了。足不出戶又日夜顛倒，也難怪臉色這麼蒼白。

「除了臥房以外，其他請隨意看看。」

「不介意的話，可以看看浴室嗎？」

「可以。」她的回答倒是乾脆。

進浴室，當然是為了看看淋浴間的玻璃門。

「張先生，你對房子真瞭解，一進屋就知道要先看浴室。」房東開始饒舌起來：「工作忙了一天，最需要好好洗個澡，才算是真正的休息。你看，我的房子不但地板是頂級大理石，衛浴設備也是高檔的德國名牌……」

我伸手拉了拉玻璃門，確認一下落地霧面玻璃的厚度。

「請問一下，這樣的玻璃沒問題吧？」

「什麼？」

「我聽說——浴室裡的玻璃常發生爆裂的意外。」

「張先生，你可別危言聳聽啊！」房東的臉色一陣青一陣白。「你是不是找房子的時候，聽到了什麼？」

「嗯，是有聽過一些。」我點點頭。

「……哼，」她恨恨地說：「大概又是哪個不識相的房屋仲介散播的謠言。張先生，既然你提到了這件事，那我正好乘這個機會做個澄清。」

「請說。」

「隔壁徐小姐的房子，確實發生過玻璃門爆裂的事件，就在今年一月。那段時間剛好來過好幾波寒流。有些人洗澡時怕冷，會先用蓮蓬頭讓地板、壁磚淋熱水一段時間，然後才入浴。」

「嗯。」

「我問過玻璃木工師父。如果有這種習慣的人，在洗澡前對著玻璃門淋了太燙的熱水，讓玻璃急速膨脹，就有可能發生細微的龜裂。接著，在洗過澡以後，想趕快離開浴室，再迅速關上玻璃門，玻璃門就可能被這股撞擊的力道破壞，導致爆裂發生。」

「妳的意思是說，徐小姐入浴的習慣有問題？」

「因為房子的裝潢都是高級品，品質絕對有保證，我才不得不這樣懷疑。只不過，這種事情很難證明。我要照顧的房客又那麼多……最後只好算了。但我要聲明，這絕對不是我房子的問題！」

「我明白。」

房東雖然聽了我的回答，仍舊擔憂地關心著一旁高小姐的反應。其實，高小姐只在一開始我提到玻璃門時瞄了我一眼，隨後聽到房東的解釋，她也只是聳聳肩，一副滿不在乎的模樣，黑框眼鏡後的雙眼，睡意變得更明顯了。

換句話說——玻璃門的爆裂，也許只不過是單純的意外。

5

接下來，我跑了一趟新車展示中心。

我特別指名某位業務員。當然，就是先前推銷徐桂綺買車的業務了。

接待我的是一位臉孔黝黑、眼神不停游移張望像是在打量客人身價的中年男子。他一從玄關出來，就急著跟我握手、拍肩、露齒而笑，彷彿身處造勢活動晚會的候選人。等他的手一放開，我的手上已經有如上台參加魔術表演秀般多出一張名片——職稱是資深業務經理。

「張先生，敝姓王，有什麼能為您服務的？」

「我想買部新車。」

「您來得真巧！本公司剛推出超值的購車專案。」

他熱心地催促我坐下，將本季新款休旅車的型錄擺在我面前。

「想看看哪一種車？我們全車系都有優惠。」

「最近公司股票剛上市，總算可以喘口氣，剛好有點錢，我不想再繼續騎摩托車了。」我佯裝成埋頭苦幹、不問世事的科技新貴。「但我沒買過車子，完全不懂……有沒有開起來比較舒適的車？」

「有！當然有！」他興奮地有如躁症發作般連聲回答：「請讓我為您介紹首次買車時的選購重點……」

他馬上搬出十八般武藝，從保險桿、車窗雨刷、ABS開始，一直說到天窗、空調系統、視聽娛樂、衛星導航系統、倒車雷達，行雲流水般的介紹，容不得他人打斷。我順著他的話，慢慢將話題導引到徐桂綺開的那款房車，他以為自己的推銷功力奏效，樂滋滋地上緊發條不停地說明——要不是我聽得真的累了，他恐怕會就這樣講三天三夜。

「王經理，你知道有位徐小姐，也跟你買過車，剛好是同款車型。」

「知道！當然知道！」我才剛起個頭，他就回了我連番的肯定。「您是她的朋友啊！我要很榮幸地告訴您，本公司車好、服務更好，客人們享受了美好的駕車體驗，告訴親朋好友，常常一傳十、十傳百，絡繹不絕地來買車呢！」

「前陣子我們見面，我說我最近想買車，她也剛好提起這款車。」

「不意外、不意外，這款車是今年的銷售冠軍，客人有很多好評。」

「可是，她告訴我，說這款車有個問題。」

「啊？怎樣的問題？」王經理挑起眉毛。

「她說，有天晚上開車開到一半，突然發現煞車踩不動，害她緊張得半死，她立刻緊急靠路邊煞車，一查之下，才發現是腳踏墊卡住煞車。真是太危險了，還好她那時人不在高速公路上，不然後果難以想像。」

我盡量以平淡的語氣敘述，但是，他臉上的笑容彷彿被乾冰噴到般僵住。

「煞車真的有問題嗎？」看他遲遲沒回答，我繼續追問。

「這……」他停頓了好一會兒，還連喝了幾口咖啡，才終於說：「張先生，原來您說的是那位徐小姐啊。我想起來了。」

我就說嘛！他剛剛說知道，果然是在敷衍我。

「張先生，先跟您做個說明——的確，本公司先前確實有少數一些客戶來電反應，提到腳踏墊容易卡住煞車問題。不過，事實上這並不是煞車的問題。」

「那是什麼問題？」

「問題是出在腳踏墊。」他以堅決的態度澄清：「這款腳踏墊是生產周邊配件的廠商所提供的，安全測試也是廠商自行處理，因此，在品質方面，原廠無法保證。」

「那款腳踏墊，為什麼那麼容易卡住煞車？」

我沒有朝車子的煞車繼續追究，似乎讓他鬆了一口氣。

「那個品牌的腳踏墊，背面有止滑的魔鬼粘，可以將腳踏墊固定在駕駛座底部。但是，魔鬼粘大約在使用了一段時間以後——尤其經過水洗的話，就開始變得容易鬆脫，再加上墊子偏軟偏厚，很容易會在駕駛人的踩踏之下往前滑動。」

「所以，才會導致煞車卡住。」

「對，依照墊子上的魔鬼粘方向，腳踏墊的滑動方向剛好是煞車。聽起來是很危險，所幸魔鬼粘的鬆脫並不是立即性的，車主很容易在煞車完全卡住以前發現，所以目前沒有發生任何交通事故。總之，這款腳踏墊的品質瑕疵，本公司已經反映給周邊配件廠商，要求他們更改設計，現在也已經不再提供給客戶選購了。」

「這樣啊。」

原來，徐桂綺車子的煞車卡住，並非單一個案。也就是說，這種意外並不是單純的偶然，而是因為產品設計不良而導致的問題。

「但很遺憾的是，據說有客戶無法接受這樣的解釋，居然向媒體投訴。媒體不明就裡，竟以不實的報導誤導一般大眾，說什麼問題不是出在腳踏墊太厚，而是煞車底座的空間太窄。為此，本公司曾經正式舉辦記者會做過說明，也準備對媒體提告了。」

這個消息我倒是不知道。也許是因為我沒車。

「只不過……張先生，接下來我要說的話，並不是有意批評，希望您能明白。」

「請說。」

「您的那位朋友徐小姐，如果我沒記錯——其實在記者會後隔天曾經主動打電話給我，說她看了新聞的披露才知道這件事，想跟我問清楚發生問題的腳踏墊，到底是哪一種型號。她還特地將腳踏墊的外觀、樣式描述給我聽。」

「結果呢？」

「沒錯，經過確認，她用的是有問題的腳踏墊。」王經理的態度變得有些委屈。「於是，我建議她換掉腳踏墊，還提醒她，如果要買新的腳踏墊，一定要特別留意魔鬼粘耐不耐用。」

其實，他說到這裡，我已經不知道該怎麼回應才好了。

「結果呢？您的那位朋友徐小姐，居然過陣子又打電話給我，說她車子的腳踏墊卡住煞車，害她差點發生意外，要我們負責！跟您剛剛的說法一模一樣！您說，會出現這樣的怪事，本公司再有誠意解決問題，也無法讓所有的客戶滿意啊！」

「……你說得對。」

原本只是想確認煞車失靈的真相，卻得到另一個謎團。而且，趙太太與王經理的說詞一致，也讓人愈來愈懷疑徐桂綺說法的可信度了。

總之，問到了我想知道的事以後，我又繼續陪著王經理聊了一會兒，才以再考慮考慮的態度與他道別。看得出來，他的表情在一瞬間有點失落，畢竟他知無不言、言無不盡地回答了我許多問題，不過，他彷彿看得很開，立刻恢復了樂觀的態度。

走出新車中心，我再度看了看櫥窗前方那輛烤漆亮得刺眼的休旅車一眼，心裡突然出現一個念頭：偵探開休旅車到處辦案，好像也滿帥氣的——假使，我付得起的話。

6

最後一站，是電梯設備公司。

首先，我前往汐止，去了徐桂綺準備入住的公寓大樓。一到現場，才發現那是一個社區型大樓，不過警衛看起來不太好應付，大概不會隨便讓我登門踏戶。於是，我在附近街頭繞了繞，果然找到一家房屋仲介公司。

我這次的藉口是想買附近的房子，適合小夫妻的，因為預算有限，中古屋也行，但為了讓未來的小孩能快樂地成長，最好是社區型公寓。

接待我的是一位姓姚的年輕業務，年齡不到三十，雖然不像賣車的王經理有豐富的待客經驗，但態度很有衝勁，待人也比較坦誠，毫不掩飾看我年紀輕輕就已經成家的羨慕神情。他說，他也希望拚個幾年，就可以存到一筆結婚基金。

依照我的需求，他火速地給了我幾個參考物件，快得差點讓我連想藉口找碴的時間都沒有。挑著挑著，他終於給了我一個位於同一個社區大樓的物件，我佯裝考慮了一會兒，才詢問這個社區在哪裡，他頓時眉開眼笑，告訴我距離很近。

他一邊說我挑房子的眼光很不錯，一邊帶著我到那個社區去。警衛似乎跟他相熟，他點了點頭就放我們進去。

趁著搭乘電梯的空檔，我記住了電梯設備公司的名稱。

接下來，我任由業務員介紹屋況、住家環境、屋主為人等一大堆購屋須知，還得應付他對我「老婆」的強烈好奇心，關於議價空間和簽約機會，他也不停地追問。相較之下，深諳人情世故的趙太太或王經理，比較不會死纏爛打，應對起來真是輕鬆多了。

好不容易擺脫了姚業務，接下來我打回辦公室裡，請如紋幫我查了一下電梯公司的地址跟電話——這家公司不算遠，在內湖區——然後，我打了一通電話過去，佯稱自己是汐止社區大樓的管委會委員，想瞭解一下前陣子電梯故障的原因。

接聽的總機小姐，聽了我的話以後，態度變得有點遲疑，也許是因為不知道該不該相信我說的話吧。她說她得幫我問問，然後電話就轉進不斷重複播放的等待音樂聲，等了許久，電話才接回總機小姐來。

「張先生，不好意思，讓您久等了。」她說：「我們公司歡迎您隨時過來，您可以找技術部的一位顏課長。」

「真是謝謝妳了。」

我依照地址，搭著計程車抵達那家電梯公司。這一區都是辦公大樓為主的建築物，設計簇新耀眼但線條有點單調，從外觀上看不出來進駐這些大樓的公司行號有何差別。

我跟櫃檯小姐說明來意，她立即給我了親切的微笑，拿起電話去找那位顏課長。

不一會兒，顏課長就現身了，他三十出頭，留著不修邊幅的覆耳長髮，穿著公司配發的工作制服，有點靦腆地跟我握了握手。

「顏課長，你好。」我說：「我是社區管委會的代表，管委會的定期會議要討論電梯維修預算，所以……」

「我知道，汐止的客戶嘛。那個電梯，剛好是我去修的耶。」他笑著說。

我本來以為課長是負責事故責任協商的主管，結果是這家公司給維修技師的職稱。

「我們去那裡坐坐。」他指了指玄關大廳一旁擺設的沙發椅。「要不要喝杯咖啡？我請小妹泡一下。」

「好。」

我們到沙發前坐下，一邊望著落地窗外，一邊等待咖啡。

「故障的問題很簡單，」咖啡來了以後，他爽快地一飲而盡，操著有點腔調的口音說：「應該是老鼠咬的啦。」

「老鼠？」

「那時候寒流來了，老鼠很可能躲到配電箱裡去了。你也知道，老鼠的牙齒長得很快，喜歡咬東咬西的，電線就這樣被咬壞啦。」

「真的嗎？」想不到，答案是老鼠。

「當然是真的。我檢查過電線，斷口上頭有老鼠咬過的痕跡。老實說，這種事情我們常常遇到啦，先生你也不必太擔心。定期保養、檢查最重要。」

「電線被老鼠咬壞，難道不會導致電梯墜落嗎？」

「安啦安啦——我們公司的電梯裡，全都裝了三條以上的鋼纜和三道防護機制，電梯不會那麼容易墜落的。」

「防護機制？」

「對啊，比方說電梯供電如果遇到問題，電梯的運行速度就會發生異常，這時候，電梯裡的安全迴路會自動斷路，讓拉著電纜的牽引機停止運轉，這樣電梯就會煞車了。」

「哦。」

「電梯裡還有調速器，電梯異常時也會跟著停止。在電梯無法煞車的情況下，調速器會啟動電梯車廂四周的安全鉗，夾住軌道，這樣電梯就會停下來了。」

「如果電梯的速度太快，安全鉗夾不住呢？」

「就算是這樣也別擔心，電梯車廂下方還有裝了緩衝彈簧，會減少下墜時的衝力，人待在裡面絕對不會死的啦！」

聽他將電梯各部位的專有名詞說得頭頭是道，假冒社區管委的我也感覺放心不少，不過，他的態度實在太過輕鬆愉快了，我想，他太瞭解電梯，大概無法體會電梯受困者的感受吧！

「對了對了——張先生，那位小姐她還好吧？」

「哪位小姐？」

「就是那天被關在電梯裡的小姐啊。」

「這個嘛……」我真沒料到顏課長會問起這個。「老實說，我不知道。因為，我是剛被選上的新任管委啦。」

「喔。你要是有機會遇到她，請你跟她說……我很關心她啦。」

沒想到，電梯故障也是個一見鍾情的浪漫序幕啊。

「……張先生，你可別誤會喔！」他急著解釋：「我只是看她被救出來的時候，好像快嚇死了，一句話都說不出來，所以滿擔心她的。」

「那位小姐很漂亮嗎？」見他那麼關心，我不妨問問。

「真的漂亮。」他頓了一下，突然說：「你說你不知道她，但我想如果你看了她的照片，你一定會說你有印象的。」

「你有她的照片？」

「唔……你可別誤會喔！」他臉紅地說：「我們公司規定，故障維修過程一定要拍照存證，對產品改進或責任歸屬都有幫助。剛好……其中幾張照片有拍到她……」

「那我幫你看看吧，說不定我認識。」

顏課長喜出望外，立刻從牛仔褲口袋裡拿出一台數位相機。他打開電源，熟練地按了幾下按鈕，然後讓我看看液晶螢幕。

「這張最清楚。」他說。

我望著液晶螢幕——那是一個跌坐在走廊邊、眼神驚魂未定的年輕女子。

「怎麼樣？真的很漂亮吧？張先生，我看連你也看呆了……」顏課長笑著調侃我。

沒錯，我的確是看呆了。

對方確實是個美女。但，令我呆掉的原因並非她是美女。

——她是徐桂綺！

7

「謝主編，您好，我是張鈞見。」

「啊，鈞見？」電話裡傳來一陣紙張摩擦的沙沙聲，像是在整理文件。「你最近好嗎？」

「本來還不錯，放了一個長假。可是，現在接了新案子，又開始忙起來啦。」

「那麼，今天打電話給我，也是跟案子有關？」

「嗯。」我回答：「現在有空嗎？」

「案子夠奇怪就有空。」

既然如此，我便一五一十地說明了徐桂綺的委託案。身為時事雜誌《高雄獨家第一手》的主編謝海桐大哥，平常的興趣就是研究各種稀奇古怪的謎團，跟本社又有交換情報的默契，所以只要我查案時遇到什麼無法解釋的怪事，第一個想到的就是他。

「乍聽之下，是很單純的失憶症啊。」聽完以後，謝主編立刻回答：「再不然就是因為被困在電梯裡驚嚇過度，導致某種程度的心理創傷，大腦迴避危險的安全機制啟動，製造出虛構的記憶，取代那些無法承受的事件。」

「一開始，我也是這麼想的。」我說：「但是，我為了確認到底誰說的是真的，我又打了幾通電話給徐桂綺、趙太太、王經理和顏課長，比對過每件事的時間。結果，我發現，他們說的話全都是真的。」

「是嗎？」

「先說鑰匙的事。趙太太替徐桂綺打了一把備份鑰匙，是去年十一月的事。趙太太保留了鎖匠的收據，說是房客太多，為了避免發生糾紛時有理說不清，所以她一張收據都不會丟。但，徐桂綺卻說，她的房間鑰匙跟車鑰匙是繫在一起的，而車子已經買了兩年，如果房間鑰匙搞丟，車鑰匙當然也會一起搞丟，但是，當時她從車商那裡拿到的車鑰匙有兩把，一把是她平常用的，另一把她放在收納櫃裡，兩把都在。」

「這樣啊……」

「其次是煞車卡住。我查過報紙，車商的記者會是五月中旬，也跟王經理確認過，他說，因為公司對媒體的報導很介意，特別要求所有跟腳踏墊問題有關的客訴都要做電話紀錄，記者會隔天，徐桂綺的確打過電話。但，徐桂綺的說法卻是，她買車後只跟那個王經理聯絡過一次，就是抱怨腳踏墊卡住煞車那次。還說那個王經理喜歡對女孩子毛手毛腳，所以就算她的車出問題，她也儘可能不跟他聯絡。」

「好吧。」

「最後是電梯故障。顏課長查過公司紀錄告訴我，電梯故障的通報時間是當天早上十點，障礙排除是十一點半。但是，徐桂綺查了自己手機的通聯紀錄，她打電話給加班中的席俊謀，時間是十點半。就是這個，讓我最頭痛的問題！」

「你是說……」

「如果徐桂綺真的被困在電梯裡，她根本沒辦法打手機給席俊謀啊。」

「啊，電梯會阻隔手機訊號！」

「沒錯。」

「……有意思！」謝主編笑了。「ＯＫ，如果徐桂綺說的全是實話，那麼就會導向一個有趣的方向。不過，你調查過徐桂綺是否有雙胞胎姊妹、或外貌相像的親戚嗎？」

「還沒。這個我會去查。」我問：「有沒有其他解釋？」

「好。若是排除雙胞胎的可能性，其實在超自然學裡有個現象，叫做分身（doppelgänger），是屬於離體體驗（Out-of-body Experience，OBE）的一種。」

「像是某些宗教人士的神蹟？」

「這也算是其中一種——事實上，離體體驗指的是人的意識中心離開肉體，而在肉體之外遊蕩、逗留，甚至具備行動能力的現象，和中國所說的靈魂出竅一樣，可細分為三大類。第一類是自發性的，通常是在睡眠中、半夢半醒之間，還是服用迷幻藥物後發生；第二類是意識性的，也就是說，某些人可以控制自己的意識，主動離開自己的身體。

「不過，前述這兩種離體體驗，離開肉體的自我意識都是無法被他人看見的。只有第三種，稱之為靈體投射（astral projection），才能夠被他人看見。」

「所以徐桂綺就是屬於這種了。」

「對。你知道有位德國大文豪——歌德嗎？」

「《少年維特的煩惱》的作者？」

「對。歌德也是個大情聖哦。在他的自傳裡曾經紀錄一個事件，說他有一次拜訪情人後，在騎馬回家的路上，經歷了一次奇遇。他說，在他經常行經的小徑上，他忽然感覺到自己以心靈的眼睛——而不是肉體的眼睛——看見另外一個自己，也騎著馬沿著同一條小徑朝著自己而來，而且身上還穿著一件他未曾見過的衣服。就在他和另一個自己愈來愈接近，他想要看得更清楚一點時，另一個自己就在一瞬間消失無蹤。

「八年後，他騎馬去拜訪同一個情人，就在踏上同一條小徑時，他恍然發現自己身上穿的衣服，正是八年前他所看到的同一套服裝。他自述，他絕非刻意這樣打扮，但是，他也承認，說不定是因為當年那個奇遇，使他的潛意識受到莫名的影響。」

「可是，這從頭到尾都是歌德自己說的，」我提出質疑：「並沒有其他人能加以證實。」

「是沒錯。不過，在歌德的另一個遭遇裡，就出現了證人。有一晚，他和一個同伴在雨後走路回家，卻驚訝地看見他的好友費德瑞克走在前面，還穿著歌德的長袍、睡帽及寢室拖鞋。於是，歌德跟他的同伴說，他要去跟他的好友打聲招呼，然後，就向前去跟好友說話，還問他：『為什麼你會穿著我的衣服？』然而，歌德的同伴卻說，那裡根本沒有半個人。歌德聽到同伴這麼說，根據過去的經驗，立刻發現眼前的好友可能只是幻覺，隨即，那個幻影就消失了。

「最不可思議的是，當歌德跟同伴回到家，再度看見他的好友費德瑞克坐在屋裡，還穿著跟剛才一模一樣的衣服。歌德以為自己又看到幻覺，沒想到，這時費德瑞克卻向歌德抱怨，說他在來訪的途中被雨淋濕了，所以只好換上歌德的睡衣。費德瑞克還說，他坐著坐著就睡著了，還做了一個夢——夢的內容，是費德瑞克穿了歌德的衣服出門，結果在路上遇到歌德，還聽見歌德問他：『為什麼你會穿著我的衣服？』」

「換句話說，歌德看見費德瑞克的夢，而費德瑞克則夢見歌德的現實！」

「沒錯。另外，還有一個和靈體投射很類似的案例，也可以提出來做參考。有個紐約商人，第一次到挪威經商，奧斯陸旅館的服務生很客氣地歡迎他，說很高興再度見到他。他感到莫名其妙，以為服務生搞錯人。結果，隔天他拜訪當地的客戶，沒想到對方也這麼說，還保證他們兩個月以前就見過面。

「於是，這名商人向客戶說明，他真的是第一次來到挪威。客戶瞭解了事情的始末以後，卻是笑了笑，告訴他在北歐地區常會發生一種所謂的先驅（forerunner）現象，當一個人心裡有什麼強烈意圖的時候，宛如幽靈般的先驅就會出現，比本尊搶先一步去做同樣的事，所以，本尊就會發現，自己想做的事已經被另一個自己做到了。這種事，大家早就見怪不怪。」

「……聽起來很像一種都市傳說。」

「歷史記載，英國詩人雪萊也見過自己的分身哦，不過，他的運氣就沒那麼好了。雪萊曾經告訴他的妻子瑪麗，說他見到自己的分身，分身還跟他說話，結果在兩週後，雪萊死於船難。」

「有這種事？」

「看見自己的分身後死亡，也許是真的，也許是以訛傳訛。總而言之，因為這類的事例似乎不在少數，所以，在傳統的西方認知裡，靈體投射並不是什麼好事，而是那個人壽命已盡、即將死亡的壞預兆。例如，雪萊曾經告訴妻子瑪麗，說他只要一生病，就會見到自己的分身，尤其是病得特別嚴重時；但是，只有在他臨死前的那次，他的分身才首度跟他交談。這個事例似乎說明，分身的出現確實與身心健康有關，人愈是接近死亡，分身就會愈活躍。」

「那麼，這種靈體投射的超自然現象，到底有沒有辦法從科學的角度來解釋？」

「在醫學臨床的病例上，曾經記錄過腦部受傷的病患，會出現看見自己臉孔的幻覺。所以，有些學者認為，只要對腦部正確的位置施予電擊，說不定就能複製靈體投射的現象。然而，這並不能解釋看見別人分身的現象；有些學者則認為，分身現象常出現在一些新興宗教裡，用來展現教祖的神蹟，也許跟集體催眠有關。」

聽著謝主編滔滔不絕，我的心底倏地浮現了某種不祥的預感。

8

我必須聯絡席俊謀。

若要釐清這個留在心裡的疙瘩，終究還是得做出不得已的選擇。

在調查過這三件意外的始末以後，出現了令人訝異的結論。

首先，徐桂綺顯然過於低估日常意外的發生機率。為了印證趙太太的說法，我自己也上網找了一些資料，發現所謂的強化玻璃，由於原料與製程的不同，儘管硬度比起一般玻璃更高，但依然存在著所謂的「脆弱點」，只要這個「脆弱點」受到衝擊，強化玻璃也會瞬間碎裂。尤其有些網站上舉了一項叫做「魯伯特水滴」（Rupert's drop）的實驗為例，讓我印象相當深刻。

另外，關於腳踏墊，我也查到這一、兩年內，確實在一些討論車子的大型論壇裡，有車友零星提過這件事，但都只歸咎於自己運氣不好，並未在媒體上引起軒然大波。

至於電梯故障，顏組長已經解釋得十分清楚，根本是鼠輩猖獗所造成的。

然而，讓我想不到的是，在調查過程中，陸續出現了矛盾的怪事——在無人說謊的情況下，徐桂綺與事件關係人們的說法彼此衝突，無法找出合理的解釋。

謝主編提醒我，最好確認一下徐桂綺是不是有雙胞胎姊妹，或是長相酷似的親戚。否則，就只能搬出超自然學的分身現象才能解釋了。

特別是——靈體投射往往代表此人死期將近——這樣的傳說讓我感覺很不舒服。

因此，就算知道這麼做可能會影響到席俊謀與徐桂綺的關係，我還是跟席俊謀見面了。

為了讓我方便調查，徐桂綺告訴過我葉淑曼的個人情報。

葉淑曼跟席俊謀是同事，我打電話到他們的公司去，當然就可以聯絡上席俊謀。

「張先生？」

「我是。」

「抱歉，讓你久等了……你好，我是席俊謀。」甫一走進咖啡廳的男子，一看到我就不停低頭致歉，彷彿透露出有些軟弱的性格。「最近工作很忙碌，臨時外出的時間也有限制。」

「沒關係，我也是剛到。」我把寫滿案件線索的餐桌紙對摺收好：「請坐。」

席俊謀一面坐下來、一面拿出手機檢查了好一陣子，表情才稍微放鬆了點。

「張先生，你願意找我談桂綺的事，讓我很高興。」他向服務生點了杯茶，喝一口白開水後立刻就說：「說老實話……我好像愈來愈不瞭解她了。」

「哪方面的不瞭解？」

「該怎麼說呢……她情緒的起伏變得很明顯，個性也愈來愈鑽牛角尖。或許她跟你說過，我們計畫結婚前住在一起，所以在找適合的房子。我的想法很單純，只要新家周邊環境安靜，房租不要讓生活負擔太重就好了。可是，桂綺卻不這麼想。她覺得，住在一起是兩人的大事，雖然只是租房子，但絕對馬虎不得。首先，她上網找了一大堆資料，說什麼租房子不只要考慮房東的職業和個性——像現在她的房東是包租婆，沒其他工作，個性又很強勢，所以有很多時間跟她吵東吵西，這種她不要；連房子的屋齡、建材、裝潢也要查清楚；至於附近的治安問題、有沒有個性難搞的鄰居……還有，是不是連未來要買房子的事也考慮進去比較好……」

席俊謀忽然嘆了一口氣，還從身上掏出一包煙來。
「可以嗎？」
「請。」
「你也來一根？」
「不。謝了。」
「坦白說，我感覺有點心煩。」他點了煙，輕輕地吸了一口，一邊說話，一邊慢慢吐煙。
「我發現，離一起住的時間愈接近，我們的爭執就愈多。這禮拜，我們要決定客廳怎麼佈置，原本考慮了好幾天，終於在賣場買好一組沙發，但後來我們開車去吃中飯，她發現餐廳旁有另一個家具行，說想進去看，結果，看到一張餐桌她說很喜歡，但是跟沙發不搭，最後她竟然說要把原先買好的沙發退掉，重找一組更搭的！她一看到新的東西，就推翻原來花很多時間決定的事，這樣子下去，根本沒完沒了嘛！」
我突然回想起，徐桂綺曾說，她花了很多時間做功課才找上本社。想必，她那有如模特兒般的精心裝扮，不消說也是花費許多工夫的吧。
「真抱歉，一見面就突然跟你抱怨這些有的沒的。」
「別這麼說。」
「張先生，以上報告，就是我的苦惱。」席俊謀的表情露出一種天真的羞赧，不好意思地笑了笑。「這也是我赴約的主因——我真的很想知道，桂綺心裡到底有什麼煩惱，讓她決定找徵信社？」
「我明白你的意思。不過，我得先聲明一件事。」我回答：「在業界，原本是不能隨意向任何人透露客戶的委託內容的。但是，徐小姐的情況特殊——我在調查的過程中，發現一件不可思議的怪事——也許，這並非怪事，只是因為我手上的情報不足，所以才無法解釋。因此，我希望可以跟你見面，把事情確認清楚。」

「我完全能瞭解。」席俊謀用力點頭。「今天的會面，我不會向任何人透露，當然更不會讓桂綺知道的。」

「好。首先，我想請教你，你跟你的同事葉淑曼之間，只是一般的同事關係吧？」

席俊謀聽了，馬上露出無可奈何的笑容。

「原來如此！」他吸完最後一口煙，將煙捻熄。「桂綺找你……調查我跟淑曼的關係？」

「嚴格上來說，她並不是委託我查這個。」

「那麼，她要你查的是？」

「再等一下，我就會詳細說明。」

「想不到你跟小說裡的偵探一樣，也會賣關子。我跟淑曼——」席俊謀再點一根煙。「真的只是同事。我比她早進公司，她是跟我同部門的新人，我負責帶她，也就是這麼多了。」

「嗯。」

「只不過……」他剛開始有點欲言又止，但還是繼續說下去了。「我和淑曼最近的關係，坦白說變得有些微妙。」

「怎麼說？」我問。

「我剛才說過，我跟桂綺的爭執變多了。桂綺老家在屏東，就我所知，她小時候家裡很窮，父母之間的感情也很惡劣，經常大吵大鬧。所以，她小時候不快樂，長大後獨自在台北生活，不喜歡回老家，也不喜歡談家裡的事。我相信，她會答應我的求婚，多少也是希望早點擺脫跟老家之間的關係。我知道，桂綺對我倆的未來，有很高的期望。

「不過，她的求好心切，卻給我相當大的壓力。比方說，她現在住的公寓，年初曾經發生過浴室玻璃門爆裂的事故。我的想法是，換一扇新的，以後小心使用就好了；但是，桂綺卻不是，她會認為非搬家不可。

「後來，我跟她求婚，她答應了，我們決定找新家，但找好的新家，卻聽說同一棟樓的電梯故障，她還差點搭上，這下子，她又想重新找房子，認賠已經付給房東的訂金；前陣子她碰上車子煞車被腳踏墊卡住的問題，其實貸款還沒付清，她又吵著要脫手換新車。

「類似的事情不斷重演，我開始感覺累了……唉……就是這樣，我不得不承認……淑曼與我走得愈來愈近，不知不覺，她成了我最重要的傾訴對象。」

「哦──」

「我知道，我這種行為恐怕很不妥當。但，我一直很自制，跟淑曼也保持一定的距離。不可否認，我能感覺到，淑曼對我有好感──雖然我不知道是為什麼──所以，她溫柔地接受了我的傾訴。然而，我不會讓這種好感繼續下去。畢竟，我是一個準備結婚的人了。」

「席先生，」我說：「其實，徐小姐委託我的，跟你提到的這幾件事故有關。」

「是嗎？」

「徐小姐希望我調查，今年以來陸續發生在她身邊的事故，到底是單純的意外，還是人為刻意製造出來的。」

「當然是單純的意外啊！」

「不，她懷疑——這些意外跟葉淑曼有關。」

「怎麼可能？」席俊謀瞪大雙眼：「難道說，桂綺認為淑曼是為了跟我在一起……」

「據說，葉淑曼聲稱自己有女巫血統。」

「這只是占卜教室的廣告手法啊！」席俊謀反駁道：「縱使淑曼真的是個女巫，以我對她的瞭解，她也絕不可能做出這麼可怕的事。」

「那不就得了！」

「我查過電梯故障的事。維修電梯的工程師告訴我，是老鼠咬斷配電箱裡的電線造成的。」

「不過，關於玻璃門爆裂的意外，我可就沒辦法說得那麼絕對了。」我望著席俊謀，他焦躁地玩弄著煙蒂。「聽徐小姐說，發生事故的那幾天，你到南部出差去了？」

「是啊……為什麼提到這個？」

「因為我必須考慮所有的可能。如果你跟葉淑曼有不可告人的關係，她有沒有可能在你出差期間偷走或複製你手上的鑰匙，偷偷潛入徐小姐的住處呢？」

「不可能。因為——」席俊謀堅決否認，態度也變得強硬。「坦白說，那幾天我去了南部，但並不是去出差。沒錯，我對桂綺說的不是實話。」

「那……」

「我去了桂綺的屏東老家，跟她父親見面，請他答應讓桂綺嫁給我。我知道桂綺跟她父親的關係不好，但我希望，她跟我結婚以後，可以慢慢改善跟老家的關係。我不希望她跟我在一起，只是為了逃避她原來的家庭。這樣我們不會有幸福的婚姻。」

想不到，這個男的考慮得還滿多的。

「我再說一次，我深愛著桂綺，從來都沒有想過要離開她，跟其他女人在一起。」

換句話說，既然席俊謀不是共犯，葉淑曼也就不可能獨力去製造玻璃門爆裂的事故，更不可能故意將腳踏墊塞進煞車底座了。

「明白。」我點點頭。「那麼，我的下一個問題是——你對徐小姐家庭的瞭解多少？」

「桂綺曾經帶我回去過兩、三次。」席俊謀吐著煙，說：「她是獨生女，媽媽在她國三時過世。爸爸務農，有自己的果園。」

「見過她的親戚們嗎？」

「有。去年中秋節假期，我也參加了她的家族聚會。」

「在家族裡，有沒有誰跟她的外貌長得很像？」

「沒有。她的堂姊妹、表姊妹都跟她長得不像，年齡也有一段差距。」席俊謀補充：「如果有很像的，桂綺應該會告訴我。」

「抱歉，我必須更冒昧地問得更深入一點——徐小姐的父母親，有非婚生子女嗎？」

「這……」席俊謀露出困惑的神情。「我想這種事情……沒有人會主動告訴我。我只能說，就我瞭解的範圍，完全沒有。鄉下人的家族聚會，大家都七嘴八舌的，很多流言蜚語會在這時飛來飛去，我也聽到不少，但沒有包括這個。」

好吧——「雙胞胎詭計」的可能性，可以刪除了。

「你這麼問，」不知為何，席俊謀的眼神有些改變。「一定有什麼理由吧？」

「對。」我回答：「在我調查那幾件事故的過程中，我發現——綜合你剛才所說的——那些事故毫無疑問並不是人為製造的，但有個不可思議的現象，卻偶然發生在這幾件事故裡。」

「什麼現象?」

「在超自然學裡,那叫做靈體投射,俗稱分身。」

於是,我搬出謝主編在電話裡講過的話,開始向他說明。席俊謀愈聽,臉色愈是驚訝,連煙都擱在煙灰缸裡忘了繼續抽。特別是當我提到,分身的出現通常暗示此人死期不遠,他的全身彷彿失去力氣,頹坐在椅子上。

也許他需要一點時間思考。我說明完畢,靜靜地等待他的回應。

「坦白說……」他好不容易說出這些話:「張先生,你所說的這些話……讓我回想起一件往事。說不定,那個時候……我也看到了桂綺的分身。」

輪到我驚訝了。

「真的只是一件小事,而且是一年前的事了。」席俊謀說:「那一次,我去拜訪客戶。客戶的公司在劍潭站附近,我們談完正事,中午去吃飯。我們在最靠門口的位置坐下,透過餐廳的玻璃門,我可以看到外頭的馬路。

「吃到一半,我偶然看到桂綺經過店門口。我馬上跟客戶說,我剛好看到我女友,然後立刻出了店門,不過,她卻已經不見人影。於是,我便打了手機給她,跟她說這件事,結果,她卻說她人在公司,還罵我工作太累在發神經。

「我以為我真的眼花了,也沒多想,久而久之就忘記了……可是,她經過店外的畫面,當時在我腦海裡曾留下非常清晰的影像。直到你現在說起,這個影像又再次浮現了。我愈來愈相信,很可能那真的是她的分身!」

很好。愈來愈多的證據顯示,徐桂綺有個分身。

但是——為什麼會出現分身？難道說，她真的有生命危險嗎？

「張先生。你剛剛說，」席俊謀的話打斷我的思考。「身心健康有可能跟分身的出現有關，對吧？」

「有人是這麼認為。」

「其實，桂綺她……一直有睡眠障礙的問題。」

「睡眠障礙？」

「醫學上好像稱為睡眠麻痺……其實，也就是鬼壓床。」

我點點頭。聽說有不少人曾經有過同樣的經驗，明明意識是清醒的，身體卻動彈不得，有時還會伴隨一些猶如夢境般的幻覺。

「聽說，鬼壓床是因為精神壓力大，心情容易焦慮、緊張才會發生。我擔心她，提議帶她去看醫生。可是，桂綺說她一點都不焦慮、也沒有什麼需要緊張的事，沒有必要就醫。」

不喜歡看醫生的心理，我也不是不能瞭解。我退伍前，也不願意每天往八〇三跑。

「你覺得，會不會……是她的睡眠障礙，導致分身出現？」

老實說，我心裡目前還沒有答案。而且，照廖叔平常的習慣，他也不太喜歡像席俊謀這樣，把沒有解答的謎團全部擺在一塊，以為這樣就可以找到真相。他常說，X、Y、Z都是未知數，只是全部放在同一個方程式裡，有可能算出答案來嗎？

席俊謀見我遲遲沒回話，忽然表現出鄭重其事的態度。

「張先生，我求求你幫我一個忙！」

「幫什麼忙？」

「我希望你可以替我潛入桂綺的房間裡……」

「什麼？」

——這位仁兄，你未免也太相信我這個陌生人了吧？

「你可以說，這全是我的胡思亂想。」他的語氣懇切而卑微：「雖然我們已經論及婚嫁，但是……但是……在其他地方過夜可以，她就是從來不讓我在她的房間過夜。我不是沒去過她的房間，不過，房裡一切看起來很正常，什麼問題也沒有。一開始我曾經以為，會不會是跟她的睡眠障礙有關，所以我才勸她去看醫生……可是，她根本不願意，怎麼勸都沒用，讓我不得不懷疑，對於治療自己的睡眠障礙，她有很強烈的抗拒。

「桂綺這兩個奇怪的固執，我找不到合理的解釋，一直無法釋懷。但是，張先生，今天你出現在我眼前，告訴我分身的事，這下子，終於又找到一片新的拼圖了。」

很好，在我們的方程式裡，X是不讓男友過夜的香閨，Y是不願意治療的睡眠障礙，Z是多次出現的分身。那麼——X加Y等於Z，換句話說，「在那個房間被鬼壓床，就會出現分身」，是這樣嗎？

「拼圖就是這樣的東西啊。」席俊謀無視我的冷淡，努力地說服著：「把那些零零散散的碎片拿出來一片一片單獨觀察，不管研究得再怎麼久，也無法判斷這一片該擺哪裡、那一片該擺哪裡啊！只有一次拿出兩片、三片一起比對，才有機會找到彼此之間的關係，不是嗎？」

「既然你也有相同的拼圖，為什麼你不自己潛入？」我反問。

「我又不像你是專業的偵探，再怎麼躲，搞不好一下子就被我女友發現了！」他回答：「這可能會造成你的困擾，我知道……你怕如果被桂綺發現，會被她告私闖民宅，對不對……但是我還是求你幫我啦！」

席俊謀從他的身上，掏出了一串鑰匙。我看著他把其中一把鑰匙取下來，放在餐桌上，然後推到我的面前。

9

傍晚九點左右，我踏進徐桂綺的房間。

這是我第一次踏入單身成年女性的房間，不僅沒有取得她本人的同意，而且還是她男友拜託我來的——這種感覺，還真是奇特。

沒錯。我還是答應席俊謀了。有三個原因。首先，他的「拼圖」理論說服我了——「不入虎穴、焉得虎子」，的確如此，進行調查有時候需要一點冒險犯難的精神，而非光是想著怎樣全身而退——畢竟，沒把握住時機，有些重要的線索很可能再也找不回來。其次，席俊謀保證，萬一被徐桂綺發覺，他一定會告訴她，這全是他的主意，不會害我惹上官司的——保險起見，我還是特地去查了一下，私闖民宅確實不是公訴罪。不過，他同時也謹慎地暗示我，希望我不要乘人之危，圖謀不軌。這我當然知道！

不過，我之所以答應席俊謀，其實是第三個原因。

——廖叔不在。

如果說廖叔是「沒錢寧可不辦案」的老闆，那我就是「辦案寧可不拿錢」的偵探。廖叔的想法沒錯，人總要照顧肚皮，但人生如果只照顧肚皮就好，那也太無趣了。

總之，我的任務是潛入徐桂綺的房子裡一個晚上，觀察她睡眠障礙的實際情形——說起來好像很簡單，而且說不定眼睛還有冰淇淋可以吃……不，有這種想法的人，不僅內心邪惡，而且大錯特錯！我不但必須像忍者一樣不能被發現、像科學家一樣記錄她說夢話的時間與內容，還得像值班衛哨一樣時時留意整個屋內的狀況，眼睛怎麼可能吃到什麼冰淇淋？

今天晚上，席俊謀已經跟徐桂綺約好一起吃晚飯、看電影。他會儘可能讓她晚點回到家，給我有充裕的時間做準備。

對於經驗豐富的老手來說，一、兩個小時的準備時間絕對是綽綽有餘，不過，這是我的第一次。進了徐桂綺的臥房後，我立刻著手檢查房裡的每個角落縫隙，思考隱藏式麥克風該怎麼擺放、該怎麼佈線。

這項工作必須小心翼翼地進行，有些屋主特別敏感，家裡的擺設稍有差異，他們就會立刻起疑。在這些戒心極高的屋主中，有些人會直接破壞監控器材，有些人則會乾脆將計就計，不動聲色地故意給你假情報，使後續的調查工作走進迷宮。總之，架設監控器材確實能得到非常寶貴的情報，但前提是，絕不能發生任何破綻。

我相信，徐桂綺絕對是屬於有戒心的一類。在她的身邊不斷發生疑似人為的意外事故，想必早已令她有如驚弓之鳥，處處草木皆兵、鬼影幢幢。

在檢查的過程中，我發現她的嗜好似乎是素描，而且畫得還挺不賴，儘管我實在無暇慢慢鑑賞；她偶爾會參與一些志工活動，滿有小孩緣的；還有，她特別愛買睫毛膏。一個單身女子的生活，在我心底有了模糊的輪廓。

將監控的器材架設妥當，果然花了比預期更久的時間。我想我還得多練習。

完成器材的部分，接下來是尋找藏身之處。這項工作的困難度，隨房間的格局有所不同。如果只是一個小套房，那絕沒有我的容身空間，非放棄近身監控不可。三房兩廳的情形，大小很微妙，得看屋主各房間的實際用途和生活習慣。

浴室不必說，直接剔除；以徐桂綺的公寓而言，客廳跟飯廳相連，電視櫃太小，沙發也不夠大，無法躲人；有人認為「最危險的地方最安全」，可以躲臥室，但說實在的，臥室真的是個「危險得一點都不安全」的地方。假使你看到有人故事裡寫躲臥室整晚沒被發現的，請勿相信，除非屋主是植物人。

飯廳的另一邊是廚房，與後陽台相鄰。

如果屋主不下廚，廚房倒是個可以考慮的地方。通常冰箱周圍會有一些空間可以利用。但是得確定屋主沒有睡前開冰箱喝杯什麼的習慣；假使屋裡有晾衣用的後陽台，通常會是我的首選。一般說來，後陽台距離門口最遠，最不容易被發現有異狀，而且，忙碌的上班族很少每天晚上往後陽台跑，尤其是回家的時間已晚。

我看了冰箱，檢查了洗衣籃裡的待洗衣物數量，最後，決定躲在後陽台。

確定麥克風正常，接下來的部分不需贅述——只是單純的等待。

大約十一點多，徐桂綺回到家。一如預期。

她先放了一點輕音樂，進浴室洗澡，吹過頭髮，跟席俊謀通過簡短的晚安電話，然後熄燈睡覺。

時間是十二點半。開工。

啟動錄音，調整音量——我聽見了她翻來覆去的聲音、輕勻呼吸的聲音。

單調的聲音持續了一段時間，讓人感覺時間的流動愈來愈緩慢。來這裡以前，我睡了一個好覺，否則，這樣的聲音一定會把我打進夢鄉。

此時，耳機裡傳出一個微弱的女聲。

「在嗎？」

但是，因為聲音太輕微，我無法辨識這是不是徐桂綺的聲音。

「——妳在嗎？」

「——妳在嗎？」

「——妳在嗎？」

同樣的詢問不斷地重複著，予人一種夢囈的感覺。睡眠障礙，夢話有時候也會伴隨出現。我愈來愈確定，這是徐桂綺的聲音。

「我在。」

另一個女聲突如其來地出現，讓我嚇了一跳。

「妳在啊，太好了。」

「我一直都在。」這個女聲比徐桂綺的聲音低沉一些，也更縹緲虛浮。

為了聽清楚她們的對話，我將音量調高，全神貫注地聆聽。麥克風的收音能力達到極限，周圍沙沙的雜音聲也跟著放大。

兩個女聲開始家常般的會話，徐桂綺向陌生的女聲描述她今天的瑣事。她談到工作、談到同事、談到中午休息時間的八卦。從內容聽起來，她們很熟，幾乎每天晚上都聊，今夜突然造訪的我，並非遇到什麼特例。陌生女聲偶爾給予一些附和，有時像是一個多年密友般親暱地取笑，有時像是一位慈藹長者般溫婉地安慰。

——雙重人格？

我不由得想起這個名詞。但是，好像又不是那麼單純。如果徐桂綺真有雙重人格，還會在睡夢中互相對話，那席俊謀跟她在外頭過夜時早該發現。

未久，徐桂綺提起席俊謀，可是，原本自在的談話氣氛，卻變得有點緊繃。

「俊謀今天跟我一起吃晚飯了。」

「又是俊謀！」

「我想讓妳明白，俊謀是真的愛我……」

「我也想讓妳明白，俊謀沒辦法讓妳幸福。他只是個不敢得罪人的小業務而已。」

「……妳別這樣說他。」

「跟這種男人在一起，是很快樂沒錯。但這並不是幸福。妳可以跟他玩玩，但是絕不能跟他結婚。妳可以找到條件更好的男人。」

「可是……」

「妳不想得到幸福嗎？只有選擇對的人，才能得到幸福，妳知道嗎？」

「我……」

兩人妳一句我一句，說到最後，徐桂綺的聲音變得哽咽，而陌生女聲則變得冷酷。

耳機裡又傳來其他聲響，但是感覺距離有點遠，聽不出來是什麼。

「對了。換工作的事，妳準備好了嗎？」陌生女聲也許感覺自己說得太嚴厲，換了話題。

「……準備好了。」

「妳最後決定到哪一家了沒？」

「嗯。我要去ＴＤＬ。」這大概是某某公司的英文縮寫吧。

「什麼時候去？」

「六月，Nancy說，她很信任我，等我到了，她會說服老闆，讓我全權負責企劃部。」

「很好。」

「到時候，我就有機會常去東京出差了。」徐桂綺的心情顯然開朗多了。「沒想到這一天真的會實現。妳知道嗎？我從學生時代就好嚮往東京，我常常幻想，如果我能去日本工作，我可以在表參道散步、喝下午茶、window shopping，這是多麼棒的事啊！Nancy說，這份工作我是不二人選哦……哦……呃啊……呃呃呃呃……」

突然之間，徐桂綺的聲音好像硬生生地被堵住，緊接著，又是一連串超過麥克風接收音量範圍的震耳碰撞聲。我連忙拔掉耳機，但耳膜依然刺痛、嗡嗡作響。

我的聽覺慢慢恢復正常，也聽到了臥室裡傳出掙扎、叫罵聲。

「……妳這個賤貨，對，沒錯，我就是想罵妳賤貨，妳只會想到自己，連帶害我也變得亂七八糟了。妳真可恨！我真想殺了妳！對，沒錯，我現在就要殺了妳！」

叫罵聲既瘋狂又淒厲，在如此平靜的夜晚，給人一種冷徹刺骨的寒意。

「……救命！救命啊！」

「妳去死！妳去死！」

「不要殺我！不要殺我！我不想死！救我！救我……唔嗚……」

徐桂綺忽然發出遏抑不了的狂叫。她好像一度擺脫掙扎，但立刻又被對方制伏。

——剛剛明明談得好好的，怎會突然變成這種結果？

無論如此，我沒辦法放任不管，只好現身。我立刻離開後陽台，奔過廚房往臥室跑去，用力將門撞開。

臥室的窗戶開著，月光從窗外映射進來。在月光下，我看到有一個長髮遮住臉孔的女子，身體正強壓在徐桂綺身上，手中還握緊一把閃著寒芒的匕首，筆直抵住徐桂綺的喉嚨。

神秘女子的動作戛然中止。她顯然沒預料到我的出現，抬起頭錯愕地瞪著我。

我跟她打了照面，驚訝得說不出話來。

——她是徐桂綺！

我再次定睛，望向被壓在床上的女子——她也是徐桂綺！

看到如此不可思議的場景，讓我呆然良久。當我回神過來時，這個準備殺人的「徐桂綺」已經衝過來撞開我，往門外跑去。我想要抓住她的手腕，她卻以匕首朝我刺來，我只好躲開，但我這才發現，那並不是匕首，而是一柄女孩子修磨指甲用的銼刀。

「徐桂綺」利用這個時機奪門而出。我想追出去，但長時間屈蹲的雙腿有點不聽使喚，臥室裡的徐桂綺不停痛苦地咳嗽著，讓我非常擔心她的情況，最後，我放棄追出去。

我走近臥室的床緣，想看清楚徐桂綺是否受傷。

「你……為什麼……」她上氣不接下氣，眼眶泛滿淚水。「你為什麼會在這裡？」

「徐小姐，妳受傷了嗎？」

「先幫我……幫我關上窗戶……還有窗簾……」

我走向窗台，替她關窗。在關窗以前，我探頭向外望，確認這扇六層樓高的窗子無人能攀爬而入。即使是隔壁高小姐的窗子，與這扇窗子的距離也有三公尺之遙。

窗外沐浴在月光下的台北夜色，美得讓人怦然心動，一關上窗，拉上窗簾，屋內頓時陷入一片深沉的灰暗。

「妳看清楚她的臉了嗎？」

「……嗯。」徐桂綺的聲音還在顫抖。

我回過頭，望見徐桂綺的身形瑟縮著，模糊不清的臉充滿恐懼，好像正注視著我。不過，我看不見她頸子的傷勢。

「她到底是誰？」

「她是——未來的我。」

10

「我小時候，最喜歡媽媽帶我出去玩了。」徐桂綺啜飲著我端給她的水。「那是媽媽唯一可以放鬆的時刻——她不必面對脾氣說來就來的爸爸。只有在那時候，我才能看到媽媽最真實的笑容。」

在黑暗中，我靜靜地聽著徐桂綺的說話聲、呼吸聲。我並不知道她離我是近是遠，我只感覺到，此刻她的聲音像是在我的耳邊呢喃。

「趁著爸爸不在家，媽媽帶我去坐公車，到市區的百貨公司去。那裡有好多漂亮的衣服，媽媽陪著我，讓我一件一件試穿，說我是可愛的小公主。只是，最後我們一件衣服都沒買，那時我還小，常常哭著不肯回家，媽媽只好跟我打勾勾，說下次再買給我。

「最後一次逛百貨公司，是我剛升國中的事。媽媽要我在外面等她，她進去挑衣服。我滿心歡喜地等著等著，等了好久好久，媽媽都不出來。我開始哭，媽媽還是沒出現。最後，有位看到我在哭的警察叔叔送我回家，還說他會找到我的媽媽。」

「妳的媽媽，去了哪裡呢？」

「醫院。」徐桂綺平靜地回答：「後來我才知道，我媽媽想偷衣服，但被店員發現了，將她毒打一頓。可能是出手太重，後來媽媽左腳殘廢，內傷也一直治不好，兩、三年後就死了。據說店家有賠過錢，但大概被我爸輸光了。

「在媽媽的葬禮那天，我對自己發誓——我一定要擺脫這種生活。」她慘然笑著。「我努力用功爭取獎學金，考上大學，然後，我頭也不回地離開了屏東。沒人能攔得住我，包括我爸。

「第一次來到台北，我心想終於實現夢想了。站在忠孝東路上，百貨公司的櫥窗玻璃映著我的倒影，我彷彿看到自己已經穿上櫥窗裡的衣服，媽媽在天國說我是可愛的小公主。我不願再回想老家的日子，課餘時間也到處兼差打工，總有一天，我會變成天鵝。

「一開始，我的確很快樂。我可以選擇上什麼課、選擇交什麼朋友、選擇去哪一場舞會、選擇跟誰約會……我以為，人生的美好盡在於此。當然，我還是沒錢，我得打工兼差、拿書卷獎，才能存註冊費、還助學貸款。

「我讀的是服裝設計。不過，老師說我很有繪畫天分，不但特別花時間教我，還安排我參加繪畫比賽。一開始，我是因為獎金才參加的，結果，我不但真的得獎了，而且，畫的時間久了，我也愈來愈著迷了。透過繪畫，我可以卸下現實生活的重擔，徜徉在自由自在的世界裡。這大概是我唯一不必考慮現實問題的時刻了。」

徐桂綺說到這裡，沉默了一會兒，宛如心裡按了暫停鍵，重溫舊夢。

「……大學生活，一切都很順利。沒錯。直到大學為止。」她的聲音有種事過境遷的無可奈何。「當然，我沒辦法靠畫畫生活，剛畢業時，助學貸款還沒還清，我得找份工作。陸陸續續，我換過好幾份工作，甚至還跟同學一起開過店。可是，沒有一件事，符合我心中的期望。我有時候被耍、有時候被騙；有時候，和情人分手、有時候，和好友絕交。

「我感到迷惘，感到無助。在台北，有太多的選擇了，但，我怎麼選，都選不到正確答案。不知從何時開始，我變得無法輕易入睡，每每躺在床上，我常會突然感覺到有一股莫名的力量沉重地壓在胸口，我想掙扎，手腳卻動彈不得。我想尖叫，但我聽到自己的呼喊，只成了斷斷續續的呻吟。

「這好像就是所謂的鬼壓床。我去看過醫生，醫生說我罹患了典型的睡眠障礙，是心理壓力太大引起的。醫生說，要多休息、儘可能舒緩壓力……我照著做，但沒有改善。」

照徐桂綺的說法，她曾去看過醫生，這表示她並非不願意治療睡眠障礙。

然而，當她聽到席俊謀提議就醫，卻又決斷地拒絕了。

——這又是什麼原因？

「後來，我搬到這兒。兩年多前的事了。那時，跟我一起住的室友結婚了，我也厭倦了下班後與別人共處的生活，所以，我開始找房子。這裡的房租好貴，貴得我曾經有一段時間什麼都不能買，直到換了薪水更高的工作；我決定租下這裡的原因，說起來也好笑，是臥室的這扇窗——你知道嗎？從這扇窗看出去，是東區最璀璨、最耀眼的角度。這扇窗，跟珠寶盒的盒蓋一樣；住在這裡，就好像可以把東區的美麗收藏起來……

「我常站在窗前，凝視東區閃爍炫目的燈光——偶爾，還有一、兩隻在屋簷欄架之間穿梭的貓咪陪我——回想著初次駐足在忠孝東路上的自己，回想著笑著幫我挑衣服的媽媽。

「但是，我從沒想過——搬進來以後，我會遇見未來的自己。」

我回想著那個短暫得只有一剎那的畫面。

兩人的髮型、服裝儘管略有差異，臉孔極為酷似，我很想打斷徐桂綺，問她是不是真的沒有雙胞胎姊妹。也許，她父母的關係之所以如此惡劣，就是因為她有一個不為人知的手足。

「那是兩年前的某個夏夜。」徐桂綺說：「午夜的台北熱得嚇人。平常，我並沒有睡前開窗的習慣，但那天晚上冷氣壞了。我無法入睡，只好開了窗。雖然這裡離鬧區很近，但周遭沒有嘈雜的夜店，一到深夜倒是很安靜。

「我不知道自己在何時睡著了，我只能說，由於睡眠障礙的影響，其實我無法那麼清楚地分辨自己是睡著的還是醒著的，也許，我一直是在夢境與清醒的交界處來回遊蕩。

「一旦走進那個朦朧的交界處，我的呼吸就會開始變得困難，胸口也跟著悶痛；我的身體像是逐漸陷進流沙、沒入泥淖，我想大叫求救，而且我真的發出了一些聲音，但是，在我聽來，卻變成默禱一樣的低語。

「在以往，那些低語一說出口，就像是自深井沉下般悄然無聲。但是，這次卻傳來了猶如從空谷迴盪而來的回音。一度，我還以為是窗外的貓咪。我說了更多的話，對方也傳來更多的信息。漸漸地，我聽清楚了，對方真的是在跟我說話。

「我以為我在做夢，但那聲音非常真實，我們彷彿是海中浮浮沉沉、偶然碰頭的兩條小舟，一旦相遇就難以再分離了。

「到底聊了些什麼了？老實說，早就忘了。我只記得，愈是深談，我愈是覺得她瞭解我。那不是敷衍式的應和，而是真正懂到我的心底。我還沒說出口的話，她會替我說；腦袋裡還沒轉出來的念頭，她已經告訴我她的感想。

「起初，我還不知道她是誰，但她像是我的鏡子。一面真實地反映、照亮我的心靈的鏡子。她從沒有談起自己的事。有一次，我鼓起勇氣問她，她只是笑了笑，沒有回答我。結果，我居然脫口而出：『妳是媽媽？』她立刻回答，不是。但我不相信她，她太瞭解我了。只有我的媽媽，才會這麼瞭解我。最後，她才終於願意對我坦白。她說——她是未來的我。

「我聽了很驚訝，但我不由得不相信她。自從遇見她以後，她聽我傾訴、陪我談心，還給了我許多指引。她告訴我，這時候應該換老闆、這時候應該換男友、這時候應該學日文……這樣，就可以得到幸福——這些建議，我全都聽，想不到，我的工作、感情、生活，還有好多好多我曾經死心、放棄的事，真的慢慢變得順利了……」

說到這裡，徐桂綺也許是說得累了，聲音漸歇。

「她可以預測未來？」我靜待片刻，問道。

「對她而言，我的未來就是她的過去，她不需要預測。這是她說的。」

「那麼，她為什麼會出現？」

「她告訴我，我的所作所為、一舉一動，都將改變她的現在。她曾經遺憾過、曾經後悔過，經過了多少坎坷，她一度以為，人生從此絕望。她也不知道自己為何能遇見我，但她發誓，她不想再重蹈覆轍，她要把握與我相會的時刻，修正她過去犯下的錯誤。」

「也就是說，她只要讓妳的未來可以過得更好，她所身處的現況也將有所改變。」
「對。」
「所以，妳不再治療睡眠障礙了。」
「嗯。只有在鬼壓床時，她的聲音才會出現。」
「……但是，」我提出質疑：「她現在卻想殺了妳。為什麼？」
「我……我不知道！」
「這是她第一次出現在妳面前嗎？」
「嗯。」不得不說，席俊謀的預感真是神準，居然碰巧阻止了這場危機。
「妳從來沒提議跟她見面？」
「沒有。我以為我們永遠不可能見面。」
——我陷入沉思。
倘若方才行兇的女子真的是「未來的徐桂綺」，就會導出一個無法解釋的矛盾。
一旦「現在的徐桂綺」被殺，「未來的徐桂綺」也將不復存在。
縱使「未來的我」決定和「現在的我」玉石俱焚——
在什麼情況下，「未來的我」才會穿越時空歸來，試圖殺害「現在的我」？「未來的我」究竟有何深仇大恨，寧可同歸於盡也非殺死「現在的我」不可？
「未來的我」若真想自殺，為何一定要回到過去，殺死「現在的我」呢？難道不能在未來直截了當地自殺嗎？
「徐小姐，我聽了妳們的對話。」我問：「關於妳男友的事，妳們發生了爭執？」

「她認為俊謀配不上我。如果我將來跟他結婚，一定會後悔的。」徐桂綺飲泣著。「她常常說，跟俊謀交往，玩玩可以、騎驢找馬可以，但絕不能託付終身，因為像他這種個性溫吞的人，一輩子不會出頭，沒辦法給我幸福……」

「她是未來的妳，但妳這一次卻不願意聽她的話？」

「我……我感覺好痛苦。我好愛俊謀。難道說，為了得到幸福，一定得跟俊謀分手嗎？俊謀是那麼體貼、那麼願意設身處地為別人著想的人。我沒辦法想像失去他的日子……我知道，如果我真的跟俊謀結婚，最痛苦的就是她。她明明有機會可以改變的，我能幫她卻沒幫她——我若沒幫她，就等於自己將來受害。可是……」

明知山有虎，偏向虎山行——這樣的矛盾，尤其是感情的事，我也不是不能理解。

雖然我可以再多問一些細節，但我不想讓她耽溺在悲傷的漩渦太深。還是趕快轉移話題，改問點別的吧。

一個人為何希望殺死以前的自己，更甚於自殺？

確實，是有一種可能——她是為了救某個重要的人——某個在日後被自己所殺的人，因此，才不得不搶先殺死過去的自己。但是，既是早知如此，倒不如提前讓對方知道，設法阻止；更何況，這個殺意也來得太突然了。

「其實……嚴格說來，她突然發狂攻擊妳的時間點，是在妳們談到換工作的事。這個部分，妳們發生過爭執嗎？」

「換工作是她建議的。」徐桂綺說：「那份工作也是我的夢想。」

「沒爭執就對了。」

「嗯。」

意見相左時，兩人相安無事；談到彼此的共識，她卻殺意遽起。

——真是無法理解。

話說回來，「未來的自己」真的存在嗎？——我不由得想起歌德的遭遇。

雪萊的船難，會是他分身一手製造的嗎？而，徐桂綺身邊一連串的意外，是否也跟這個「未來的自己」有關？

「對了，還有……」

「嗯。」

「第一次見到『未來的自己』，到底有什麼感覺？」

「我差點嚇死了。真的，她的臉跟我長得一模一樣，但是……」徐桂綺沉默了半晌，彷彿在挖掘內心真實。

「她給我的感覺……卻像是個徹徹底底的陌生人。」

11

「請脫下鞋子。」

聽到這句話，讓我暫時思考了一下。我得先確定自己的襪子不是中學生的白襪、沒有磨損的破洞、也沒有難聞的味道。在美女面前，這可是非常扣分的事。

離開徐桂綺家已近凌晨。我撤除監聽器，打了一通電話給席俊謀，然後回家睡覺——他們的後續發展我不知道，但我會記得請如紋寄帳單過去的。

睡飽以後，在出門前我洗了澡。沒問題，我可以很有自信地脫下鞋子。

我放好鞋子，抬起頭來，只見葉淑曼給了我一個甜美的微笑。徐桂綺口中「長得很普通的女人」，其實並不是什麼長得很普通的女人。坦白說，她根本是個笑一笑就能讓一票男人失魂陶醉好幾個小時的美女。我深吸一口氣，在心中告訴自己今天不是來把妹的。

我來占卜教室的目的，當然只有一個——問「未來」。

葉淑曼轉過身，往占卜教室中央的圓桌走去，柔和飄逸、洋溢著印度風格的紗裙，將她玲瓏美妙的曲線襯托得非常炫目。

「請坐，鈞見。」不知道是不是我的錯覺，她連聲音都甜膩得準備把人融化。

「好。」我點點頭，走進占卜教室，以好奇者的眼神環顧教室內的擺設。

原本用作簡餐店包廂的房間經過些許改裝，掛上幾幅用色昏暗、主題模糊但筆觸柔和的畫作，彷彿在暗示命運的不可預測，再搭配泛黃搖曳的燈光，與圓桌上的水晶球互相輝映，折射出神秘的色彩。教室一角有個小矮櫃，放著一排厚重的精裝書，櫃子上擺了幾個樣式奇特的木雕，宛如神靈般朝著水晶球注視。

「你想知道什麼？」

我在葉淑曼前方坐下來，她以魅惑的語氣問道。

「什麼都可以問嗎？」

「當然。」

「我有個初戀的女朋友，我們分手已經很多年了。」我把放在心裡多年的台詞搬出來——雖然是工作，但我無法忍住不問：「前陣子我去找她，但她沒有見我，只託了她室友傳話給我，還一個人出國旅行去了……我想知道，我們之間的未來會是怎麼樣？」

「她去哪裡旅行了？」

「中美洲。」

「很浪漫的地方。」葉淑曼的上身前傾。「她什麼時候回來？」

「不知道。」

「也許她的心中有什麼迷惑，必須一個人到遠方尋找答案。你得有點耐心，等她回來。她一定會跟你聯絡的。」

「等她回來？」

「嗯。」

「然後呢？」

「她會告訴你，她從遠方帶回來的答案。」

「那個時候才會知道我們接下來會怎麼樣嗎？」

「對。」

也就是說，要等夢鈴回來，才知道我們有沒有未來了。

「謝謝。」我真誠地向葉淑曼道謝。「妳的話，給了我很大的勇氣。」

想不到辦案的偵探，也會有說這種台詞的一天啊。

「不客氣。」

好了。問完自己的事，接下來也該言歸正傳了。

「我還有別的問題。」

「請說吧！」葉淑曼似乎認為她已經獲得我的信任，說話的聲調也變得慵懶了。「什麼都可以問。」

「妳這裡有害人的巫術嗎？」

她大概沒料到我竟會問這種事，眉目之間出現了瞬間的倉皇，但她很快地恢復了優雅。

「鈞見，你說的是……」她露出智者般的微笑。「在電影裡看到的那種，帶著一頭黑色的山羊到荒郊野外，等到滿月升到天空中央時，一邊割斷山羊的脖子一邊唸咒語，詛咒仇人死於非命的邪惡儀式嗎？」

「嗯，類似這種東西。」

「這種巫術存在是存在，」她搖著伸向我眼前的食指。「……但是，這裡沒有。」

「這樣嗎？連讓人倒楣的巫術也沒有？」

「當然沒有！」此刻，葉淑曼的模樣變得有些惱怒了。「張先生，你為什麼來這裡？」

「為了一個朋友。」

「誰？」

「徐桂綺。」

她沒說話，以防衛的姿態站著，凝視著我好一會兒，然後又坐了下來。看樣子，她彷彿因為知道答案而鬆了一口氣。

「原來是她。」

「妳好像不怎麼意外？」

「我可以……感應到她的敵意。」

不愧是占卜師，用字遣詞也跟一般人不同。

「最近半年來，」我說：「徐桂綺身邊陸續發生了一些意外。比方說，剛洗完澡，浴室的玻璃門突然爆裂；搬新家時，差點搭上停電故障的電梯；開車開到一半，突然發現煞車被腳踏墊卡住。這些事，妳知道嗎？」

「我跟她談不上是朋友，不清楚她的私事。」

「但是，當她第一次到這裡來，妳卻能準確地占卜出她最近運勢不佳。」

「……你認為她身邊的意外是我製造的？」

「是有人這樣懷疑。」我補充：「畢竟，妳聲稱妳會巫術。」

聽我這麼回答，葉淑曼瞪了我一眼。

「會說她最近運勢不好，原因很簡單。」

「為什麼？」

葉淑曼沒立刻回答我。她的目光在我的身上停了很久，似乎在判斷到底該跟我說多少。讓美女這樣一直盯著，讓我感覺有點不好意思，但對偵探來說，這可是一定要習慣的事。

「好吧。一直這樣也不是辦法。」葉淑曼搖搖頭。「如果你見到她，可以告訴她——我並不是什麼女巫，害不了她的。請她放心吧。」

雖然這種事理所當然，不必說也知道，但對於一個對外聲稱自己有女巫血統的占卜師而言，願意做這樣的告白還真是不容易。

「我也不是非要妳承認自己不是女巫不可。」

「算了……」葉淑曼輕嘆一聲。「我討厭被人懷疑的感覺。既然你來問我了，我剛好可以做個澄清，希望能解開這場誤會。」

「謝謝。」

「你知道我在美國留學，學的是什麼嗎？」

我搖搖頭。

「心理學跟統計學。」

「我聽說『星座是一種統計學』的說法。」我問：「可是，學了這個，就能當女巫嗎？」

「當然沒那麼容易。」她的聲音不再性感，轉變為宛如老師的口吻。「不只是統計學，還得加上心理學。占卜所利用的，是人性心理特質的共通點。」

「什麼共通點？」

「『選擇性相信』的心理特質。」葉淑曼說：「一般人的心理都有一種傾向，當心裡正為某個問題所煩惱時，不管看到什麼解答——尤其是籠統、概括性的解答，都會將解答裡符合內心情境的那一部分放大，並且忽略掉相反或無關的其他部分。」

「可以舉個例子嗎？」

「張先生，你是什麼星座？」

「巨蟹座。」

「巨蟹座的本週運勢——事業運，雖然工作上出現一些小困擾，一定要及時調整情緒，才能排除萬難獲得成功；愛情運，和另一半容易出現鬥嘴的情況，千萬別賭氣傷害彼此的和諧。」

「真的是本週運勢嗎？」

「嗯。」葉淑曼點點頭。「剛剛我說的，你覺得準嗎？」

「目前我的工作確實有一點小困擾。不過，我現在沒女朋友。大致上滿準的。」

「你覺得準，是因為你同意最近的工作確實有點不順。而且，你並不會去質疑本週運勢為什麼沒猜中你是單身。」

「喔。」

「假設另外有個巨蟹男，本週工作很順利，但是跟女友有小吵架——事實上，他同樣也會相信這篇本週運勢哦。」

「可是，他的工作很順利啊！」

「那是因為運勢上寫了『一定要及時調整情緒，才能排除萬難獲得成功』。工作順利的人，會認為成功的原因是由於自己及時調整了情緒。其實，誰的工作沒困擾呢？不管最後順利也好，不順利也好，總之，全都涵蓋在這篇本週運勢裡了。」

「簡單來說，因為這篇本週運勢寫得很模糊，而且有很多種解讀的方式，所以，任何人讀了都會覺得是在寫自己。」

「沒錯。以前真的有人做過類似的實驗——故意在兩份不同的雜誌上各發表一篇一週運勢，但兩篇文章的內容完全相反，結果，竟然兩篇都有不少人覺得神準。」

「呵呵。」

我乾笑兩聲——葉淑曼剛剛說到夢鈴的事，其實也是什麼具體的話都沒說。她所講的，全是從我的話延伸出來的，而且無關對錯。

然而，有時候，人就是這樣——明明知道沒什麼希望，但只要別人給一句果斷的答案，內心的徬徨也就不再令人難受了。所謂的占卜師、算命仙，就是這種撫慰人心的職業吧！

「那麼，妳替徐桂綺算命時，妳也可以說得很籠統啊。為何妳會很明確地說她最近運氣不好？」

「很簡單。」葉淑曼撩撥著髮絲，說：「那天晚上的她，從頭到尾都沒有笑容。大家聊得興高采烈的氣氛，也沒有感染她，讓她的心情變好。一看就知道，她心裡一定有很多煩惱。這甚至不需要用到占卜，只需要一點察言觀色。」

聽葉淑曼這麼說，我發現的確如此。我回想起那一天，坐在會客室的徐桂綺，儘管外表精心打扮過，還是隱藏不了苦惱無助的心理狀態——她是一個表情掩飾不了心情的人。

「在統計學裡，」葉淑曼又說：「有一個理論叫做『賭徒謬論』，你聽過嗎？」

「沒有。」

「你玩擲骰子的遊戲，已經連續擲出五個2，你認為再擲下一次出現2的機率是六分之一、大於六分之一、還是小於六分之一？」

「這個嘛……連續六次2的機率太低了，應該是小於六分之一吧？」

「很好——你已經陷入賭徒謬論了。」

「真的嗎？」

「從機率的角度來看，每一次擲骰子，出現2的機率都是六分之一，因為這五次都是獨立事件，彼此不會互相影響。」

「可是……」

「儘管數學上的事實如此，但一般人的心理卻無法這麼思考。受到前面連續五個2的影響，大多數的人還是會認為，再出現一次2的機率小於六分之一。把彼此獨立的事件誤認為彼此有關，就是賭徒謬論。」

「原來如此。但是，」我再提出另一個問題：「在籃球場上，有時候『手感很好』，怎麼打都順，每投必中，甚至投籃前都感覺自己必中。這也是賭徒謬論？」

「Sure。其實，原本的命中率是一樣的，但在連續得分的情況下，心裡受到激勵，人的自信跟著增強，氣勢變得足以壓制對手，出手也更加積極、果決，無人能擋，這就是所謂的『手感很好』。」

「都是心理作用啊！」

葉淑曼解釋得很清楚，但一切全以科學解釋，讓我不免感覺有點掃興。

「相反的，像徐桂綺那樣──雖然，幸運跟不幸的機率並沒有改變，但只要發生一次嚴重的不幸，就足以蓋過所有的幸運，在心底留下陰影。這種負面效應，會進一步削弱人的進取心，將人的想法固著在煩惱上，難以甩脫。

「背負著心理重擔，事情就會變得更不順利，接下來，不幸的機率也會再提高，從此陷入惡性循環。就算在過程中曾經發生過一些好事，人也會『選擇性相信』自己正在走楣運，忽略掉那些好事，將身邊的煩惱放大。」

「所以，這全是徐桂綺自尋煩惱？」

「如果換個角度想，其實，徐桂綺並沒有真正發生不幸啊。玻璃門爆裂的時候，她已經離開浴室；電梯發生故障停止時，她尚未進入電梯；腳踏墊害煞車踩不下去，但當時她的車速不快，路上的車子也很少──反而應該這麼說，她躲過了全部的意外，實在太幸運了，不是嗎？」

沒想到，葉淑曼是個這麼理性的人，與她表面上的女巫形象截然不同。然而，正是她隱藏了這樣的反差，她的占卜術才會這麼受同事歡迎吧。

咀嚼著葉淑曼的理論，我慢慢地瞭解了徐桂綺。

徐桂綺的童年並不快樂，這使她對幸福的渴求比一般人更強烈。成年後，她來到台北，一個崇尚自由、提供大量選擇的城市，生活在這座城市裡，她不斷地換工作、換公寓、換男友，本以為最後一定能做出最正確的選擇，獲得真正的幸福——如此多采多姿的豐富選項，令人幻想其中有一個最完美的選項——但事實上，這只是一個不切實際的期望。

愈是期望就愈是失望，徐桂綺背負沉重的自我期待，因而罹患睡眠障礙。然而，在夢魘裡，她遇見「未來的自己」，為她指引「人生更美好」的方向。

她原以為自此一帆風順，但在伴侶的選擇上——婚姻，畢竟是人生至關重大的選擇——她不知道該聽從「未來的自己」，還是傾聽自己的內心。她陷入兩難，再次受煩惱宰制。

於是，她閱讀世界的方式改變了。她將注意力放在偶發的事故上，並解釋為厄運，儘管這一切並未造成實質傷害，只不過是發生機率偏高的意外而已——龜裂的玻璃門、鼠輩橫行的配電箱、魔鬼粘失效的腳踏墊。

甚至，當葉淑曼理智地點出徐桂綺內心的困境，徐桂綺卻誤解了葉淑曼，認定她就是這些事故的始作俑者。

畢竟，徐桂綺太想抓緊席俊謀，所以對靠近席俊謀的女人懷著強烈的敵意。

查明了葉淑曼的確與事件無關，調查也愈來愈接近終點了。

——只除了，那個「未來的自己」。

不過，關於葉淑曼，我還是有一件事情想問。

「葉小姐。妳說得對，徐桂綺對妳是有些誤解。」我話鋒一轉：「但是，妳對她的男友確實有超乎尋常的好感，不是嗎？」

「嗯，」葉淑曼坦率地說：「我不否認。」

「可以告訴我為什麼嗎？」

「因為……」話到嘴邊，她顯得有點害羞。「俊謀跟我的初戀男友長得好像……其實，我自己也很清楚，俊謀不是他，我們之間也是不可能的……但是，我仍然很難克制對他的好感……我知道，我的行為一定讓徐小姐感覺困擾了。」

「妳跟初戀男友，為什麼分手了呢？」

「我出國留學，和他變成遠距離。我忙著適應新環境，他忙著力爭上游，在不知不覺中，我們前進的方向漸漸分了岔，我有了他所不知道的改變，他有了我所不知道的改變，我們之間，再也找不回原來的感覺了。總之——」

「妳後悔出國留學嗎？」

我問完，房間裡出現了一小段尷尬的沉默。

「……曾經後悔過。」葉淑曼終於開口：「我以為我選擇出國，能讓我兼顧夢想與愛情。事實上，世界上恐怕沒有一種選擇是兩全其美的。所以，我才開始學占卜，幻想著總有一天可以為自己找到Mr. Right。」

「我相信妳一定可以的。」

「真可惜——」她的笑十分軟嫩。「你等的是別人。」

好一位懂得安慰人的美女。

12

「你是怎麼發現的？」

這位大姐果然人生閱歷豐富，一看我再度上門就知道我猜出答案了。

「不請我進去坐坐，好好聊一聊？」

她點點頭，領著我進屋，「請坐。要喝點什麼？」

「都好。」

「茉莉花茶？」

「好。」

望著進廚房去的背影，我坐在沙發上靜靜等待。不一會兒，她端著茶回到客廳。

「一個人的時候，簡簡單單地這樣喝茶，最愜意了。」她說。

「不好意思，這個……」我從背包裡拿出一本書。「可以幫我簽名嗎？」

「你還真體貼。」高繪璇收了我遞給她的筆，翻開扉頁簽下字跡娟秀的筆名——品寒。「我沒想過寫這種騙小孩的東西，也會有人找我簽名。」

「並不是騙小孩的東西啊。」我回答。

「是嗎？」

「每個月都得出一本書，一定很辛苦吧？」

「還好。久了就習慣了。」

「妳的書我全看完了，最喜歡這本《精靈之翼》。」我一邊看著她的簽名，一邊說：「妳的作品風格多變，主題倒是很有一貫性——關於夢想的追尋。我喜歡妳詮釋的方式，很動人。我想，這些書也一定會讓其他人燃起追夢的勇氣。」

「你好用功！」

「老實說，一開始我是為了調查案子才讀妳的書，但讀著讀著就入迷了。」

「一開始你就知道是我？」

「不。」我回想起這幾天的疲倦。「我的老闆廖叔常說，答案人人會猜，但如何證明卻又是另外一回事。」

「願聞其詳。」

「最困難的部分是開頭。」我開始說明：「讓我非常苦惱的問題是——徐桂綺所說的『未來的自己』真的存在嗎？以科學的角度而言，未來當然是絕對無法得知的事。可是，在我拜訪過一位美麗的占卜師後，她所謂的『未來』給了我新的啟發。

「廣義的『未來』，其實只是方向的指引，這個指引不需要給得非常明確，重點是，只要自信心能因指引而增強，命運就有改變的可能。也就是說，這個『未來的自己』，不一定非得是N年後的徐桂綺不可。也許，這個人只是一個生活體驗相近、值得信賴的長輩。

「以這個著眼點為基礎，接下來我可以用更理性的態度來分析整個案件。反覆檢討了那天晚上所發生的事，有個謎團我一直想不透。徐桂綺明明是一個人回家的，為什麼她的房間裡會多出一個『未來的自己』？

「她為了在夢中和『未來的自己』說話，臨睡前會把臥室的窗子打開。可是，她的房間位於六樓，『未來的自己』是絕對無法從窗子進出的。我特別確認過，妳跟徐桂綺的臥室窗戶雖然相鄰，但距離超過三公尺，不可能攀爬得過來。」

「嗯。」

「如果不是從窗戶進來，那又是從哪裡進來？我左思右想，終於想起來一個可能性。當時，我全神貫注地監聽臥室的聲音，後陽台又距離門口最遠，如果有人擁有徐桂綺的鑰匙，小心翼翼地開門進來，我想我一定無法察覺。後來我阻止了臥室的纏鬥，那位『未來的自己』是從大門逃離的。在危急時沿著最熟悉的原路脫身，這是人的慣性，因此，她必然是從大門進來的。」

「有道理。」

「那麼，她又是什麼時候進來的？她不可能是在徐桂綺說夢話以前進屋——因為，那時我尚未調大耳機音量專心傾聽。她一進屋，我一定會發現。

「我的印象很深刻，起初我聽不清徐桂綺和『未來的自己』的對話，才調大耳機音量的。可是，這麼一來，卻會導出一個矛盾的結果：『未來的自己』是在跟徐桂綺開始說話以後，她才從門口潛入。

「這個奇妙的矛盾，足以讓我們揭開真相的第一部分。只有一種解釋可以解決這個矛盾——與徐桂綺說話的人、攻擊徐桂綺的人，其實是兩個不同的人。推論至此，我確定了徐桂綺夜間開窗的真實功用——不是為了讓『未來的自己』的人進來，而是讓『未來的自己』的聲音進來。」

「即使我的窗子離徐桂綺的窗子很近，你也不能一口咬定那個聲音就是我的。」

「沒錯。光是這樣還不夠。」我點點頭，繼續說：「不過，高小姐，妳是一個小說家，生活作息日夜顛倒。徐桂綺被攻擊的時間點，想必妳並未入睡吧？」

「是。那又如何？」

「然而，當隔壁傳出淒厲的求救聲時，妳卻無動於衷。一整個晚上，沒有按門鈴詢問，也沒有打電話報警。這跟妳在趙太太面前熱心助人的形象截然不同。

「妳一定是聽到了我的聲音，知道有人能保護徐桂綺，妳又不想讓我發現妳的秘密，所以才選擇按兵不動。」

「聰明！所以，你終於鎖定了我。」

「不，還沒。」我搖搖頭。「為了確定妳真的是『聲音』，我向趙太太問起妳，她立刻就告訴我妳的筆名。接著，我找妳的作品來看——妳的出書量這麼大，我認為在妳的小說裡，很可能透露出某種程度的蛛絲馬跡——也許是某個特別的想法、也許是某個議題、也許是某段經驗，與妳和徐桂綺的談話內容相合。」

「想不到你認真到這種程度……」

「全部看完，確實是有點累。但徐桂綺得幫我回憶那些瑣碎的對話，比我更辛苦。」

「她已經知道我就是『聲音』？」

「我沒告訴她那麼多。我只對她說，這對我的調查工作有幫助。其實，自從她被『未來的自己』攻擊後，她受了相當大的驚嚇，似乎感覺自己被背叛，更堅定地想跟席俊謀在一起了。至於『未來的自己』究竟是誰，她已不再想追究。」

「或許，這對我們來說——就是最好的結局。」

高繪璇的語氣平靜，輕輕捧起茶杯，彷彿看盡塵世般將花茶一口喝乾。

接下來，終於輪到我發問了。

「……為什麼這麼做？」

「因為孤獨。」高繪璇回答：「你有時間聽我說故事嗎？」

「當然。」

「十七歲那年，我跟男友私奔，離家出走。我的父母親都是觀念保守、想法老舊的人，他們希望我高中畢業後，可以進大公司當個小助理，在公司裡找個有前途的男人嫁掉，這樣就夠了。對於女兒的夢想，他們從來漠不關心。

「我想當個畫家，我知道我有天分。男友大我五歲，個性浪漫、樂觀，也全力支持我追逐自己的夢想。我們來到台北，相互扶持，一起為未來努力。

「但是，我們的夢很快就破滅了。我沒有學歷、沒有老師推薦，畫畫需要錢、需要時間、需要機會，等了半年多，我男友厭了、膩了，跟我提分手。我也累了，立刻答應他。他成天嚷著要找工作，卻眼高手低，一下子嫌老闆刁難、一下子嫌路程遠，一面對社會現實，他只會抱怨、只會憤世嫉俗。

「這就是人生的真相──我們的愛情禁不起考驗。我搬離了他的住處，一個人在台北流浪，想辦法打工養活自己、繼續畫畫。

「一開始我什麼工作都做，速食店、影帶出租店、餐廳、百貨公司專櫃、保險……另外，也找些零散的案子畫插圖，後來，有人介紹出版社編輯給我，我改畫言情小說的封面──按照小說的故事大綱來畫符合情境的封面。故事大綱看久了，我自己也開始試寫，結果編輯讀了覺得不錯，替我出了書，於是，我成了一個言情小說家。

「就這樣，不知道過了幾年，某一天我赫然發現，我已經好久沒有碰畫筆了。對，當我發現我終於能自力更生時，我也放棄了夢想。不只是夢想，我還放棄親情、放棄愛情……雖然住在這個人聲鼎沸的精華區，但，我的內心卻是空的。」

「嗯。」

「有好長一段時間，我的生活就是寫作、寫作，我自己放棄了夢想，卻必須在小說裡給予讀者夢想，我甚至害怕自己會人格分裂。然而，在某個夜裡，我偶然聽見從窗外傳來一個聲音。起初我以為那是風，但那個聲音猶如羔羊般透露著迷途的徬徨，觸動了我心底的某條弦，我聽得入迷，不自覺地出聲回應，想不到對方真的聽見了我的回應，開始與我對話。

「那聲音，很快地成了我寂寞時的慰藉。後來我才慢慢知道，她是我新鄰居徐桂綺的夢囈。事實上，在現實生活中，我們不但毫無交集，甚至打了照面也不會閒聊。從她的眼神中，我看不出她對我有任何興趣，因此我確定，她並不知道那個在夢中與她對話的人就是我。」

「但是，妳卻藉著這種方式，控制了她的現實生活。」

「我很抱歉。」高繪璇低垂著臉。「原本，我們談的只是生活經驗的分享。可是，一聽到她孤立無援、傷痕累累的聲音，我好不忍心，所以才……」

「——所以，妳才騙她，說妳是未來的她。」

「不。我沒有騙她。從她身上，我的確看見過去的自己。她也是個愛畫畫的人，可是，繪畫這條路太艱辛，必須承受太多痛苦，所以我勸她放棄；我知道她跟的老闆心眼小，見不得部屬好，所以我勸她換工作；我知道她男友胸無大志，不能給她幸福，所以我勸她分手……

「我經歷過太多事，也經常懊悔著自己所做過的決定。我希望她跟我不一樣，能做出正確的選擇，不會浪費青春去走那些冤枉路……」

「但，妳畢竟並不是未來的她。」

「我知道，她是那麼信任我，我不該替她決定、替她選擇，干涉她的人生這麼深。」高繪璇嘆息：「強迫她接受我的守護，到頭來恐怕只會害了她——為了她的未來，我想我真的走火入魔了。」

然後，高繪璇沉默著，沒有再說話了。

我們靜靜地等待時間的流逝，等待悲傷的淡去。

13

一直追查到案件的盡頭，還殘留著一個謎團。

——闖入徐桂綺家的女子，究竟是誰？

拜訪高繪璇以後，「聲音」的身分已經解明，但，徐桂綺遭到「未來的自己」攻擊，卻是無可動搖的事實。我不是歌德，徐桂綺也不是費德瑞克，我所目睹的，並非徐桂綺的夢。

如前所述，對於這個謎團，由於徐桂綺本人承受過極大的恐懼，雖然當晚曾經對我吐露不少實情，但她很快地封閉內心，事後抱持著儘可能迴避的態度，對於我後續的追問，所幸有席俊謀在一旁安慰勸服，否則她根本不願意配合。

由於已經證明葉淑曼與這幾樁意外毫無關聯，徐桂綺的委託也算是順利完成了。既然徐桂綺希望調查到此為止，我也無須如此追根究柢。

只不過——

我卻無法就此放手。

這位神秘女子，到底基於何種動機，才會入侵公寓並攻擊徐桂綺？自始至終，我都無法在徐桂綺的人際關係圈裡，找到這麼一位長相酷似、心懷殺意的嫌疑犯。

確認葉淑曼與事故無關、高繪璇就是「聲音」以後，若重新思考這一連串的事件，這位神秘女子在案情的位置也就跟著豁然開朗。

首先，她冒充了徐桂綺，欺騙趙太太取得鑰匙備份，以便順利進出公寓。

接下來，她找到徐桂綺放在收納櫃裡的車鑰匙，並且複製一份，再將車鑰匙放回原處。

她可能佈置了什麼機關，導致玻璃門的爆裂。

她打電話給王經理，確認了那款腳踏墊真的有問題，再用來製造意外。

讓她料想不到的是，她想要提早入侵徐桂綺的新家，卻「不幸」遇上電梯停電故障，被關在電梯裡一個多小時。不過，她也因為受困電梯，「幸運」沒有跟徐桂綺直接碰面。

——她跟徐桂綺究竟有何深仇大恨？

這名神秘女子既然不在徐桂綺的人際關係網裡，實在很難想像她有這麼深的恨意。

我想知道原因。

此外，神秘女子最後一次出現，與她過去的行為模式大相逕庭。在以往，她總是利用徐桂綺不在現場時佈置機關。她顯然很謹慎，絕不讓自己被發現。

但在最後一次，她卻趁著徐桂綺熟睡之際，直接入侵住處攻擊。

——到底是為什麼，她改變了作案模式？

最重要的是，縱使這一次徐桂綺能逃過一劫，火速搬到其他地方去，這名神秘女子是不是有可能再找到她的下落，入侵她的家、攻擊她？

心思單純的委託人，往往看不見這種危機。

我必須找到這名神秘女子，確定她的行兇動機，才能防範未然。

接到廖叔打回辦公室的電話，是徐桂綺結案一週後的事。

他先跟如紋說了一會兒話，才轉給我。

「怎麼樣？」

從電話裡傳來的背景聲，廖叔現在人好像在機場大廳。

只是，不曉得是哪個國家的機場。

我花了一點時間，向他交代這個案子的調查始末。直到我說完以前，他沒有說半句話。

「鈞見，你想繼續調查？」

「對。」

「我不反對。」廖叔這次倒是很乾脆。「兇手確實很神秘，看來真的不好找。我剛跟如紋說了，最近有一些新case要處理，你得幫忙，不過，只要case進行順利，你撥一點時間來找這個女的也無妨——徐桂綺的委託也結案了，沒有來自客戶的壓力，你可以慢慢找，就當作是成為獨立偵查員的習題吧。」

「獨立偵查員？」

「等我回國以後，我打算升你當獨立偵查員。」

「……有什麼不一樣嗎？」

「加薪。」

「還有呢？」

「你愛怎麼查案子就怎麼查，我的嘮叨會變少。」

「聽起來不錯。」

「只有一個缺點。」

「什麼缺點？」

「案子搞砸的話，對客戶的賠償從你的薪水扣。」

「那還是別升的好。」

「回去再談。」

廖叔不知道在忙什麼，一下子就掛上電話。接下來的事情就不詳述了，如紋交代的新case還真不是人幹的。但是——時間拖得愈久，關於神秘女子的線索恐怕會消失得更徹底，我必須把握時機，盡早行動。

綜觀整個案件，能稱得上線索的，大概只有兩個了。

第一，趙太太說，有一次她去探朋友的病，曾偶然遇見徐桂綺，還跟她打招呼，但她卻連理都不理。很顯然，那個「徐桂綺」就是神秘女子，而且當時她還不認識趙太太。一直到神秘女子決定取得徐桂綺的家鑰匙後，她才以熱切的態度對待趙太太。

其次，席俊謀說，有一次他去拜訪客戶，與客戶午餐時，曾看見徐桂綺經過餐廳。他來不及跟她打招呼，於是立刻打了電話給徐桂綺，但徐桂綺否認她在那裡。當然，這個「徐桂綺」也是神秘女子。

趙太太和神秘女子巧遇的地點在圓山飯店附近，而席俊謀客戶的公司則是在劍潭站周邊。神秘女子的活動範圍——就是在這一區。

14

可以想像得到，當她見到我站在她眼前，她的內心一定很震驚。

儘管，我們的相遇，在街上路人的眼中，不過只像是朋友偶然邂逅般尋常。

事發至今已經過了一個多月，原該是無須重提的時候。

在那一瞬間，她雙眼圓睜——我知道，即使到了現在，她也沒有忘記那晚阻止她殺害徐桂綺的男人長什麼樣子——轉身就想離開。

「林克馨小姐。」我立刻說：「妳不必急著走，我知道妳住在哪裡。」

她停下腳步，回頭看我。以一種極不甘心的眼神。

「我跟蹤妳一段時間了。」

「你怎麼可能……找得到我？」

「對。」我點點頭。「我的確費了一點工夫。但基本上，妳並沒有想像中那麼難找——妳別忘記，妳曾經和徐桂綺的房東趙太太在圓山飯店附近偶然巧遇。」

「……」

「妳和徐桂綺非常酷似。既然趙太太會把妳誤認成徐桂綺，那相反的，只要我拿著徐桂綺的照片，在妳與趙太太相遇的地點四處詢問，就有機會找到見過妳的、知道妳的人。妳畢竟是一個美女，不管妳到哪裡，大家都會多看妳幾眼。

「你的運氣太好！我曾經在那裡打過工——假使，我也是偶然經過才跟那個房東巧遇，你絕對找不到我。」

「妳說得沒錯。但是，有件事妳並不知道——徐桂綺的男友席俊謀，也曾經偶然在劍潭站附近見到妳，他以為妳是徐桂綺，但他來不及跟妳打招呼，妳就不見了。所以，妳的活動範圍就在這一區——這個假設的可能性提高了。」

「想不到……你會這麼執拗！」

「因為，我真的想再見妳一面。」把電梯修好救妳出來的顏課長，也是。

「……你到底想做什麼？」

「妳放心，徐桂綺並不想追究妳所做的事。」我回答：「想追究的人是我。因為，我得為我的客戶著想，不能讓她繼續受到妳的傷害。」

「我沒有傷害她！」她憤怒地反駁：「你根本不瞭解！是她傷害了我！」

「我想，我得聽聽妳的解釋，才知道該不該相信妳的話。」

「這……」

林克馨緊蹙著眉，震驚的心情似乎尚未完全平復，著實猶豫了好一陣子。我端詳著她——她的模樣，的確與徐桂綺非常神似，若說兩人是雙胞胎，也絕對不會有人懷疑的。

長相酷似但毫無血緣關係的兩個人——這是一種形式截然不同的「雙胞胎詭計」，因為，她們兩人根本不是雙胞胎。

因為發生的機率太低，使我根本沒想到這項可能性。

說起來，還是要謝謝葉淑曼。

她曾經告訴我，席俊謀長得跟她的初戀男友很像。

後來，我厚臉皮地跟她借了照片來看——確實，有幾個角度，看起來真的非常像。也難怪對初戀情人念念不忘的葉淑曼，會對席俊謀如此情不自禁。

葉淑曼還說，她起初以為席俊謀說不定是她初戀男友的親戚，曾經拐彎抹角地問過，但席俊謀的回答卻讓她確定，他們兩人毫無關聯。葉淑曼一方面鬆了一口氣——她有些逃避再度聽到初戀男友的消息——另一方面，也感嘆命運的奇妙。

無論如何，葉淑曼的遭遇，極具參考價值，引領我找到林可馨。

「……一直以來，我以為我得天獨厚。」帶著某種不情願，她緩緩地開了口：「對你而言，這樣的想法或許很可笑吧？我說的是真的，我爸媽很疼愛我，給我的全是最好的，沒有讓我受過一絲委屈，當然，我也希望證明，我的確是最好的。

「我不能輸。絕不能輸——我不知道這句話對自己說過多少次。醫生常跟我說，我太愛爭強好勝了，自己給自己太大的壓力，才會得憂鬱症。我得放下跟別人比較的心理。他說的話我都聽進去了，但我真的做不到。

「第一次知道徐桂綺這個人，是在我上大學後。媽的！我真不該失常！我明明可以考得更好！對，如果我可以考得更好一點，我現在也不會那麼痛苦了！

「在學校裡，有好幾個老師跟我說，我長得跟她好像，簡直就是雙胞胎——不過，那個徐桂綺跟妳不一樣，拿了幾次書卷獎；那個徐桂綺跟妳不一樣，半工半讀，自己打工賺學費；那個徐桂綺跟妳不一樣，很有繪畫天分，參加比賽得好多獎……這些細瑣而無聊的陳年舊事，給那些教授許多談天說笑的話題，卻給我不堪負載的壓力。

「不只如此。每當我想做什麼事，老師們就會說：如果是徐桂綺，她會這樣做；如果是徐桂綺的話，她會那樣做……這個我從未見過的學姊，是如此優秀、如此遙不可及，讓我的大學生活永遠籠罩在沉重的陰影下，無論我怎麼努力，都擺脫不了『小徐桂綺』的稱呼……」

「所以，妳才開始對徐桂綺產生恨意？」

「我非得找到她不可。我必須告訴她，她打亂了我的人生。」林克馨像是在宣洩壓抑已久的情緒：「我假裝很有興趣，詢問那些可惡的教授——徐桂綺學姊現在在哪裡？我好想認識她，跟她學習！結果，那些教授一下子說東、一下子說西，全是聽說的，我根本找不到人，看來，學姊畢業後也沒多了不起嘛，不停換工作，每件事都做不久。」

「不過，妳最後還是找到她了。」

「那是一個巧合。我在路上遇到一個跟我打招呼的老太婆——就是你口中的趙太太，我一開始沒理她，直到她自討沒趣地走人，我才赫然發覺，她一定是把我誤認為徐桂綺了。我立刻隨後跟蹤她，跟到她的住處。後來，我還跟蹤她好幾次，終於確定了徐桂綺的住處。

「第一次見到徐桂綺本人，我真的很驚訝。沒想到，世界上真的有一個跟我長得一模一樣的陌生人。我曾聽說，日本有句話——『世の中には自分と似ている人が三人いるらしい』，『世間可能有三個和自己長相酷似的人』，原來不是假的。

「見到徐桂綺本人，我更恨她了。我之所以不斷被比來比去，全是她害的。而她享受了這麼多好處，還住在這麼漂亮的公寓。她毀掉我的人生，我一定要報復。」

「所以，浴室玻璃門爆裂、腳踏墊卡住煞車……全都是妳做的了。」

「對。」她冷酷地承認。「新聞上說，說玻璃內外的溫差太大，會引起爆裂，所以我好幾次趁她不在家的時候，對玻璃門噴過乾冰；她開的那款車，車商曾舉辦過記者會，說腳踏墊容易把煞車卡住，所以我偷偷複製了她的車鑰匙，把腳踏墊的魔鬼粘撕開。」

原來，這些方法都是從新聞上學的啊。

「這些陷阱都是不定時炸彈，我不求馬上發揮功效，只要能偽裝成日常的意外就好了。而且，時間拖得愈久，愈不容易被發現是人為的。我不是真的想殺她——這種程度的意外，根本不會真的致命，不是嗎？我只希望她受點傷……這樣，我們的人生或許就會變得不一樣。」

「我還知道，妳曾經去她的新家……」

林克馨的眼神，似乎訝異於為何我知道那麼多。

「……我打算對那間公寓的客廳吊燈動手腳，把螺絲弄鬆。其實我已經拿到鑰匙了，但在設下陷阱以前，發生了意料之外的事，我再也找不到機會進去。」

這麼說來，電梯意外甚至還救了徐桂綺一命。

「妳為什麼深夜潛入她的公寓？」

「我想設置新的陷阱。」她回答：「她就快搬走，我沒時間等了。」

「什麼陷阱？」

「瓦斯。」

原來如此，所以林克馨才必須冒險，趁徐桂綺熟睡時入侵。

「我想進廚房，打開瓦斯爐的開關——並且吹熄爐火，讓瓦斯漏氣。」林克馨並不知道，如果她這樣做，躲在後陽台的我，就會發現她了。「我不是真的想殺她，只要能讓她陷入昏迷，受點傷就好。時間一到，我就會叫救護車的。」

「這種事，妳沒辦法計算得那麼精確的。」

「我知道！我都知道！」林克馨的語氣激烈了起來。「我最後沒這麼做！一進屋裡，我立刻聽到細微的說話聲。起初，我以為她還沒睡，但整個屋子沒有燈光，讓我愈來愈好奇，於是，我輕悄悄地走近臥室，把耳朵貼在門上。

「我聽到徐桂綺在說奇怪的夢話。她一下子自言自語，一下子又像雙重人格那樣互相對話。漸漸地，我聽清楚她在說男朋友的事。然後，她說她要換工作。」

「嗯。」

「然後，我聽到了一件令我無法忍受的事。」

「什麼事？」

「她要去日本！」林克馨忽然落下淚滴。「那是我……那是我的夢想！她已經毀了我的大學生活，現在還要奪走我的夢想！」

「她追尋的只是自己的夢想，並沒有奪走妳的。」

「她有！」她激動地大喊：「那本來是屬於我的夢想！她為什麼要去日本？為什麼要跟我的夢想一樣？未來的某一天，當我實現了去日本的夢想，我不願意再遇見有人跟我說：『妳的學姊徐桂綺已經來過日本了。』我不要！我不要在我實現夢想以後，還聽到這個名字！」

林克馨傷心欲絕，無力地跪坐在地上。

我驀然想起，謝主編說過的那位紐約商人。當他抵達挪威時，他的「先驅」已經替他完成旅程。林克馨的境遇，可說是這個故事的現實翻版——當她發現，有一個跟她長得一模一樣的人，已經早她一步完成她的學業、實現她的夢想、經歷她的人生；而她，現在所踏的每一步，全是那個人所踏過的腳印。

——那到底是什麼樣的感覺？

有幾個路人投給我們好奇的目光，也許他們以為是男女朋友在吵架。

——誰才是這個案件的受害者？

凝視著放聲哭泣的她，我不由得迷惑了。

既晴作品

病態

每個人的心底深處，

其實都隱藏著很病態的慾望……

在既晴筆下，無論是男人、女人還是小孩，他們靈魂深處那猙獰駭人的心思，往往教人不寒而慄、背脊發涼！是誰用一把利刃，輕易卸除脆弱的肌膚於無形？行跡詭異的母子，竟相互泣訴對方才是真正的食人魔？

四篇風格各異，卻同樣極盡驚悚的小說，將人性不可思議的荒誕發揮得淋漓盡致，也讓我們豁然明白，原來扭曲的社會，才是醞釀人心惡慾的最大病床！

修羅火

2006.10.18，

你的生命倒數計時中……

台北的天空開始颳起腥風血雨，被救回的肉票意識終於甦醒，十餘歲的小男孩一開口卻是：「我的名字是約瑟夫‧詹森，現任美國聯邦調查局探員，美方已經掌握情報……」

這幕光景詭異萬分，令眾人如墜五里霧中驚懼不已。究竟這是前世的殘存記憶，還是惡靈所做的附身告白？……原本一樁看似單純的綁架勒贖案，背後的推手卻是勢力無遠弗屆、中心思想強大的嚴密組織！

既晴作品

超能殺人基因

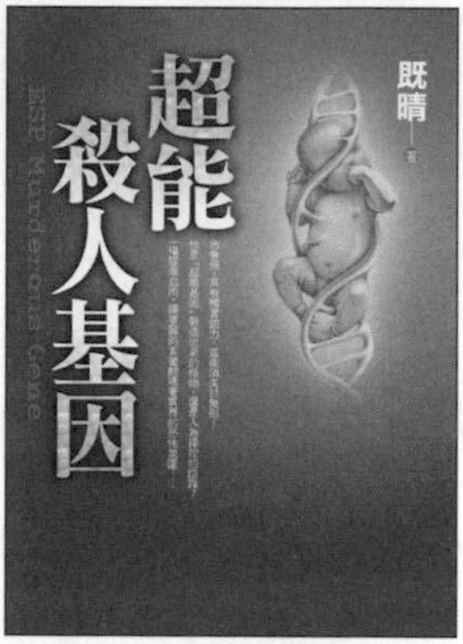

他會飛，具有預言能力，

並能消失於無形……

第一個死者俯臥在樹林裡，頭顱血肉模糊，周圍潮濕的泥土上只有死者一人的腳印！第二個死者雙臂高舉，被綑綁在十公尺高的窗台上，但遍尋不到可攀爬到高處的長梯！這兩樁命案的唯一可能是：兇手有讓屍體飄浮的超能力！

一場腥風血雨，讓華麗的玄螢館透著冥界的恐怖氛圍！謎樣的命案、難解的詭計，讓怪奇偵探張鈞見不禁繃緊了每一根神經……

網路凶鄰

小心！

網路凶鄰可能就在你的電腦裡！

一個是受歡迎的網路作家，一個是愛上聊天室、扮演多重角色的寂寞業務員，一個是嗜玩網路遊戲的少女，她們之間沒有任何關聯，只是都熱中上網，卻巧合的一個接一個慘死於火焚！陳屍的房間裡都垂掛著一條白繩子，而且死前她們都收到一個主旨是〈情人節想對你說〉的電子郵件！

這一切讓張鈞見的腦中閃過一個念頭——火燄魔法！這回，張鈞見要拿出真本領挑戰網路上的凶鄰……

既晴作品

別進地下道

如果能讓摯愛死而復活，

你願意付出什麼代價？

「納莉颱風把捷運站泡成水塘，忠孝復興站沿線驚見八具身著運動服的成年男屍！每具浮屍後背處被利刃割開——」

本來我對這個怪案件一無所知，因為當時我臥病在床幾個禮拜，可是警方卻要我立刻去醫院一趟，因為唯一的獲救者竟是我的初戀情人！當我衝去醫院探視她時，卻只能僵在原地，因為——我並不認識這個女子……

請把門鎖好

第四屆【皇冠大眾小説獎】

百萬首獎作品！

一切要追溯到凌晨那通奇怪的報案電話：曾任職護士的戈太太捉到一隻巨鼠，並堅稱巨鼠是啃蝕屍體長大的！

接案的年輕刑警吳劍向一到現場，就憑著冷靜推理和直覺判斷找到一間可疑的密室，當密室的鐵門被打開時，他快步奔至臥室，絲毫不遲疑的拉開床單——裡面裹著一隻長滿白蛆的手腕！床單尾端卡在緊鄰的衣櫥上，櫥門被床單牽引迅即打開，一具屈膝蜷縮的人屍從裡面遽然彈出！

國家圖書館出版品預行編目資料

感應 / 既晴 著.
-- 初版. -- 臺北市：皇冠, 2010.12
面；公分. --（皇冠叢書；第4060種）
（JOY；122）

ISBN 978-957-33-2748-6（平裝）

857.81　　99023075

皇冠叢書第4060種
JOY 122
感應
作　　者—既晴
發 行 人—平雲
出版發行—皇冠文化出版有限公司
台北市敦化北路120巷50號
電話◎02-2716-8888
郵撥帳號◎15261516號
皇冠出版社(香港)有限公司
香港上環文咸東街50號寶恒商業中心
23樓2301-3室
電話◎2529-1778　傳真◎2527-0904
出版統籌—盧春旭
責任編輯—金文蕙
美術設計—吳欣潔
行銷企劃—林倩聿
印　　務—林佳燕
校　　對—黃素芬・陳秀雲・金文蕙
著作完成日期—2010年9月
初版一刷日期—2010年12月

法律顧問—王惠光律師

讀者服務傳真專線◎02-27150507
電腦編號◎406122
ISBN◎978-957-33-2748-6
Printed in Taiwan
本書定價◎新台幣280元/港幣93元